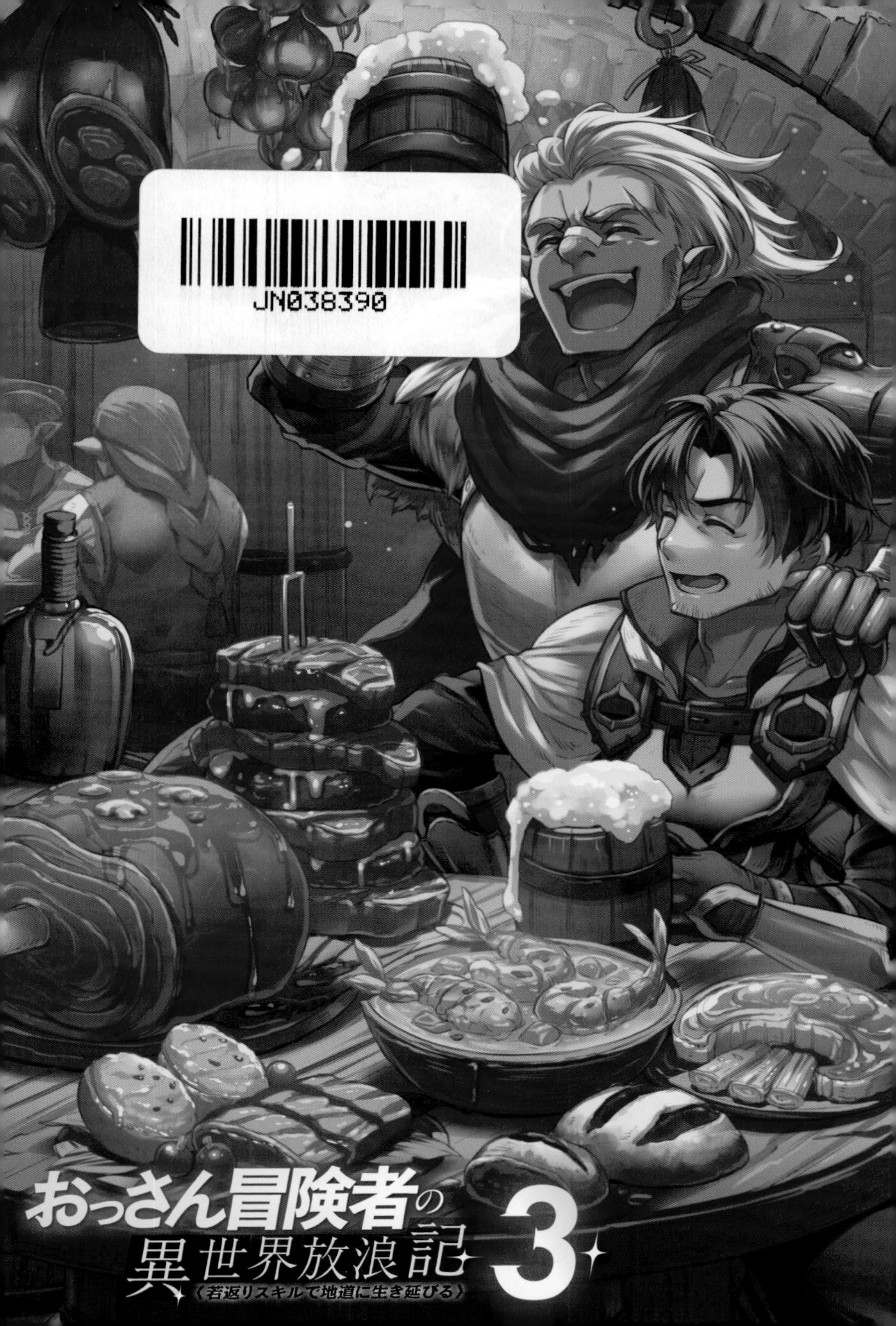
おっさん冒険者の
異世界放浪記
《若返りスキルで地道に生き延びる》
3

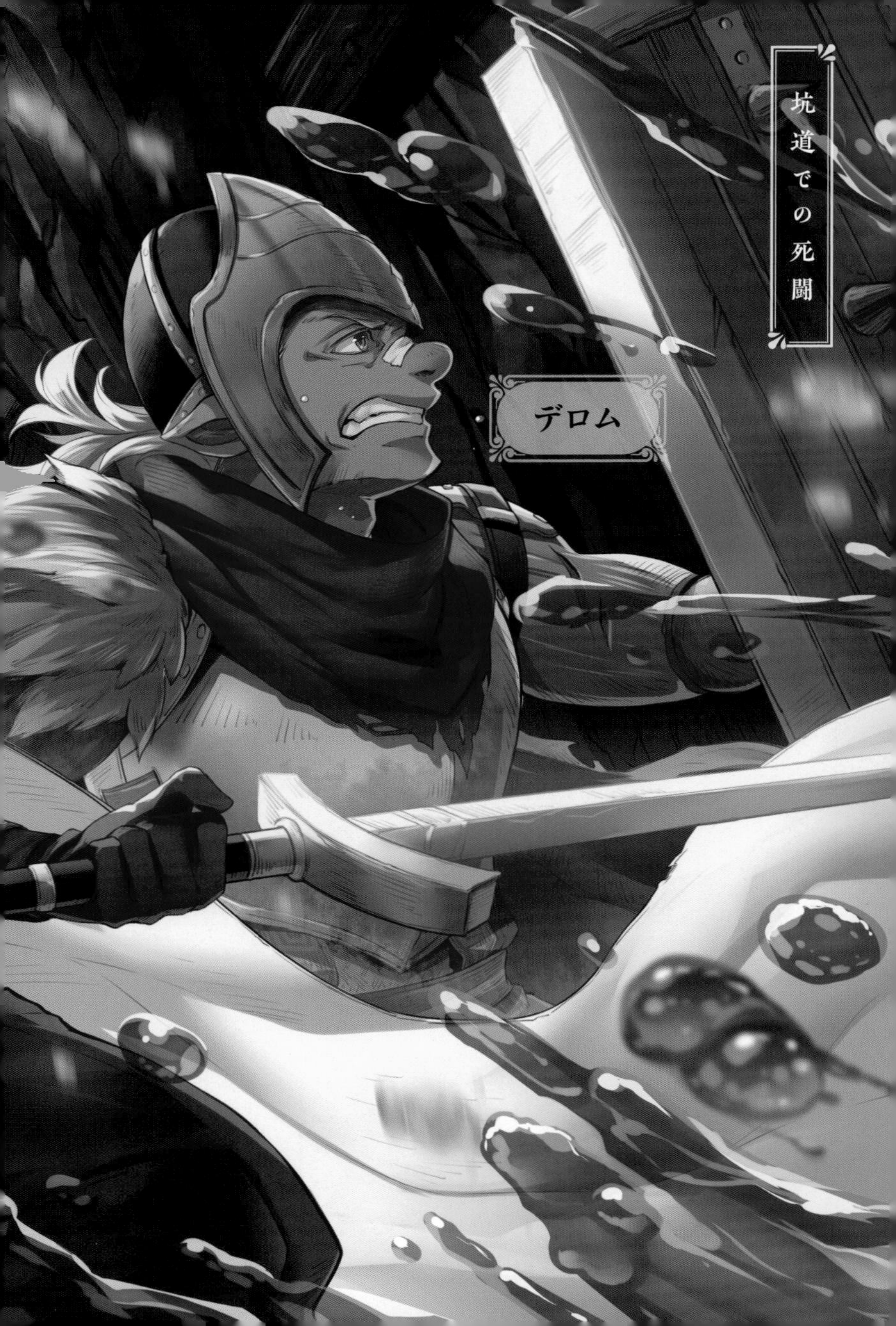
坑道での死闘
デロム

アジフ
「メー・レイ・モート・セイ ヒール」
「おぬしでは剣がもたん。
わしが道を拓くのが確実なんだ」
「黙れ！ 二人で生きて帰る！
それ以外は聞く耳もたん！」
一人だけかっこつけさせはしない。
気勢を上げて二人で
アシッドスライムに突っ込んだ。

Contents

おっさん冒険者の異世界放浪記
〈若返りスキルで地道に生き延びる〉
3
Namazutarou
なまず太郎
illust
又市マタロー

口絵・本文イラスト：又市マタロー
デザイン：杉本臣希

第16話　荒野の旅

荒野《こうや》をグランドリザードが牽《ひ》く荷車が走って行く。ロクイドルから隣国《りんごく》の首都〝ガセハバル〟まで続く鉄鉱石を運ぶ為《ため》の街道《かいどう》を走っていた。

重い物を運ぶため荒野に整備された街道は、延々《えんえん》と平坦《へいたん》が続いている。これほどの道を整備するために、いったいどれほどの時間と人手がかかったのだろうか。

ドワーフの王国ガセハバルの方面は、エルフの国アメルニソスへ向かうのなら最短距離《きょり》ではない。遠回りなのだが、道が整備されていてかかる日程に大差はない。強力な魔物《まもの》が闊歩《かっぽ》する砂漠《さばく》越えをしないで済むなら、むしろ早いと言っても差し支《つか》えがない。

ロクイドルへの人の出入りはガセハバル方面からが圧倒《あっとう》的に多い。経済的にはガセハバルに寄りつつもロクイドルがメギトスに属しているのは、ガセハバルがドワーフの国だからだ。

「なぁ、アジフさんよ、凄腕《すごうで》なんだろ？　呑気《のんき》に荷車に揺《ゆ》られてないで手伝ってくれよ」

そう言ったのはキャラバンの護衛冒険者《ぼうけんしゃ》だ。商隊という意味ではキャラバンだが、内実は荷車隊と言ったほうが良さそうだが。

「おいおい、便乗するのに料金まで払《はら》って、何故《なぜ》そこまでしなきゃならない。怪我《けが》をしたらヒールくらいならするさ。護衛はまかせるよ」

出発にあたっては護衛依頼《いらい》は受注してなかった。広い荒野での護衛依頼は、状況《じょうきょう》に対応する機動力が必要だ。前後に長いキャラバンを、義足で走り回って守りきるのは無理がある。

周囲の警戒《けいかい》は冒険者にまかせ、一面の茶色の荒野を眺《なが》めながら荷台に揺られていた。荷馬車の上げる土煙《つちけむり》も乾《かわ》いた風に飛ばされていく。マントを焦《こ》がす日差しに思わず空を仰《あお》ぐと、空にはいつも通りの青空が広がっていて、雲一つ見えなかった。

「晴れた、か」

「そりゃ、雨なんてめったに降らないだろ」

ただ呟《つぶや》いただけだったが、キャラバンのメンバーに聞かれて突《つ》っ込《こ》まれてしまった。

「そうだった」

「変なことを言う奴《やつ》だな」

「そうでもないさ」

「どっちだよ！」

再び突っ込まれたが、笑ってごまかす。

整備された街道は揺れも少なくキャラバンのペースも早い。このペースなら、待ち伏《ぶ》せでもされなければ、襲撃《しゅうげき》される魔物はかなり限定される。護衛冒険者たちが後方から追いかけてきたポイズン・コヨーテの対応に回った。

護衛の冒険者が噛《か》まれれば光魔法スキルLｖ５で使えるようになった『キュア・ポイズン』の出番か？　と、思ったのだが、残念ながら冒険者たちは無事に撃退《げきたい》したようだ。

『キュア・ポイズン』は、想像以上に便利で普段《ふだん》使う機会の多い呪文《じゅもん》だった。虫刺《むしさ》されや毒蛇《どくへび》にと、解毒《げどく》の出番は多い。会得《えとく》したばかりの呪文の習熟を行う意味でも、治療《ちりょう》をするのにやぶさかではなかったのだが。

「噛まれても良かったのに」

「Fランクの魔物にそんなに簡単に噛まれてたまるかっ！　ちったあ動きやがれ、このサボリ司祭！」

「乗客をこき使うのはやめてくれ」

「ちっ！　良いご身分だな」

舌を打ちつつもきっちりと周囲の警戒に向かうところは、さすがに護衛依頼を受注できる冒険者だけのことはある。おそらくは、ただ楽をしたいだけではないだろう。あわよくば単身でワイバーンを討伐《とうばつ》した冒険者の実力を測ろうというところか。

同じ冒険者としては理解できるが、実力を示してわざわざ評判を上げるのは今は不味《まず》い。

「ステータスオープン」

名前：アジフ　種族：ヒューマン　年齢《ねんれい》：26

スキル

エラルト語Ｌｖ４　リバースエイジＬｖ６　農業Ｌｖ３　木工Ｌｖ４

解体Ｌｖ５　採取Ｌｖ３　盾《たて》術Ｌｖ８　革細工Ｌｖ３　魔力操作Ｌｖ14（+1）

生活魔法（光／水／土）　剣術《けんじゅつ》Ｌｖ14　暗視Ｌｖ１　並列思考Ｌｖ２
祈祷《きとう》　光魔法Ｌｖ５（+1）

称号《しょうごう》
大地を歩む者　農民　能力神の祝福　冒険者　創造神の祝福

荷物に背を委《ゆだ》ねながら空を見上げ、宙に浮《う》かぶステータスをぼんやりと眺める。魔力操作と光魔法のレベルが上がっているのは、ワイバーン戦で無茶な戦いを繰《く》り広げたからだろう。日頃《ひごろ》の光魔法を使っていたときを思えば、明らかにスキルレベルの上がるペースが早い。安全な治療院《ちりょういん》で施術《しじゅつ》するのと、ギリギリの戦いの中で酷使《こくし》するのとでは経験の獲得《かくとく》も違《ちが》うのだろうか。

ぼんやりと考えていると、荷車がガタっと揺れた。次の街〝ネネゼウル〟までは二泊《はく》と三日の道程だ。距離は結構あるのだが、整備された道を行くキャラバンのペースは早い。夕焼けが荒野を染めた頃《ころ》、初日の野営地が見えてきた。

テントを張り食事の準備を終える頃には、すっかり日が落ちていた。それでも周囲はそれほど暗くない。雲一つない夜空に浮かぶ異世界の半月が、荒野を明るく照らしているからだ。

この世界の月は地球の物より、青みがかっていて少し小さく見える。記憶《きおく》にある地球の月はもっと白かった気がするのだが、もうすっかり慣れてしまった。ロクイドルでは、街の近くでの魔物退治しか冒険者としては活動していなかった。こうして夜に人の領域外で過ごすのは久しぶりだ。

「ロクイドルに女がいるんだろう？」

夜の荒野には、満天の星以外に眺める物は少ない。焚《た》き火をおこす薪《まき》もない。ひまになったのか、見張りをしていた冒険者が話しかけてきた。

「そうでもないさ」

「なんだ、そうなのか」

「ああ」

よく知りもしない相手に詳《くわ》しく説明する話でもない。再び訪《おとず》れた静寂《せいじゃく》に荒野を眺めていると、月の光の下に低く蠢《うごめ》く影《かげ》が見えた。暗視が捉《とら》えた姿は低い。サンドスコーピオン、一匹《ぴき》か。

「俺《おれ》にやらせてくれ」

動こうとする冒険者を止めて剣《けん》を抜《ぬ》いた。剣を振《ふ》りたい気分になったのは、ロクイドルの日々を思い返したからだろうか。

無造作に近付いていくと、サンドスコーピオンは両手のハサミを振り上げて威嚇《いかく》する。そのハサミに向けて剣を振り下ろしたのは、互《たが》いの間合いを測るため。あいさつ代わりってやつだ。

〈キィン〉

剣を振ると硬《かた》いハサミにぶつかり、甲高《かんだか》い音が夜の荒野に響《ひび》く。戦いの音に、背後でキャラバンの幾人《いくにん》かが動く気配がした。

ロクイドルに到着《とうちゃく》する前にも、月明かりの砂漠でサンドスコーピオンと相対したのを思い出す。襲《おそ》い来る尻尾《しっぽ》を、ハサミを、無心で弾《はじ》き返す。もうすっかり慣れた相手だ。それにレッテロットの手によって改良を加えられた義足は、あの頃よりもしっかりと地面を捉える。積み重ねた戦いの経験が、砂漠で工夫《くふう》した装備が対応に余裕《よゆう》を生む。

攻《せ》め込もうと思えばいつでも攻め込めたが、ただ弾き返す。その音が響く度《たび》にロクイドルで得た成長を実感し、それと共に過ごした日々が脳裏《のうり》を過《よ》ぎった。

だが、そんな時間は長く続かなかった。受け流したハサミの関節を、反射的に返した剣が斬《き》り落としたからだ。

致命《ちめい》的な隙《すき》を埋《う》めるべく、サンドスコーピオンが尻尾を振るう。毒のある強力な尻尾。しかしそれも、何度も体験した攻撃《こうげき》だ。苦し紛《まぎ》れの一撃を冷静に弾き返し、剣を上段に構える。

上段の構えは攻めの構え。かつて、王都で義足での戦いを模索《もさく》した頃には取れなかった構えだ。

「せぇぇぇいッ」

義足を大きく踏《ふ》み込んで、剣技《けんぎ》と、体重と、筋力と、今のありったけを乗せた一撃を振り込む。サンドスコーピオンの頭を覆《おお》う甲殻《こうかく》に刃《は》が割って入り、勢いのままに剣先が地面へと突き抜ける。王都で鍛《きた》え、ロクイドルで磨《みが》いた剣術は、確かに砂漠の魔物を切り裂《さ》いた。

『砂漠の魔物だって切り裂いてみせる』

そうジリドと交《か》わした言葉を思い出した。剣身を眺めると、そこにエラムス流の面々が浮《うか》ぶ。やっとあの時の約束を一つ、果たしたと言えるのかもしれない。

「おいおい、サンドスコーピオンの甲殻を剣で斬っちまうなんて、さすがCランクだな」

後方で警戒していた冒険者があきれて声をあげた。護衛の冒険者はDランクだった。つい先日まで同じDランクだったのだが……肩書《かたがき》の力は恐《おそ》ろしい。

戦闘《せんとう》音に起き出してきた冒険者にも手を貸してもらいながら、野営地までサンドスコーピオンを運び、手伝ってもらいながら解体をする。しばらくはサソリ肉が続きそうだ。ロクイドルでさんざん食べた味ではあるが、甘《あま》みがあって飽《あ》きがこない。身は傷みやすく、荒野を抜ければ高級食材として扱《あつか》われ、そうそう食べられるものではない。今のうちにしっかり味わっておこう。

「こんな硬い甲殻を斬れるんじゃあ、殻《から》で作った鎧《よろい》なんざ役にたたねぇな」

解体の手を動かしながら甲殻をコンコンと叩《たた》き、冒険者がそんなことを言ってきた。サンドスコーピオンの外殻《がいかく》は安価な鎧の素材としても人気だ。ロクイドルでは駆《か》け出しの冒険者でも買えるし、軽いので好んでつかう斥候《せっこう》や軽戦士もいる。

「そんな事はない。思いっきり振ってやっと斬れるていどだ。見てくれ」

鞘《さや》から剣を抜き、解体の手を止めた冒険者に差し出した。

「良い剣だが……まぁ、普通《ふつう》っちゃ普通だな」

剣身をランプの灯《あか》りに照らし、一通り眺めてから剣は差し戻《もど》された。

「ああ、変に斬れれば刃こぼれするし、手入れを怠《おこた》ればすぐ錆《さ》びる。特別な剣じゃない、鎧ごと斬るなんて、よっぽどじゃなければ無理だ」

王都で働いたお金を貯《た》めて買った剣は、丈夫《じょうぶ》さと切れ味にそれぞれ《小》の付与《ふよ》がされたなかなかの業物《わざもの》だ。とはいえ、お世辞にも特別と言えるような効果はなく、多少値は張るがDランクの冒険者が何年かお金を貯めてやっと買える、一般《いっぱん》的よりやや上程度の剣だ。二年近く実戦で使って何度か研ぎにも出している。適当に振ってなんでもスパスパ斬れるような剣では決してない。

「でも、そいつでワイバーンをぶった斬ったんだろう？」

再び解体にかかりながらも、手は止めずに訊《たず》ねられた。単身でワイバーンを倒《たお》した話がこれだけ広まっているのは、魔法や飛び道具ではなく剣で倒したというのも大きいだろう。剣でワイバーンを倒したと聞けば、斬ったと思われるのも仕方がないが……

「いや、あれは死に物狂《ぐる》いで脳天に突き刺《さ》した、ってのが正確なところだな」

「ああ、そうなるのか」

「正直、それしかなかった」

空を飛ぶ魔物の骨は、あまり丈夫ではない傾向《けいこう》があると聞く。実際、ワイバーンの骨は身体《からだ》の大きさの印象に比べて硬くなかった。空力や体重的に空を飛ぶには無理がある大きさのように思えるが、そこはやはり魔力的な働きがあるのだろう。それでもやはり、軽いに越《こ》したことはないようだ。

「で、やっぱり、手強《てごわ》かったのか？」

「そりゃあな～、なにしろ飛ぶ」

夜営で解体作業していれば、なかなか黙々《もくもく》と、という訳にはいかない。騒《さわ》がしくはできないが、周囲は荒野。多少しゃべったところで魔物を引き寄せる心配もない。そうなれば、話題は自然、直近の出来事になってしまうのも無理はない。

「あいつはそもそも、鉱山の搬出《はんしゅつ》で人が出てきたのを狙《ねら》っていたんだ」

「ほうほう」

話しだすと、声を聞いた他のキャラバンのメンバーもテントから出てきた。自然と増えた人手で解体作業は手早く終わり、いつの間にか周囲に話を聞く人の輪が出来上がっている。きっと道中からすでに興味津々《きょうみしんしん》だったのだろう。

「鉄鋼石の搬出で人が行き交う中、ワイバーンが目を付けたのは、大きな声を上げた一人の女の子だったんだ」

「たぶんワイバーンはオスだったんだな」

「違いねぇ」

結局話すことになってしまえば、噂《うわさ》を広げているのと変わらない。けれど、いいかげんな話が広まるよりはまだ自分で話した方がマシだし、なにより早く続きをと目を輝《かがや》かせるキャラバンの面々を前に〝やっぱりやめた〟とはとても言えそうにない。

「いや、お前は見張りだろ！」

「いいじゃねぇか、少しくらい」

「良くねぇ！　とっとと戻れ！」

「ちっ！　後で俺にも聞かせろよ」

キャラバンの夜語りは、荒野に灯されたランプを囲んで続く。

異世界の青い月光だけが、夜空からその小さな灯火を照らしていた。

第17話　ガセハバル

岐路《きろ》に立っていた。たとえではない。

〝ネネゼウル〟を通過し、到着《とうちゃく》した次の街〝メセロロ〟は荒野《こうや》の終わりにある大きな街だった。

ドワーフの王国ガセハバルは、ここからさらに北へ向かった山の中にある。このまま鉄鉱石を運ぶ街道《かいどう》を進めば辿《たど》り着く。だが、本来の目的地はドワーフの王国ではない。

目的地のエルフの森へ向かうなら、進路を西へと向けて回り込《こ》みラバハスク神聖帝国《ていこく》を目指さなくてはならない。ここメセロロは、分岐点《ぶんきてん》にできた三叉路《さんさろ》の街だった。

まっしぐらに目的地へ向かう選択肢《せんたくし》もたしかにある。しかし、ドワーフの国〝ガセハバル〟と言えば、優《すぐ》れた武器防具を求めて多くの冒険者《ぼうけんしゃ》が集《つど》う、ある意味冒険者にとって憧《あこが》れの地だ。素通《すどお》りはちょっと考えられない。

別に急ぐ旅でもないし。ちょっと寄り道くらいしたところで、誰《だれ》に責められるでもない。武具を更新《こうしん》できるほど旅の資金は潤沢《じゅんたく》とは言えないが、何か欲《ほ》しい物があれば行き先のギルドで依頼《いらい》を受ける手もある。ドワーフの国を見に行くのは、決して悪い選択《せんたく》ではないはずだ。

キャラバンの一行と分かれて向かったのは、ガセハバルへと向かう門……ではなく、乗合馬車の停留所。

馬車、そう馬が牽《ひ》く車だ。この街では井戸《いど》を掘《ほ》れば水が出る。この先は荒野ではなく草原が続き、さらに行けば川があり森もあるそうだ。ここからはグランドリザードではなく、馬での旅となる。久しぶりに見る馬にヒューガのことが思い出される。

青い空を見上げると思い浮《う》かぶ懐《なつ》かしいヒューガの姿は、三頭のメス馬に囲まれていて、すぐに視線を地上へと戻《もど》した。

「お客さんかい？」

停留所へ着くと、御者《ぎよしや》と思われる人が話しかけてくる。

「ガセハバル方面の便はいつになる？」

「手前の街メセババロ行きが明朝の出発だよ。二泊《はく》三日で銀貨二〇枚だ」

「わかった、それで頼《たの》むよ」

大銀貨二枚と引き換《か》えに席札をもらう。この先のことを思えば、また馬を買ったほうがいいのかもしれないが、見知らぬ乗客たちとの交流は旅の醍醐味《だいごみ》の一つ。にぎやかな馬車の旅も嫌《きら》いではない。光魔法《まほう》を修《おさ》め回復魔法を得た今、お尻《しり》が痛くなるくらいは恐《おそ》るるに足りないのだ。

翌日の足を確保して宿に戻ると、宿屋の娘《むすめ》さんが出迎《でむか》えてくれた。

「エビフさん、お帰りなさい」

「ああ、湯をたのむよ」

エビフというのは、宿帳に書いた偽名《ぎめい》だ。自意識過剰《かじよう》かもしれないが、ロクイドルとガセハバルの交流は盛んだ。しかもラバハスク神聖帝国との交易路でもある。そんな街の宿屋ともなれば、夜の食堂の賑《にぎ》わいは酒場と遜色《そんしよく》がないだろう。そんな場所へ吟遊詩人《ぎんゆうしじん》共が来ていないはずがない。

あいつらは恐るべきインフルエンサーだ。何しろこれまで語り継《つ》がれた英雄譚《えいゆうたん》と、目新しい話題とでは稼《かせ》ぎが違《ちが》う。しかも訪《おとず》れた街に同業者がいれば、新しいネタはすぐさま伝えられる。同業者はライバルだが、情報源でもあるからだ。とは言え、同じ街では吟遊詩人の活動できる場所は限られ、新しいネタに出遅《でおく》れた者は他の街へと移動する。そうして情報は、恐るべき速度で拡散していくのだ。

さらにそれが人里離《はな》れた秘境などではなく街の中で、女の子を守るために衆人環視《しゆうじんかんし》の中、なぜか単独でワイバーンと戦った男の話ともなれば、ゴブリンの集落へこんがり焼けたホーンラビットを放《ほう》り込むようなものだ。あっという間に骨までしゃぶられてしまう。

そんな所で呑気《のんき》に食事を摂《と》って『あちらに座っているのがアジフさん本人です』などと言われたら目も当てられない騒《さわ》ぎになってもおかしくない。トラブルを避《さ》ける為《ため》にも念のために偽名を使っておいた。

部屋へ戻って装備の手入れをしていると、間もなくお湯が届けられる。久しぶりの旅の埃《ほこり》と垢《あか》を落とす気持ちよさに、また旅が始まったのだと実感させられた。

贅沢《ぜいたく》を言えば湯船に浸《つ》かって汗《あせ》を流したいが、庶民《しよみん》の宿に湯船などない。水が豊かとは決して言えない街ならなおさらだ。魔石を使う給湯の魔道具を備えた宿ならあるかもしれないが、そんな宿は一泊いくらかかるかわかったものではない。いつまでかかるかわからない旅の中、そんな贅沢などできはしない。

一通り身体《からだ》を拭《ぬぐ》いさっぱりすると、椅子《いす》に座りランプの灯《あか》りの前でナイフを取り出した。

ランプに照らされてナイフの刃《は》がゆらりと煌《きら》めく。

ひとつ息を吐《は》いてから切っ先を指先に当て、軽く刃を滑《すべ》らせると軽い痛みと共に血がにじみ出した。

「ふぅ〜」

「メー・レイ・モート・セイ　ヒール」

唱えると、傷口がふさがっていく。光魔法のスキルレベル上げだ。

ロクイドルの教会では寝《ね》ていても患者《かんじゃ》が向こうからやってきたが、旅に出てしまえばヒールを使う機会はそれほどない。ヒールの習熟の為にも仕方なく自傷して訓練をしていた。

しかも安全な宿は魔力が尽《つ》きるまで何度でもできる貴重な機会だ。何度も指を切るのは無駄《むだ》に痛い。お酒を飲んで『キュア・ポイズン』で訓練する方法もないではないのだが、お金がかかるうえにヒールの方が使用頻度《ひんど》も必要性も高い。

唯一《ゆいいつ》のメリットは、寝付きがいい点だ。魔力が尽きれば意識を失ってしまうので、恐らくこの世界で不眠症《ふみんしょう》に悩《なや》まされる事はないだろう。残念ながら地球にいた頃《ころ》から不眠症に悩んだ事はなかったが。

翌朝すっきりと目を覚ますと宿を引き払《はら》い、馬車で街を出て次の街メセババロへと向かう。相変わらず整備された街道を半日ほど進むと、だんだんと景色に緑が混じってくる。少し緑が入るだけで周囲の印象は全然違うものだ。

途中《とちゅう》、久しぶりに見たコボルトの襲撃《しゅうげき》を、護衛の冒険者が難なく撃退《げきたい》した。それを特に警戒《けいかい》するでもなく、荷台からぼんやり眺《なが》める。対応の慣れた様子から察するに、この辺りではめずらしくないのだろう。

「同業者か？」

進み出した馬車のゆっくりとした速度に合わせ、馬を寄せて来た冒険者が訊《たず》ねてきた。ちょっと戦闘《せんとう》の様子を見過ぎていたかもしれない。

「Cランクだ」

「ヒュゥ！」

白金色のプレートを懐《ふところ》からちらりと見せると、軽く口笛を吹《ふ》かれる。乗合馬車の護衛依頼はDランクから受注できる人気の依頼だ。割の良い報酬《ほうしゅう》と低い危険度が魅力《みりょく》だが、それだけではCランクへの昇格《しょうかく》は難しい。

自然、馬車の護衛依頼を専門とする冒険者はDランクがほとんどで、初級冒険者の目標であり中級冒険者にとっての壁《かべ》でもある。危険度の高い護衛依頼はCランク以上が多いのもそれに一役買っているのだろう。

馬に乗っている冒険者が持つ槍は、徒歩で使うには長い物だった。馬上槍《ランス》ではなく刃の付いた槍だ。馬に乗るのを前提にした装備を選べるのは、街道に出て来ない魔物を無理に倒《たお》しに行く必要はないからだ。護衛依頼の本分は対象の護衛であって、魔物の討伐《とうばつ》でない。その装備から察するに護衛専門の冒険者、おそらくはDランクなのだろう。

「ガセハバルには依頼で？」

「いや、ドワーフの、国を見に」

「ああ、なるほど」

馬の足を進めながらも世間話が続くが、こちらは馬車に揺《ゆ》られてしゃべり辛《づら》い。向こうも馬に乗っているというのに慣れたものだ。

「もうすぐ今日の野営地だ。もうしばらく辛抱《しんぼう》してくれ」

冒険者の言葉に、自分以外の乗客の間にもほっとした空気が流れる。ガタゴトと揺れる馬車に長時間乗っているのは、それだけでも結構疲《つか》れるものだ。

それからしばらくして到着した野営地は、大きな岩山の間に木が組まれた広場だった。御者が馬の世話にかかる間に、冒険者たちが慣れた様子で転がっていた木を組む。あっという間に簡易な柵《さく》が出来上がった。定期便の行路だけあって、色々あらかじめ準備してあるようだ。

「見張り、手伝うか？」

「いや、ウチのパーティで回すよ。慣れているしな」

それでも街の外には違いない。見張りを申し出たが必要ないらしい。ここは慣れた冒険者にまかせて、遠慮《えんりょ》なくお言葉に甘《あま》えさせてもらうとするか。

そう決め込んで眠《ねむ》りについたが、ぐっすり寝ている夜半、馬のいななきと見張りの冒険者の声に叩《たた》き起こされた。

「クレイ・レオパルドだ！」

アイツか、飛び起きて剣《けん》を手に取り、周囲の様子をうかがう。弓を持った冒険者が岩山の上を射ていた。クレイ・レオパルドは柵を構えた正面ではなく、周囲の岩山を登って柵の中へと侵入《しんにゅう》するつもりのようだ。矢は岩の装甲《そうこう》に阻《はば》まれて大して効いていないようにも見える。それでも狙《ねら》って飛んでくる矢は無視できない。足止めには十分なっているようだ。

クレイ・レオパルドが牽制《けんせい》されている間に、緩《ゆる》めてあった装備の紐《ひも》を締《し》め直す。剣を抜《ぬ》いて戦闘に備えると、柵の中は魔物から逃《のが》れようとする乗客が逃《に》げ惑《まど》っていた。

「馬車に隠《かく》れろ！」

冒険者の指示が飛び、乗客が荷台に飛び込む。中で寝ていた女性の乗客の小さな悲鳴があがるが、非常時では仕方がないだろう。

「レット・メイズ・メイ・ドル　ファイヤーアロー！」

魔術師が、岩山の上へ向けて魔法を放つ。闇夜《やみよ》を切り裂《さ》いて飛んだ火の矢は、岩肌《いわはだ》と同じ色に擬《ぎ》態《たい》したクレイ・レオパルドのシルエットを浮かび上がらせる。狙いがそれたのは擬態ではっきりとした位置がわからなかったのか、矢はわずかに逸《そ》れて岩肌へと着弾《ちゃくだん》した。

「ギャルァ！」

それでも爆風《ばくふう》で弾《はじ》かれたクレイ・レオパルドが、岩壁《がんぺき》から転げ落ちる。

「いいぞ！」

そこへ槍を構えた冒険者が突《つ》きかかり、剣士も正面へと詰《つ》め寄り大きめの盾《たて》を構えて位置取る。

夜襲《やしゅう》にも動じない連携《れんけい》は、さすがに慣れているというだけの事はある。自分が見張りをしていても闇夜の岩肌に同化したクレイ・レオパルドに気付けただろうか。魔法もどうやら外したのではなく、狙って岩山に着弾させたようだ。直接ダメージを与《あた》えるよりも、上を取られる不利を避ける選択をした魔法の使い方も上手《うま》い。

だが、感心してばかりもいられない。護衛冒険者の背後に回って馬車の間に位置取り、ライトの魔法を打ち上げる。

突然《とつぜん》明るさを増した戦場にクレイ・レオパルドは目を細め、光を背にした冒険者が一気に攻勢《こうせい》を強めた。

「もう一匹《ぴき》いるぞ！」

そのまま押《お》し切るかと思えたその時、弓を構えて仲間の戦闘を見ていた冒険者が声を上げ、矢を岩に向けて放った。

矢が岩肌へと突き刺《さ》さる直前、光球に照らされた岩肌から跳《と》び上がった影《かげ》がひるがえり、馬たちの悲鳴が上がる。

「エビフ！　そっちを頼む！」

「任せろ！」

冒険者たちは馬車を守る陣形《じんけい》をとっていて、馬が繋《つな》がれた近くには誰もいなかった。そこへ飛び込まれてしまったのだ。人命優先とはいえ馬を失う訳にもいかない。かといって、馬が混乱して暴れる中、弓や魔法では狙えない。

「だりゃあっ！」

馬に爪《つめ》を立てて牙《きば》を剥《む》く新手のクレイ・レオパルドに向けて、剣を大げさに振《ふ》り込みながら飛び込む。声に反応したクレイ・レオパルドは、素早く反応して身をひるがえした。隙《すき》を突くよりも、まずは馬への攻撃《こうげき》を止めなければならない。

剣はさらりとかわされてしまったが、当たらなくても馬と引き離せればそれでいい。これ以上馬を攻撃されないように詰め寄り、馬たちを背後にして位置取る。

「ガウゥゥゥ」

襲撃を邪魔《じゃま》されて不機嫌《ふきげん》そうに唸《うな》りを上げる相手と睨《にら》み合う。そこへ後方から火球の魔法が岩を纏《まと》った身体へと着弾した。だが、嫌《いや》そうに身をよじっただけで、大して効いているようには見られない。

クレイ・レオパルドは土属性の魔物だ。図書館で読んだ魔術の基礎《きそ》知識だが、属性には相性《あいしょう》があって　水↓火↓風↓土↓水　闇《やみ》↑↓光　の相克《そうこく》関係になっている。火では土に対して相性は普通《ふつう》だ。風属性の魔法は持っていないのだろう。しかし、たとえ有効な相性はなくても、火球の魔法は他の属性に比べ威力《いりょく》がある。衝撃《しょうげき》だけでも、援護《えんご》としては十分だ。

「せぁっ！」

身をよじったその隙へと、下段から円を描《えが》いて剣を振り込む。

「ギャウッ」

しっかりと体重を乗せた一撃が、前脚《まえあし》の岩の鎧《よろい》を砕《くだ》いて肉を捉《とら》えた。動き回る部位の装甲は薄《うす》い。まずは相手の足を奪《うば》うのは、四足獣を相手にするうえで定石だ。くい込んだ刃を引いてさらに傷を広げようとするが、すぐさま飛び退《の》かれて距離《きょり》を取られてしまった。

大きな傷は与えられなかったが、いい展開だ。一人で戦っているわけじゃない。時間はこちらの味方なのだからじっくりいこう。

じり、じりじりっと距離をつめるこちらを、相手は体勢を低くして睨みつける。縮められた後ろ脚は、隙あらば襲《おそ》いかかろうと力を溜《た》めている。睨みあった状態のまま、そっと剣を握《にぎ》った手首だけを返す。翻《ひるがえ》った剣身にライトの魔法光が反射し、一瞬《いっしゅん》の煌《きら》めきを放った。

「グルァァァー！」

その煌めきに誘《いざな》われ、クレイ・レオパルドは前脚を振るって飛び掛《か》かってきた。それを下から振り上げた剣で受け止めると、〝ズシリ〟と重量感が両腕《りょううで》にのしかかる。

「ぐぅっ」

岩を身体に纏ったクレイ・レオパルドは重い。支える腕が『無理だ』と悲鳴をあげる。地面を捉える義足が軋《きし》みをあげ、地面を削《けず》りながらずり退《さ》がった。こ、これはキツイ、長くは保《も》たないが、もう一瞬だけ力を振り絞《しぼ》り、根性で踏《ふ》み止まった。

クレイ・レオパルドの硬《かた》い岩の鎧は、身体の外側を覆《おお》っている。のしかかった体勢のせいで、装甲の薄い腹側を曝《さら》している。必死でこらえるその横を抜けて、火の矢が通過する。そしてそのまま無防備な胴体《どうたい》へと突き刺さった。

「グャイン！」

のしかかっていたクレイ・レオパルドはグラリとよろめき、剣から重みが抜ける。上手い。これ以上ないタイミングでの援護、のしかかられてから詠唱《えいしょう》していては間に合わなかったはず。魔術の威力や冒険者ランクでは測れない強さに、思わず口角が上がる。

よろめきながらも立ち上がろうとするクレイ・レオパルド。しかし、絶好のお膳立《ぜんだ》てを逃す手はない。

「せぇぁぁぁっ！」

隙を見せる首元へと、重さから解放された剣を振り抜くと、剣が通過した後に血しぶきが舞《ま》う。前脚の装甲の薄さ、首元の下側に装甲がない、それらは以前クレイ・レオパルドを解体した時に気付いた事だ。よほどの隙がなければ動く相手に対して狙うのは難しいが、絶好の援護がそれを可能にしてくれた。

「ヒュ……」

クレイ・レオパルドは酸素を求めるように口を開け、むなしく風が抜ける音を出す。声は音になる事なく、そのまま地面へと倒れた。

念のため距離をとってちらりともう一匹の状況《じょうきょう》を確認《かくにん》すると、あちらもかなり追い詰めている。魔術師が援護に向かうのも見えた。四人がかりともなれば、それ以上の手助けは必要ないだろう。

地面に倒れるクレイ・レオパルドが絶命しているのを確認していると、あちらから歓声《かんせい》があがった。無事に仕留められたようだ。剣を納めて、たたえ合う冒険者たちへ声をかけに歩み寄った。

「怪我人《けがにん》はいるか？」

「俺《おれ》たちは大丈夫《だいじょうぶ》だ。それよりも馬だな」

言われて馬を見てみると、幾筋《いくすじ》も血を流す爪痕《つめあと》が生々《なまなま》しい。これは痛そうだ。早く治してやらなくてはならない。

「メー・レイ・モート・セイ　ヒール！」

回復魔法で治してやると、馬は落ち着きを取り戻したように見える。

「こっちは三人がかりだったってのに、さすがだな、アジフ」

「なに、魔術の援護がよかったのさ」

差し出された拳《こぶし》に応《こた》えコツンと合わせつつ、つい答えてしまった。

「やっぱりな」

剣士がニヤリと笑う。バレてしまったか。まぁ、バレてしまったのなら仕方がない。

「一応聞いていいか？　なんでわかった？」

「なんで……って、そりゃぁ、お前、義足の剣士で光魔法を使う司祭なんてめったにいるわけないだろ？」

「わけないかー」

頭を掻《か》きながら苦笑《にがわら》いを浮かべる。剣を振るう以上、偽名で通すのは難しいようだ。まぁ、ギルドで依頼を受ければどうせバレてしまうし、偽名だとバレれば痛くもない腹を探《さぐ》られてしまう。良い案だと思ったが、結局本名の方が無難という事なのだろう。

「騙《だま》したようで悪かった。改めて、アジフだ」

「まったく、水くさいじゃないか。肩《かた》を並べて戦った仲だってのに」

差し出した手を握る冒険者の笑《え》みがうさんくさい。

「噂《うわさ》のアジフと剣を並べたと言えば、酒場のねーちゃんにもいい顔ができるからな」

「おかげで美味い酒が飲めそうだ」

「ただ酒ならもっといい」

冒険者どもが勝手な事を言い出した。今から鼻の下を伸《の》ばしている奴《やつ》もいる。ヤメロと言いたいが、こちらにも偽名を使っていたという弱みがある。やはり偽名はこれっきりにしよう。

「言っとくが、俺はおごらないからな」

「なんだよ～つれないな～」

「ちょっとくらいいいだろ～」

先手を取って断ると、残念そうにブーイングが上がる。こいつらやっぱり人を酒の肴《さかな》にするつもりだったな。お見通しだ。

「それより早く皮を剥《は》ぐぞ。次の襲撃がないとも限らないからな」

「へいへい」

文句をいいつつも、冒険者たちは素早く動きだす。乗客たちも胸をなでおろして、焚《た》き火の周囲に固まっていた。クレイ・レオパルドの肉は食べられないので血抜《ちぬ》きをする必要はないが、あまり血の臭《にお》いを振りまいても他の魔物を呼び寄せてしまう。手早く解体を済ませて、素材以外は埋《う》めるか捨てるかすべきだろう。そこからは夜番関係なく総出での作業が進み、それでも全《すべ》ての作業が終わる頃には、夜がぼんやりと白み始めていたのだった。

〝ガセハバル〟というのは、ドワーフの王国の国名であり、首都の名前でもある。

メギトスとガセハバルの国境には特にこれといった境界線も検問もなかった。『どこからガセハバルなんだ？』と訊ねてみると『あの森からじゃないか？』と返事が帰ってきた。冒険者が指し示す先にあったのは森で、明確な国境線はないようだ。

「おお！」

どこにでもありそうな、どうってことなさそうな特徴《とくちょう》のない森が見える。この世界に来る前も、来てからも何度となく見てきた森と大差はない。それでも歓声を上げずにはいられない。

なにしろこの一年、砂ばっかり見てきた。初めて砂漠《さばく》を見たのと同じくらいの感動がある。他の馬車の乗客の反応は、一人だけ同じく珍《めずら》しげに森を眺めていたが、他はちらっと森を見るだけだった。どこから来たかによる反応の違いなのだろう。

ただ、その森も、さらに進むと様子が違ってくる。木が不自然に整然と並び、高さが揃《そろ》いすぎている。中には伐採《ばっさい》されたと思わしき区画もあり、明らかに人の手が加わっているとわかる。

森の中に煙《けむり》が上がっているのは、炭でも焼いているのだろうか。ちらほらと見えてくる集落には気持ち程度の防壁《ぼうへき》とも言えないような柵しかなく、魔物に襲われないか心配になってしまう。

「この辺りの森はドワーフが育てている森だ。時々ホーンラビットだのファングボアが出るくらいで、魔物なんて滅多《めった》に出ないのさ」

小さな河原で馬を休ませる間に聞いてみると、そういう事らしい。実際、森に入ってからというもの、魔物の襲撃は一度もなかった。いままでの森では考えられない頻度だ。ちらほらとホーンラビットの姿が見えたが、あいつらに馬車を襲う度胸はない。

森と言えばイメージするのはエルフだ。ドワーフが森を管理しているというのは違和《いわ》感があるが、鍛冶《かじ》と火は切っても切れない関係だ。ドワーフたちの中では、森の管理も鍛冶の一環《いっかん》なのかもしれない。

その日の野営地となるドワーフの集落も、頼《たよ》りない柵が張り巡《めぐ》らされている程度だった。それでも村人たちに緊張感《きんちょうかん》はなく、見張りもどこか気を抜いているように見える。

「山にでも行かない限り、ゴブリンだって出やしないよ」

「それじゃぁ、冒険者は喰《く》っていけないだろ」

「そうでもないさ」

この一帯の森は食料源及《およ》び炭の材料として管理されているらしい。範囲《はんい》はかなり広く、討伐が必要になるような魔物が現れると、すぐさま冒険者に依頼がかけられるのだとか。他にも木こりや炭焼きの護衛など、依頼には事欠かないそうだ。

翌日は特に魔物の襲撃もなく、馬車は目的地である〝メセババロ〟へと到着した。遠目に見ても街中から煙が上がっているのが見える。聞いた話では、この街には大きな製鉄炉《せいてつろ》があるらしい。ロクイドルの鉄鉱石はこの街で鉄へと変えられるのだとか。街へ入ると、これまでの街とは打って変わって、住人のほとんどがドワーフだった。

ロクイドルにもドワーフはたくさん居て特に珍しいと思いはしなかったが、行き交《か》う人のほとんどがドワーフとなれば話は別だ。人間《ヒューマン》が珍しいとまでは言わないが、少数派なのは間違いない。

「じゃあな、エビフ！」

冒険者ギルドでクレイ・レオパルドの素材売却《ばいきゃく》が終わると、護衛の冒険者たちとはお別れだ。わざとらしく偽名を呼びながら不自然に声を上げて大きく手を振っていた。確かに自分の事をあまり吹聴《ふいちょう》しないでくれと頼みはしたが、あまりにもあからさますぎる。苦笑いを浮かべながら軽く手を上げて返す。きっとこれから夜の街にでも繰《く》り出すのだろう。すでに日は沈《しず》もうとしていて、今から明日の馬車の便を探すのは難しい。ギルドで宿の場所を訊ね、その日は馬車の揺れに疲れた身体を休める事にした。


翌日にガセハバル行きの馬車を探すと、すぐに見つかった。出発間近だというので、あわてて宿に引き返して荷物をまとめる。

ドワーフの宿はどのようなものかとちょっと心配していたが、ドワーフのお姉さんの気の利《き》いた対応と、ボリュームのあるドワーフ料理が美味《おい》しくてもう何泊かしてもいいと思えるほどだった。ただ、ベッドの長さはギリギリだった。ドワーフは全体的に背が低いので、そのせいだろう。名残《なごり》を惜《お》しみつつも宿を離れると、馬車は停留所で自分の到着を待ってくれていた。

「すまない、待たせたな」

「かまわないさ。さぁ出るぞ」

時刻表なんてものはないので、出発も融通《ゆうずう》が利く。進み出した馬車に揺られて街道を進むと、ガセハバルに近づくほどに周囲の山は次第《しだい》に高くなっていく。山間《やまあい》に拓《ひら》かれた平地には畑が整然と並び、水車がたくさん作られている。灌漑《かんがい》に使うのはもちろん、時折聞こえる規則的な音は何かの動力としても使っているのだろう。

魔物の心配もなく、人の営みの音を聞きながら馬車は進む。その光景はとてものどかで、争いの絶えない世界だという事を一時忘れさせてくれるほどだった。

昼時に休憩《きゅうけい》をはさみながらも、谷川に沿ってうねり曲がる街道を進む。ガセハバルに近づくほどに、行き交うドワーフの姿が増えてきた。いくつ目かもわからないカーブを越《こ》えて、急に視界が開けた先に、それは突然に姿を現した。

谷間を埋めるようにそびえ立つ城壁《じょうへき》、ガセハバルの門だ。正確に切り揃えられた石材が隙間《すきま》なく積まれ、高さにして十メートルは超《こ》えるだろう。城壁の上にはバリスタが並び、遠目に兵士が巡回《じゅんかい》しているのが見える。

人々や兵士の様子におかしな所は見当たらないので、これが通常の警戒態勢なのだろう。道中ののどかな様子からは、それほどの守りが必要な理由は思い浮かばなかった。

城壁の入り口に作られた門は、広く開け放たれて門番もいない。見上げるほどの城門をくぐると、内部には馬車が並ぶ大きな広場が広がっていた。その先にはさらにいくつかに分かれた門があり、多くの人々が列を作って並んでいる。どうやら馬車はここまでのようだ。慣れた様子の乗客が降りる準備を始め、それにならい荷物を手元にたぐり寄せる。

門に並ぶ列の先頭では、数人の門番が街へ入る人の身分証を確認していた。思いのほか早く進む列に並び、おとなしく順番を待つ。周囲も世間話などしているが、列の順序を乱したり、騒ぎを起こしたりする者はいない。

それもそのはず。目の前に門番の兵士たちがいるのに、わざわざ騒ぎを起こす意味などない。門番たちも黙々《もくもく》と確認を済ませている。改めるべき者は、外壁《がいへき》の内部にあるらしい詰所《つめしよ》へつれて行かれるようだ。こういった光景は、ヒューマンの街でも比較的《ひかくてき》大きな都市なら珍しくない。いちいち「身分証と入街税を」などと対応していては、この人数では喉《のど》がかれてしまうだろう。

〝ん〟と仕草だけで示された順番に、こちらも黙《だま》って大銅貨と冒険者プレートを差し出す。門に置かれた机に座《すわ》る門番が冒険者プレートを受け取り、手元の紙に何事か書き込む。何気なく覗《のぞ》くと〈冒険者／C／アジフ〉と書いてあった。入門の台帳のようだ。台帳に書き入れた門番のドワーフは、プレートを返す前に手を止めて下げていた顔を上げた。

その目に浮かべているものは、最近よく見ているのですぐにわかる。〝好奇心《こうきしん》〟だ。

「ん」

ため息をこらえながらも、早くプレートを返すように手を差し出し、仕草だけで催促《さいそく》する。

「あ、ああ」

門番は列に並ぶ人々からの視線に気付いて、すぐにプレートを差し戻した。

見知らぬ人がこちらを知っているというのは、なかなかに面倒《めんどう》くさい。地球に居た頃は一切縁《いっさいえん》がなかったが、芸能人というのはこんな気持ちなのだろうか。ただ、あの人たちは自ら望んで有名になったかもしれないが、自分はそうではない。言ってみれば、事件で突発《とっぱつ》的に名が売れただけに過ぎない。悪名ではないというのが、唯一の救いだ。

どのみち、ロクイドルと交流のあるこの街では、リバースエイジを使って若返るのはやめておいた方がいいだろう。なにしろロクイドルではさんざん顔を売ったので、顔を知っている人がいる可能性は非常に高い。

どうせ若返りできないなら、いっそ堂々としていた方が良いというものだ。


内門をくぐって城壁の中へと入ると、どこまでも続く石造りの街並みが目に入ってきた。遠くに見える周囲の山肌までもが、街並みに覆われている。建物の造りはシンプルに四角く、屋根に沿って配管らしき物が張り巡らされている。所々で配管から流れ出る水が、時折見かける水車を回していた。

多くの人が行き交う街は様々な音にあふれているが、色彩《しきさい》は乏《とぼ》しい。無骨な街並みはドワーフの有り様を物語っているようにも思える。門から続く人の流れのままに、石畳《いしだたみ》に整備された道を歩き続けた。

通りを行き交う馬の足音は高く、蹄鉄《ていてつ》を付けているのだとわかった。これまで馬に蹄鉄を付けた事はない。街道はもちろんラズシッタの王都ですら舗装《ほそう》などされていなかったので、必要を感じなかったからだ。たまに蹄《ひづめ》の手入れはしなければならないが、どのみち馬の世話は手を抜けない作業だ。

行き交う人や馬車の様子をきょろきょろと見ながら歩けば、すぐに他所者《よそもの》だとわかってしまう。しかも、周囲の多くはドワーフだ。ドワーフたちは基本的に背が低く、その中できょろきょろしていれば背の高さだけで目立ってしまう。人の流れに遅《おく》れないように歩き続けると、やがて目的の建物が見えてきた。冒険者ギルドだ。

冒険者ギルドが大通りに面しているのは、獲物《えもの》の搬入《はんにゅう》などに便利だからだろう。外から眺めるガセハバルの冒険者ギルドは、どことなくロクイドルの教会や建物と造りが似ている。それもそのはずで、ロクイドルの建物も建てたのはドワーフなんだそうだ。

少しだけ既視《きし》感を感じながら、冒険者ギルドの建物の扉《とびら》をくぐり抜ける。中に入ると、受付の隣《となり》に酒場が隣接《りんせつ》されていた。その辺りはさすが酒好きなドワーフだと思わせる。酒場の喧騒《けんそう》を聞きながらそれとなく周囲の雰囲気《ふんいき》を探りつつ、受付の列へと並んだ。

「到着の報告を頼む」

そう言って冒険者プレートを受付嬢《うけつけじょう》へ渡《わた》す。受付をしなくても依頼票を眺めるくらいはできるが、何者かと探られても面倒だ。しかし、プレートを受け取った受付嬢は、とたんに目を輝《かがや》かせた。

「アジフ様、ようこそガセハバルへ!」

必要以上に元気のいい対応は、『ああ、話を聞いたのか』とすぐにわかるものだった。ロクイドルと経済的に距離の近いガセハバルのギルド職員が、ワイバーン討伐の話題を知らないはずもない。あの話、女性にもわりと受けが良かったからなぁ。

「いい依頼があれば受けるかもしれない。掲示板《けいじばん》を見させてもらうよ」

「はい！　どうぞ！」

やっぱり元気良すぎる仕草で返してくれた冒険者プレートを受け取る。掲示板に向かうと、道中で見た長閑《のどか》な周辺の様子に反して、多くの依頼が貼《は》り出してあった。そう言えば、メセババロの周辺でも依頼には困らないと言っていた。ガセハバルでも同じらしい。土地勘《とちかん》がないので依頼先が何処《どこ》なのかわからないが、これだけ依頼があるならガセハバルで依頼を受けるのもいいかもしれない。

「あんたアジフさんなんだろ？　ワイバーン退治の話、聞かせてくれよ。酒ならおごるからさぁ」

考えながら依頼票をあれこれ見ていると、後ろから肩を叩かれた。受付嬢が名前を口にしてから、幾人《いくにん》かの冒険者がこちらをちらちらと見ているのには気付いていた。

そしてここはドワーフの国。ドワーフと言えば酒。酒と言えばドワーフ。ギルドの酒場には昼間から酒を飲むドワーフ冒険者が溜《た》まっていて、こういう事もあるかとは思っていた。

振り返ると、ヒゲがたっぷりと生えた風貌《ふうぼう》からは分かりにくかったが、思ったよりも若そうなドワーフ四人に囲まれていた。もちろん、息からは酒の匂いがしている。

「いや、悪いがそのつもりはない」

昼間っから酒の肴にされるのは勘弁《かんべん》してほしい。聞きたければどこぞの吟遊詩人にでも聞けばいい。

「そうつれない事言わずに、頼むよ」

「そうだぜ！　いいじゃねぇか」「聞かせてくれ！」

同じパーティなのか、周囲の三人も賛同して声をあげ包囲の輪が縮まる。手を出せばすぐに届く距離を四人に囲まれれば、それなりの圧迫感《あっぱく》がある。だが、何もせず黙っていればいい。その輪の後ろで、二人の冒険者が怒《いか》りの表情を浮かべていたからだ。

〈ゴゴゴゴン〉

「あうっ！」「いてッ」「おゞっ」「ぐっ」

拳骨《げんこつ》が囲んでいた冒険者の頭に続けて落とされた。

「若いのが迷惑《めいわく》をかけた。酒の飲み方をわきまえねぇなんて、ドワーフの風上にもおけねぇ。きっちり教育しとくから勘弁してくれ」

見た目から装備の良いその二人だけではなく、その後ろのテーブルに座る数人も含《ふく》めて頭を下げられた。

「いや、それでは気が済まない。こちらからも罰《ばつ》を与えさせてもらおうか」

「なに⁉」

首根っこを掴《つか》んでこれから説教にかかりそうな冒険者を引き留め、いまだ頭をさする若い冒険者に向けて手をかざした。

色々悩んで、少々鬱憤《うっぷん》が溜まっていた。絡《から》んできた相手なら遠慮する必要もない。少し憂《う》さを晴らさせてもらうとしようか。

「ナナ・レーン・マス・ナル　キュア・ポイズン！」

唱えると、赤みがかっていた若い冒険者の顔色が良くなり、次に青くなって、

「す、すみませんでしたッ！」

唐突《とうとつ》に態度を改めて頭を下げた。

「お、おい、何をしたんだ？」

「体の中の酒を解毒《げどく》したのさ。酔《よ》っ払《ぱら》いにはこれが一番効く」

ロクイドルの教会でも、夜中に治療《ちりょう》でよくやらされたものだ。ギルド内での魔法の使用は、剣を抜くのと同等の行為《こうい》とされている。だが、それが治療魔法であればそうは扱《あつか》われない。何しろ、これは相手への攻撃ではなく治療行為だからだ。たとえそこにささやかな悪意が込められていても。

「ぶはははっ！　ドワーフから酒を抜くなんてひでぇことするじゃねぇか。噂通り面白《おもしれ》ぇヤツだ。どうだ、これから若いのの教育に付き合わねぇか？」

先輩《せんぱい》であろう冒険者が酒場を指差す。まだ日は高いが、こういう誘いなら乗ってもいいか。酒を飲んでもいい気分だったし、最近は肴にされてばかりだったからたまにはやり返してもよかろう。

格好《かっこう》の酒の肴を得た酒場は盛り上がりを見せ、若者たちも説教されながらも酒を飲む。そして良い感じに酔ってきたところで、また『キュア・ポイズン』をかけられて酔いを醒《さ》まされ正気に返る。酔っ払いに説教をされながらも、自分たちを差し置いて周囲だけがどんどん酔っていく空気にすっかりげんなりしていた。

とは言え、四人に魔法をかけ続ければ次第に魔力は残り少なくなり、若者たちは地獄《じごく》から解放される。ここからは気持ちよく飲んでもらおう。

「今日ほど光魔法を恐《おそ》ろしいと感じたことはなかったぜ」

平和になったテーブルで冒険者たちとジョッキを交わす。

「メムリキア様の奇跡《きせき》だぞ？　ありがたく受け取るんだな」

「そうだな、恐ろしいのは光魔法じゃねぇ、アジフ、お前だ。お前はドワーフの酔いを殺す男だ」

「酔い殺し……」「酔い殺しだ……」

「酔い殺しアジフ……」

周囲がその名を恐れる様に騒《ざわ》めく。

こうして『酔い殺しアジフ』は、ガセハバルの冒険者ギルド酒場で恐れられる存在となった。

広がる悪名に、せめて『酔いから救う男』にならないものかと思ったが、ならないだろうなぁと思い直し、黙ってジョッキを傾《かたむ》けるのだった。


「ふぁぁ～」

二日酔《ふつかよ》いに目をこすりながら、宿のベッドで目を覚ます。

「水よ、ウォーター」

枕元《まくらもと》のコップに水を注ぎ、一息に飲み干す。渇《かわ》いた喉が潤《うるお》されていくが、まだ頭がふらふらする。

昨日は飲み過ぎたようだ。

「ナナ・レーン・マス・ナル　キュア・ポイズン」

解毒の呪文《じゅもん》を唱えると、頭にかかるもやが晴れていく。二日酔いを醒ますのも本来の解毒の使い道とは言えないが、これは術者の役得だ。寝る前に使えば良いのだろうけど、せっかく酔ったのに寝る前に頭をシャキッとさせたくない。

ドワーフの酒宴《しゅえん》に参加するのは、なかなかに大変だった。王都の冒険者パーティ森林同盟のエルフ、オリオレも大酒呑《おおざけの》みだったが、ドワーフたちは一人一人が一騎当千《いっきとうせん》の酒呑みだ。全方向を包囲され逃げ場もなく蹂躙《じゅうりん》されてしまった。

「おはようございます、いつでも朝食にいらして下さいね」

「おはよう、おかみさん。昨夜は世話になりました」

「いいんですよ、あれくらい」

水場で顔を洗っていると、まだ若いおかみさんが声をかけてきた。街で会えばお姉さんだと思うだろう。昨夜は夜中に酔っ払ったまま訪れて迷惑をかけてしまった。おかみさんに気にした様子は見られないが、今後は気をつけるべきだろう。

この宿は昨夜意気投合したドワーフから教えてもらった宿で、部屋に手が行き届いていて清潔感がある。ガセハバルに滞在《たいざい》中は、この宿に連泊《れんぱく》しようと思っていた。

「この街には依頼で？」

「いや、ドワーフの武具を見ようと思ってね」

「それでしたら、街中にありますよ。見るだけなら好きなだけ見放題です」

「そりゃ助かる。見ただけでお金を取られたら、あっという間に財布《さいふ》が空っぽだ」

軽く肩をすくめて、持ってきてくれた朝食に手を付ける。朝食に出されたのは芋《いも》のゴロゴロ入ったスープだ。ボリュームがあってポトフと言ってもいいかもしれない。パンも頼めば出てくるようだが、朝から詰め込む気にはなれなかった。

朝食を終えて身支度《みじたく》を済ませ、剣だけを手にして街へ出る。昨日は到着がすでに夕方近かったので回れなかったが、大通りにはドワーフ製の物産を扱う店が数多く並んでいた。ただ、酒を飲みながら集めた情報によれば、大通りに並ぶ店は高級店が多いそうだ。確かに立派な店構えが多かった様に思う。

いきなり良い物を見るのもいいが、まずは手頃《てごろ》な価格帯の品物を見たい。宿を出て向かったのは、大通りから外れた武具店街だった。雑多に品物の並べられた店が並ぶ中で、まず訪れたのは『激安』と看板の掲《かか》げられた店。何故《なぜ》なら激安だからだ。

ただ、品揃《しなぞろ》えは満足いくものではなかった。扱う品物が怪《あや》しかった訳ではない。職人のお弟子《でし》さんの習作などを扱っていて、安い割にはいい品質だったと思う。少なくとも、同じ物を他の街で買うよりははるかに安い。なりたての冒険者にとっては、垂涎《すいぜん》の品揃えと言ってもいいだろう。しかし、今の剣をわざわざ買い換えてまで欲しいと思える程《ほど》の物はなかった。これでも剣士としてそれなりの経験を積んで来ている。道具にはこだわりもあるので、安ければいいとは言えない。それならわざわざ激安を掲げる店に入らなければいいのだが、安いと言われれば気になってしまうのは、人の性《さが》だ。

それからも様々な店を見て回った。さすがに手先の器用なドワーフの王国だけのことはあり、良い物はたくさんあった。その中で心を潤してくれたのは、剣の品揃えの多さだ。なにしろロクイドルの連中は、叩く、潰《つぶ》す、割る、そんな武器ばかり使っていた。

生息する魔物が硬いのだから仕方がないとはいえ、仮にも剣を修めている以上、剣にはこだわりがある。ガセハバルの武具店に並ぶたくさんの剣は、ロクイドルで乾いた剣士の心を癒《い》やしてくれる気がする。

体格的に小さく、膂力《りょりょく》に優れるドワーフに剣士は少ない。それでも剣は本来武器として多数派なのだと実感できる光景に、ほっとする思いだった。


「ほぁ～」

思わずため息が出る。目の前に飾《かざ》られたミスリルの大剣は、それほどまでに美しい。

色々な店を渡り歩き陽《ひ》も傾いて来た頃に訪れたのは、かなり店構えの立派な店だった。一日色々見て回ったので、良い物を見たくなったからだ。棚《たな》に並ぶ剣はいずれも逸品揃《いっぴんぞろ》いで、特に中央に飾られたミスリル製の大剣が目をひく。

魔法銀とも呼ばれるミスリルは、本来、鋼《はがね》ほどの強度はない。だが、魔力特性に優れ、鋼にくらべ強い魔術効果を追加させることができる。強力な魔法効果を付与《ふよ》されたミスリルは、鋼の強度を軽く上回るのだとか。

飾られた大剣に付与されていたのは〝丈夫《じょうぶ》さ上昇《じょうしょう》・大〟と〝切れ味上昇・大〟そして〝水属性効果・大〟。

お値段は堂々の金貨百五十枚。支払《しはら》いに白金貨が必要な武器など初めて見た。とても手を出せる金額ではない。

ミスリルの欠点はここにある。ミスリルの素材自体は鋼よりも軽くて軟《やわ》らかい。そもそもの素材も高価なうえに、魔法効果を付与しないと素材の性能を活《い》かせないため、さらに効果付与の金額も加わって高くなる。買えない物を眺めても仕方ないのだが。

「お客さん、その剣をお求めで？」

「いや、両手剣は手に余る。片手半剣《バスタードソード》で良い物はないだろうか」

もともとは片手半剣を片手に、盾を使うスタイルだった。シメンズ師範代《しはんだい》の勧《すす》めで膂力を活かして使っていた片手半剣だが、片足を失った事で足さばきの自由度を失い、それ以来両手で扱っている。それでようやく戦える剣さばきを維持《いじ》していた。重い両手剣は攻撃動作が激しく、義足では振り回されてしまう。

「こちらなどいかがでしょう」

店主が勧めてくれた武器はいずれも素晴《すば》らしい剣だったが、いかんせんお値段が高すぎる。

「この剣をもし手放したらいくらになる？」

そう言って剣を外して渡すと、店主は鞘《さや》から抜いて机の上でじっくりと眺めた。

「魔法付与はそこそこだが素材の鋼がいい。良い剣ですが、使い込んでますね。金貨十五枚というところでしょうか」

今の剣はせっせと貯めた金貨三十枚で買ったのだが、かなり使い込んだ中古品と言ってもいい。買い取りならそんなモノだろうかか。

「そうか、予算が足りないようだ。すまないな」

再び剣を腰《こし》に戻すと、店主は少し残念そうだった。今の全財産はロクイドルの教会で働きながら貯めたお金が金貨十五枚ほど。ワイバーンの討伐で得たお金と合計しても金貨五十枚には届かない。旅の資金を残して今の剣より良い物を買うのはなかなか難しい。

「おかえりなさい。もう夕飯食べられますよ」

宿へ戻ると、おかみさんが出迎えてくれた。おかえりと言ってもらえるだけで、旅の身には心安まる思いだ。

「あ、じゃあお願いします」

席に座りテーブルへと突っ伏《ぷ》した。一日中歩くのはただでさえ疲れる。義足の取り付け部が痛いので、おそらく皮がこすれて血が出ているはずだ。部屋に戻ったらヒールしなければならないだろう。今すぐ癒やしてもいいのだが、どうせなら装備を外してからにしたい。

「あら、お疲れですね」

「一日中、武器屋を歩き回ってね。クタクタだよ」

料理を持ってきてくれたので体を起こしてテーブルのスペースを空けると、食欲をそそるドワーフ料理が並べられた。

「それはお疲れさまでした。何かいい物はありました？」

「いい剣はたくさんあったけどね、いざ買うとなると決められなくて。途中からはほぼ見物になってたよ」

料理を置いたおかみさんは、その場を立ち去らず、少し考えてから口を開いた。

「見物なら〝ナロリ魔道具店〟は行きました？」

「ああ、あの大通りにあった高級そうな店構えの……いや、縁がなさそうだったので行ってないけど」

「せっかくの見物なら、行ってみればどうですか？　面白い物が見られますよ」

「へぇ、面白い物って何です？」

「それは行って見てのお楽しみです」

なんだろう、ずいぶんもったいぶるな。

「そこまで言われたら、明日行ってみますか」

「思ってたのと違っても、文句言わないでくださいねー」

そう言い残すと、厨房《ちゆうぼう》に戻っていった。気にはなるが、とりあえずは料理が冷める前に食べてしまおう。ドワーフ料理の夕食を食べ、部屋に戻り義足を取り外す。

案の定、装着部分が擦《こす》れて出血していた。ヒールで治してから汗を流す。日課の魔力操作と光魔法の訓練を済ませると、眠りについたのだった。


翌日は昨日と違い、まず大通りへと向かった。もちろん、お目当てはナロリ魔道具店だ。昨日ちらりと見かけたナロリ魔道具店は、かなり立派な店構えで正直敷居《しきい》は高い。裏道を抜けて大通りに出ると、すでに多くの人で溢《あふ》れ朝の活気に満ちていた。ナロリ魔道具店もすでに看板が上がっており、店の前を店員らしき人が掃除《そうじ》をしている。

「あの～」

おそるおそる声をかけると、掃除をしていた店員が手を止めて顔を上げた。

「おはようございます。お買い物ですか？」

「あ、おはようございます。いえ、客じゃないかもしれないんですが、泊《と》まっている宿のおかみさんにここにくれば面白い物が見られるって聞きまして」

朝っぱらから冷やかしなど、ろくでもない訪問者だ。自然と腰も低くなる。追い返されてもおかしくないと思っていたのだが、意外にも店員さんはそれを聞いただけで納得《なっとく》した表情を見せた。

「ただいま支店長を呼んでまいりますので、店に入ってお待ちください」

そしてペコリと頭を下げ、掃除道具を置いて店の中へと入って行く。

いや、支店長とか呼ばれても困るんですが。とは言え、入って下さいと言われてこのまま店の前でぼーっとしているわけにもいかない。おそるおそる扉を開けて店の中へ入る。

「いらっしゃいませ！」

すぐに綺麗《きれい》なおじぎをする、さっきとは別の店員さんに迎《むか》えられた。こういう所が敷居が高いというのだ。恐縮《きようしゆく》しつつも待っていると、種族的に横幅《よこはば》が立派なドワーフにおいても、さらにひと際《きわ》横幅が立派なドワーフが店の奥《おく》から姿を現した。

「あなたが私の話を聞きたいという方ですかな？」

「え？　いや、私はここにくれば、面白い物が見られると聞いて来たのですが」

「なるほど、そういう訳でしたか。そうですね、まずは実物を見ていただきましょうか。そうでなければ私の話もわからないというもの。さぁ、こちらにいらしてください」

うさんくさい客ともわからない輩《やから》を意気揚々《ようよう》と案内し始める支店長。気のせいでなければなんだか楽しそうにさえ見える。案内されるがままに支店長の後ろを付いていく。連れて来られたのは、店の二階にある高そうな魔道具が並べられたエリア。そして、高価そうな魔道具の中にひと際の異彩《いさい》を放つ一振りが飾られていた。

『魔道杖《まどうづえ》「マインブレイカー」』

その存在を主張するかのように銘《めい》が書いてあるそれは、一目でミスリル製だとわかる薄青《うすあお》い輝きを放つ、見事な両手剣だった。

「いや、剣ですよね？　なんで魔道具店に剣が？」

「私の話というのは、つまりその事についてなのです」

良い笑顔を見せたまま、支店長は話を始める。

「確かに、これは剣として作られました。そもそもは剣への付与の効果を引き上げるための実験だったんです。魔法付与で剣に効果を留《とど》めるのは限界があります。それを打ち破るために、効果を留めるのではなく、魔力を直接流して効果を発生させる試みだったのです」

「おお、なんだか凄《すご》そうですね。実験は失敗したのですか？」

「高位の魔術師の流す魔力によって、効果の発生には成功しました。それも切れ味、重量軽減、丈夫さそれぞれについてです。しかし、いくら魔力をそそいでもそれまでの限界を打ち破る事はできなかったのです」

「効果が発生しただけでも凄いことではないのですか？」

それを聞いた支店長は、短い首を横に振った。

「それだけなら、使うのに魔力を消費しない付与魔法の方が優れています。しかも、発生効果の強さが流した魔力量で決まってしまうのです。その結果として、残されたのは剣の形をした、ただの魔道杖になってしまったのですよ」

残念そうに支店長は語る。だが、その話を聞いてもこの剣がただの魔道杖とは思えなかった。確かに魔力を消費するデメリットはある。それでも付与効果の付いた剣にはできない、杖として使えるメリットがある。魔法を使う剣士や剣を使う神官や司祭の話はたまに聞くし、実際ここにいる。

「魔法剣士の人なら使えるのではないですか？」

「剣と魔法の両方を使う方でも、魔法を使う時には動きを止めなければなりません。魔力を流さなければ鋼に劣《おと》り、魔力を流せば動けない。戦いに使えない剣など飾りでしかありませんよ」

魔法剣士は戦いながら魔法を放てないのか。へぇ、それはいいことを聞いた。実際に魔法剣士に会った事はないが、剣を交えながら目前で攻撃魔法を放たれたら避けられるかどうかと心配していた。

確かに自分自身も並列思考スキルを得るまでは、生活魔法ですら動きながら使えなかった。並列思考の話は他所では聞いたことがなかったが、一般《いっぱん》的じゃないレアスキルなのかもしれない。油断はできないが、アドバンテージはあった方がいい。心の中で〝ニヤリ〟としたが、構わずに支店長の話は続く。

「しかも、杖としては重くて持ちにくく、値段も高い。結果として魔術師に必要とされない物になってしまいました」

「なるほど、付与効果は発生するのにもったいないですね」

「ええ、しかしそれも、使用者の魔力を使わなくても効果を発揮する付与魔法に利便性で及びません。ならば、普通のミスリルの剣を買った方がいいというもの。魔術師だけでなく、剣士にも誰にも必要としてもらえなかったのです」

確かに、わざわざ動けなくなるデメリットを選ぶ必要はないか。高い効果を発揮できるほどの術者であれば、なおさら効果付与された物を買ったほうがいいだろう。

「そして、残されたこの失敗作は誰からも必要とされず、〝能力はあっても役に立たない〟という意味のドワーフのことわざ、〝穴掘《あなほ》り名人、坑道《こうどう》を壊《こわ》す〟から取って『マインブレイカー』と銘が付けられたのです」

支店長は言い切って、やりとげた様な顔をした。これを語るのを楽しみにしているのか。坑道のマインだったのは、ドワーフらしいとも言える。

エラルト語のスキルは、固有名詞においては基本的に発動しない。だが、意味を持たされた言葉については意訳してしまう。これは『語学』と『スキル』の違いなのだろう。

徐々《じょじょ》に学んでスキルを得ていれば問題ないのだろうが、エラルト語のスキルはメムリキア様から突然もらったスキルだ。その弊害《へいがい》と言ってもいいが、そんな影響《えいきょう》を受けているのは、おそらく自分だけだろう。

自分にとってはこの魔道杖、いや、剣はとても気になる。並列思考を持つ身としては、デメリットなどないと言ってもいい。問題となるのは、むしろメリットの方だ。まず、自分で魔力を流してどれほどの付与魔法効果が発動するのか確認したい。

「支店長、試《ため》しに魔力を流させてもらってもいいでしょうか」

「もちろんです、どうぞ」

飾られた台から降ろされたた両手剣を手にとると、ズシリ、とした重さが伝わった。使いなれた片手半剣よりもずいぶん重いが、これでも鋼の両手剣よりは軽い。やはり義足で振り回すのは厳しいと感じる重さだ。

「……！」

体内の魔力を動かすと、その魔力が手を伝って剣に流れ込んでいくのがわかる。

「おおっ！」

途端《とたん》に剣が薄青い輝きを強くし、少し軽くなった。確かに付与魔法が発動している。維持にはほんの少しだが魔力を消費しているようだが、気になる程ではない。

そのまま魔力を流す量を増やしてみると、じわじわと剣が軽くなっていくのを感じる。それでも魔力消費が目に見えて増える様子はない。さらに魔力を流す量を自分の限界まで増やすと、剣の重さはさらに軽くなった。腕に感じる重さは、使い慣れた片手半剣より少し重い程度だろうか。その状態を維持する魔力は気になる程ではないが、それだけの量を流し続ける行為自体が辛い。何も持たずに目一杯《めいっぱい》力み続けるような感じだ。

魔力の流れを止めると、ズシリと重さが戻ってきた。なるほど、効果を発生させるだけでもこれ程とは。並列思考のスキルには関係なく辛い。確かにこれは相当に不便とも思える。

「支店長、それで、この『マインブレイカー』はいくらで売っているのですか？」

その質問は予想外だったのか、支店長は少し驚《おどろ》いた顔を見せた。

「そうですね……実はこれを売る気はないのですが……買いたいのですか？」

「買えるかどうかはわかりません。ですが、是非《ぜひ》欲しいと思っています」

真剣《しんけん》な顔で言ってみたが、支店長はそれでもどこか疑っている様子だった。

「失礼ですが、お客様は魔法をお使いで？」

街を歩くのに鎧は着ていない。剣を持ち歩くのも、今回は新しい剣を探していたせいでもあるが、基本的には用心の為だ。そんな格好でこちらのスキルを推測するのは難しい。しかも剣を持っていたので、魔法を使えるとは思っていなかったのだろう。

「光魔法を使う。見習いだが司祭だ」

「なるほど、司祭様でしたか。普段《ふだん》は杖として使い、いざとなったら剣として使うおつもりですかな？」

「いや、司祭で見ての通りの足だが、正式な流派を修めた剣士でもある。剣は剣として使うつもりだ」

「この魔道杖をですか？」

「この『剣』をだ」

「お断りします」

断った言葉には断固とした響《ひび》きがあった。感情的になっているとは思えない力強さだ。

「どうしてですか？　理由を伺《うかが》いたい」

「この『マインブレイカー』は教訓なのです。私にはこの魔道杖について語る務めがあるのですよ」

そう語る支店長の目は確固たる意志を持ちつつも、それでいてどこか寂《さび》しそうに剣を見つめているようにも見える。

これは……レッテロット、少し言葉を借りるぞ。

「失敗を教訓とするのもわかります。しかし、支店長。道具は使って初めて輝く物ではありませんか？」

それを聞いて支店長は動きを止める。

「この魔道杖、いえ剣は、人々の期待を背負い、精一杯《せいいっぱい》の性能を持って生まれました。にもかかわらず不名誉《ふめいよ》な銘を受け、その役割を果たすことなくこうして日々好奇《こうき》の目にさらされている。それで『マインブレイカー』は輝きますか？」

「わ、私だって道具屋の端《はし》くれです！　そんなことは言われなくてもわかってます。でも、だからってどうしろって言うんですか！　人目に付かないように倉庫にこっそりしまっておけとでも？」

それまでの理知的な態度を一変させて、支店長は声を荒《あら》げた。これまでも思うところがあったのかもしれない。

「私なら、この剣を輝かせてみせます」

支店長の目を正面から見て断言した。ただし、買えれば、と後に付くけども。

「な、何故です！　この『マインブレイカー』の能力は説明し、実際に手に持っていただいたはず。なのにどうしてそこまで言い切れるのですか！」

「それは……私が支店長の話を聞き、手にして感じたのが〝教訓〟ではなく〝可能性〟だったからです」

確かにこの『マインブレイカー』は不便だ。今の剣から持ち替《か》えれば、しばらくは戦力も落ちてしまうだろう。しかし、所有者の魔力で効果が変わるというのは、言い換えれば、〝自分と共に成長する剣〟と言ってもいい。しかもこの剣の特性は、日頃《ひごろ》行っている魔力操作のトレーニングそのものでもある。自分と共に成長し、しかも成長を助けてくれる。それは可能性以外の何物でもない。支店長のドヤ顔のネタにされて終わるような剣ではないはずだ！

「そ、そこまで言うのなら、もし、あなたが『マインブレイカー』の輝きを実際に私に見せてくれるというなら、いいでしょう。特別に金貨百枚でお譲《ゆず》りしましょう。ただし、この『マインブレイカー』を使いこなせる証拠《しょうこ》を見せていただきたい」

「……金貨百枚ですか？」

「金貨百枚と、使いこなせる証拠です」

支店長の鼻息は荒かった。高いとは思わない。昨日見たミスリルの両手剣は金貨百五十枚。このマインブレイカーの剣としての出来は、あれと比べても勝《まさ》るとも劣らない。安いのは付与効果の差だろう。剣自体の品質からはむしろ安いと言ってもいいくらいだ。ただ……お金がまったく足りない。

「頭金と……残りは月払いにできませんか？」

「お客様は教会にお勤めですか？」

「いえ、冒険者です」

「では無理です」

おずおずと訊ねると、支店長は鼻息荒く断った。

ですよねー、根無し草で命がけ商売の冒険者がローンの審査《しんさ》に通るワケありませんよねー。

「では、手付けとしていくらか置いて行きます。それでお金を準備するまで売約済みにしてもらえないでしょうか」

「そもそも売るつもりのなかった物ですし、まだ売ると決めた訳ではありません。その様な約束は出来かねます」

なんとか現物を押さえようとするも、すげなく断られた。自分にぴったりと思える剣を、本来の値段より安く買えるチャンス。これを逃すのはあまりにももったいない。どうしても欲しい。こうなれば、金貨百枚を用意するしかないだろうか。

証拠の方はおそらくなんとでもなる。実際に並列思考を用いて使いこなせるのを見せればいいだろう。むしろ他に証明できる方法があるとは思えない。問題はお金の方だ。手持ちでは足りないので、なんとかお金を稼がなければならない。

とは言え所詮《しょせん》はお金。働いて手に入らない物ではない。それに対してこんな剣は、逃してしまえばもう二度と手に入らないだろう。

いいだろう、なんとか準備して買ってやろうじゃないか。売ってもらうのではない。この支店長から買い取ってやるのだ。

「いいでしょ……いや、いいだろう、支店長！　かならず金貨百枚用意してやる。それまでこの『マインブレイカー』誰にも売るんじゃないぞ！」

「もともと売るつもりはないと言っています。あなたこそ取り消すなら今のうちですよ」

こちらに引くつもりはもはやなく、睨み合う支店長にもそんな様子は見られない。

「お名前を伺っておきましょう。私はナロリ魔道具店エルナ通り支店長のムビンと申します」

「アジフだ。支店長、その剣、必ず買い取ってみせるからな！」

踵《きびす》を返して階段を降りる。二階での騒ぎは聞こえていたはずだが、一階の店員たちは落ち着いた様子で『またのお越しをお待ちしています』と、頭を下げて見送ってきた。心の中でどう思っているのかはわからないが、さすが高級店だ。


「はぁ～」

店を出てため息をつく。大見得を切ったものの、金貨をあと五十枚以上稼ぐのは簡単ではない。Cランクの冒険者依頼の報酬は、素材を考えずに平均で金貨二十枚程。単純に考えれば、三回依頼をこなせば金貨五十枚は手に入るだろう。

だがそれは、あのワイバーン級の難易度の依頼を三回もこなさなければならないって事だ。命がいくつあっても足りない。

では難易度を下げて、Dランク依頼の数をこなせばどうだろうか。Dランクの報酬は平均で金貨二、三枚程。仮に三十回依頼をこなすとして、ガセハバルの周囲の長閑な様子を見れば、マーダーグリズリーやクレイ・レオパルド級の魔物がそういるとも思えない。メセロロ辺りまで戻って週二で依頼を漁《あさ》れば十五週、三ヶ月で貯まる計算になる。もちろん、その間の生活費や準備にかかる経費もあるし、それだけの依頼をずっとひとりじめも出来ないだろう。

本来パーティでの受注を推奨《すいしょう》されるDランクの依頼をソロで受ける無茶をして、かなりハイペースで依頼を受ける無理を通す。それだけの無謀《むぼう》をしてようやくの効率だ。まさに机上の計算というのにふさわしい。実際はもっとかかるはずだ。

「とりあえずギルドに向かうかぁ～」

思わず天を仰《あお》いで独りごちる。見上げた山間にあるガセハバルの空は狭《せま》く、街中から立ち上る煙が見える。山に囲まれる閉塞《へいそく》感をものともせずに力強く上る煙に、人の営みの強さを感じたのだった。

「お、アジフさん依頼ですかい？」

「ああ、どんなものがあるか見ようと思ってな」

冒険者ギルドの掲示板を眺めていると声をかけて来たのは、あの酒場でからんできた若手四人の

Eランクパーティ『ロズオムの髭《ひげ》』だ。

ロズオムは彼《かれ》らの出身地らしく、髭は『～の剣』のようにドワーフの間でよく使われる名称《めいしょう》なのだとか。

「ただ、依頼票の土地がわからなくて困っていたんだ」

ガセハバル冒険者ギルドの掲示板には、ところ狭しと依頼票が貼り付けてあった。すでに朝一番の時間でもないのに、これだけの依頼が残っているのは驚きだ。

ただ、依頼票に書いてある場所がわからない依頼が多すぎる。ここまでの道中も村の話などは聞いてきたのだが、聞き覚えのない土地名がほとんどだ。

「ああ、これは、こっちから向こうは坑道の依頼でさぁ。ほら、『ユグン』とか『ペィキ』とか書いてあるのが、坑道の名前ですさね」

「坑道……ガセハバルのか？」

「ええ」

ガセハバルがこんな山の中にあるのは、鉱脈があるからだ。大昔に鉱脈のある地にドワーフが集まり、やがて国を形成するに至ったらしい。国の歴史はそれとなく耳にしていたし、坑道があるのは知っていたが、これほど依頼があるとは。

「坑道って今も採掘《さいくつ》しているんだろう？　そんなに魔物がいるのか」

「ガセハバルの歴史は坑道の歴史でさぁ。昔から掘られた坑道は入り組んでいて、地上の街の何倍も広いですぜ。魔物共もどこから入ったのかわからない有様で」

「この街にそんな広い坑道があったとは」

地下街でも広がっているのだろうか。

これは後から調べた話だが、街の地下の坑道はなく、ほとんどが山際にあるそうだ。山々に掘られた坑道は国の歴史と共に複雑に入り組み、廃坑《はいこう》にはいつしか暗闇《くらやみ》を好む魔物が棲《す》み着く。廃坑の入り口を封鎖《ふうさ》したとしても、地面を掘り進む魔物がどこかの坑道に入り込んでしまう。採掘の妨《さまた》げになるのはもちろん、放置すれば街に現れ被害《ひがい》をもたらす事もあるのだとか。そんな事情で、冒険者は日常的に魔物の駆除《くじょ》に駆《か》り出されていたのだった。

あの日ドワーフたちは昼間から酒を飲んでいたのではなく、夜の依頼が終わってから飲んでいたのだとか。

「それなら受けてみるか」

移動に日数を取られない依頼があるのなら、わざわざメセロロまで移動するまでもない。これを受けない手はないだろう。

「いやぁ、アジフさんでもヒューマンには厳しいと思いますぜ」

いざ依頼を選ぼうと思ったのだが、ドワーフの冒険者たちは揃って微妙《びみよう》な表情を見せた。

「ん？　どうしてだ？」

「そうですなぁ、口で説明するより一度俺たちの依頼に付いて来ます？　見てもらった方が早いと思いますんで」

「いいのか!?　そりゃありがたい」

現地の冒険者のノウハウを見られるなら、絶好の機会だ。『ロズオムの髭』は坑道の依頼を受注し、その依頼に付いていく事になったのだった。

「アジフさんは後ろで見ていて下さい」

「わかった。まかせる」

前方二人の冒険者の後ろに続いて、暗闇の中を慎重《しんちょう》に歩く。後ろには、弓と斧《おの》を構えた二人が続く。

まずはお手並み拝見……といきたいのだが、前を行く二人の背中がぼんやりとしか見えない。光源が一切ない坑道は夜の森よりもはるかに暗く、Ｌｖ１の暗視ではほとんど見通せない。それなのに彼らが灯りも持たずにどんどん進んで行けるのは、全員が暗視スキル、それも自分より高レベルのスキルを持っているからだった。

ドワーフは種族的に暗視適性が高く、それも鉱山のある街で生きていれば鍛《きた》えられる。ライトの光球を飛ばせればと思うのだが、レベルの高い暗視スキルを持つ彼らにとっては邪魔でしかない。そしてもう一つ厄介《やっかい》な事がある。それは坑道の狭さだ。

ドワーフの背はヒューマンより基本的に低い。それを基準に掘られた坑道は全体的に低く出来ている。メインの坑道は問題ないが、あちこちに掘られた脇道《わきみち》に入ればとたんに頭をぶつけてしまう。そして、魔物はそういった場所に隠れている事が多い。脇道に剣を振り回す十分な広さはなく、暗い視界と相まって戦闘にかなりの支障がある。

ゆっくりと進んでいくと、前方で二人が何やら手を動かして武器を構えるのが見えた。ハンドサインなのだろうが、暗くてよく見えない。

「ポイズンラット、三匹です」

後ろから弓士が教えてくれる。たぶんサインがわからないと思って教えてくれたのだろうが、それ以前に見えていない。

そこで前衛の二人が動き、背中がぶれる。戦闘をしているようだが、はっきりと様子がわからない。じっと見ていると、小振りな影が二人の間を抜けてきた。

「キィッ」

構えた剣を振る間もなく、後ろから風を切る音が聞こえて魔物が悲鳴を上げた。近づくとホーンラビットほどのネズミが矢にさされ、横になってピクピクしていた。

「証明部位はどこなんだ？」

「丸ごとです。何の役にも立たない魔物ですが、坑道の中に放っておくと他の魔物の餌《えさ》になるか、腐《くさ》るかろくな事になりません」

「ええ!?　丸ごとかよ。そんなの持って帰ってどうするんだ」

後ろで後方を警戒していたもう一人が、背負っていた背負子《しょいこ》へと三匹のポイズンラットをくくりつける。討伐の証明部位が丸ごとというのは問題だ。ソロでは運ぶのすら難しい。

「外まで持っていけば、魔物を処理できる場所があります。そこまで一度戻ってから、今日はまだ何度か潜《もぐ》る予定です」

「せめて素材が売れれば、運ぶ甲斐《かい》もあるんだがなぁ」

「ラットじゃ仕方ない。今日はついてなかった」

やれやれ、とぼやきながらこれまで来た坑道を引き返す『ロズオムの髭』の面々。行きに来た道といっても、たくさんの脇道から魔物が現れる心配はつきまとう。行きと変わらず警戒しながら進む足取りは遅《おそ》い。

「アジフさんどうします？　もう一回一緒《いっしょ》に潜ります？」

「いや、どうやら足手まといでしかなかったみたいだ。十分参考になったし、これ以上は遠慮するよ」

「いやいや、邪魔だなんてそんな！　ヒューマンなのに坑道であんなに動けるなんて、正直思ってなかったですよ」

「邪魔をしないだけで精一杯じゃな。ともかく助かった。礼を言うよ。ありがとう」

魔物の処理を終えるとロズオムの髭の面々と別れ、一人坑道での依頼について考える。確かにこれは、ヒューマンがソロでは受付嬢がしぶるのもわかる。依頼された魔物以外にも道中で戦った魔物も運ばなければならないのでは、ソロで下手をすれば、いつまでたっても坑道の奥までたどり着かない。それに暗いのも厄介だ。

森の様に放っておけばスライムが食べてくれればいいのだが、坑道内部にスライムは少なく、居ても面倒なのだとか。

それでも、近い場所で連続して依頼をこなせるのは魅力だ。馬でもあれば効率も違うのだろうが、乗合馬車や徒歩で移動していては大金を貯めるのは困難だ。

馬を買うという手もあるが、それよりも実際に見たドワーフたちの戦闘を参考にソロで坑道の依頼をこなす方法を考えてみる価値はありそうだ。

まず、暗闇についてはライトの魔法があるので問題ない。さっきまでライトが使えなかったのは、『ロズオムの髭』の邪魔になってしまうからだ。ソロなら遠慮はいらない。逆に言えば、どこかのパーティに戦力として加わるのは、今のままでは難しそうだ。そして魔物の運搬《うんぱん》については、難しくない方法がある。

Eランクパーティの『ロズオムの髭』は自分たちで魔物を運んでいたが、周囲を観察すると台車を坑道に持ち込んでいるパーティも多く見かけた。坑道の中は鉱石を運び出せるように、足元が整備されている。少なくともメインの坑道だけは、だが。

そして、台車を引いているのは、基本的に低ランクの冒険者や、ポーターと言われる専門の職業の人々らしい。

『ロズオムの髭』が台車を使っていなかったのは、パーティメンバーが台車を引けばとっさの戦闘に対応できず、かといってEランク依頼ではポーターを雇《やと》う程の稼ぎがないからだそうだ。

そもそもEランクでは坑道の浅い所までしか行かないので、自分たちで運んでもそれほど問題はないと言っていた。

その日から、坑道の依頼に向けた準備を始める。冒険者ギルドで坑道に現れる魔物の情報を集めたり、冒険者たちから話を聞いたりする。ドワーフたちは酒をおごれば誰もが色々と教えてくれた。揃えなければならない道具も色々とあって、納得いくだけの準備をするのに二日かかってしまった。

準備が調《ととの》うと、いよいよ坑道へと向かう。とはいえ、いきなり坑道の奥までは目指さない。まずはEランクの依頼からだ。Cランク冒険者がEランク依頼を受注してもギルドの実績としては認められない。だが、そもそもCランクの依頼なんて危なくて受けられないのに、実績なんて気にしても仕方がない。

まずは冒険者ギルドで渋《しぶ》い顔をする受付嬢から、依頼の受注と目的の坑道の地図を買う。ポーターを雇うには二通りあって、一つは低ランクの冒険者を依頼として雇う方法。これには、高ランク冒険者の依頼について行く経験を兼《か》ねる意味合いも大きい。

しかし、よそ者が低ランクの冒険者を雇ったところで、教える事など何もない。逆に教わる事ばかりで、冒険者ギルドに依頼を出すのはちょっと気がひける。

もう一つは、坑道の入り口でポーターを雇う方法。こちらはポーターを専門にする者たちだ。専門のポーターと言っても経験が少ない者や体力に劣る者もいて、そういった者は概《おおむ》ね安い。逆に経験豊富で坑道を知り尽くした者などは、低ランクの冒険者を雇うより高くなる。

「坑道の浅い位置でポーターを頼みたい。Eランク依頼だ」

仕事を探して集まるポーターたちに声を掛けると、ポーターたちは顔を見合わせ仕事を受けようとする者は現れなかった。無理もないかもしれない。見知らぬ、それもヒューマンの冒険者だ。

「旦那《だんな》、失礼かもしませんが……一人《ソロ》ですかい？」

「ああ、一人だ。なにか問題があるのか？」

「そいつは難しいかもしれません」

戸惑《とまど》うポーターの中から一人が出てきて、おそるおそる、といった様子で声を掛けてきた。「あっしらポーターは、見ての通りろくな武器も持っちゃいません。坑道の中で魔物に襲われれば、冒険者様に守ってもらうしかないんでさぁ。旦那の実力を疑うわけじゃねぇんですが、坑道で魔物は前から襲ってくるとは限らねぇんで」

そう言いながらも、ちらりと義足に目を送った。思いっきり実力を疑っているな。しかし、言っている事は真っ当だ。

「報酬は割り増してもいい。誰かいないだろうか」

とはいえ出来る事と言えば、危険手当を弾《はず》むくらいだ。報酬の増額を提案すると、ポーターたちはどうするかと騒めいた。

「大銀貨二枚。それなら受けてもいい」

そんな中、一人のドワーフが手を挙げた。と、同時に笑いも起こる。大銀貨二枚、つまり銀貨二十枚だ。坑道の浅い位置、Ｅランク依頼でしかも魔物を運びながら、そう稼げる金額ではない。ポーター一日の相場は、おおよそ銀貨五枚程度と聞いた。相場としてはまったく合っていないので、笑いが起こったのだろう。

「わかった、それでお願いしよう」

だからこそその金額で即決《そっけつ》すると、別の意味で騒めきが起こった。

「本当にいいのか？」

「二言はない。よろしく頼むよ」

未《いま》だ騒めく広場を後にして、台車を引いたポーターと共に目的の坑道へと向かう。

「念の為に聞くが、奥に入らなけりゃあ大銀貨三枚も稼げん。本当にわかっとるのか？」

「そうだな、事情を話しておくか」

坑道へ入ってからぺちゃくちゃとおしゃべりする訳にはいかない。必要な事は入る前に話しておくべきだ。坑道を前に足を止めて、打ち合わせを始める。

「そもそも、Eランクの依頼で金を稼ぐつもりはない。今日は坑道でどれだけ依頼をこなせるかを確かめるのが目的だ」

説明しながらも、懐《ふところ》から冒険者プレートを出して見せた。

「俺の名前はアジフ。Cランク冒険者だ」

「Cランクだったのか」

ポーターのドワーフは大きく目を開いた。

「なるほどな。Cランクなら大銀貨2枚を軽く出すのも納得だ。儂《わし》はデロムという」

デロムと名乗ったポーターは、ポーターの中では立派な体格をしたドワーフだった。もちろんゼンリマ神父には、はるかに及ばないが。そして体格だけではなく、態度も他のポーターほどおどおどしていない。

そのデロムの片腕は、肩から先が手の形をした木。つまり義手だった。それを台車に上手くあて

がって、不自由なく台車を牽いている。

「で、デロムはなんで俺の……ヒューマンの依頼を受けたんだ？」

「儂は元々冒険者でな。魔物に腕を喰われて引退したが、Ｅランクの魔物なんぞにやられはせん。金がもらえるなら文句はないわ」

そう言ってガハハと笑った。片足と片腕、案外いいコンビになるかもしれない。ヘルメット代わりに仕入れた、頭半分を覆う鉢金《はちがね》を装着して坑道の中へと入っていく。

「光よ、ライト」

「うぉっ」

すぐに真っ暗になる坑道に光球を浮かべると、デロムが驚きの声を上げた。

「なんだアジフ。暗視は使えんのか？」

「使えるがＬｖ１なんだ、真っ暗でほとんど見えない」

「仕方ないのう」

頭上に浮かべた光球に、デロムがぶつくさと文句を言った。暗視を使えるヒューマンの方が少ないんだぞ、と言いかけたが、Ｌｖ１で偉《えら》そうにするものでもない。

ちなみに、ガセハバルでは光を司《つかさど》る教会よりも、闇を司る神殿《しんでん》の方が勢力が強い。ドワーフに暗視スキル持ちが多いのと何か関係があるのかもしれない。必然的に光魔法の生活魔法であるライトを使う者も少ないので、光球を見慣れていないのかもしれない。

坑道の地図を見ながら、前方を警戒して坑道を進む。慣れない作業が続いて、ペースは必然的に遅くなる。

「どんな依頼を受けてきたんだ？」

「シャドウコボルトと、ハイドローパーだ」

「また面倒なものを」

デロムが見せた渋い顔が、ギルドの受付嬢と重なった。余っていた依頼だったので不人気なのかもしれないとは思っていた。その予想は合っていたようだ。

当然、それぞれの魔物については、冒険者ギルドで下調べをしてきている。シャドウコボルトは、単体としては外で見かけるFランクのコボルトと大差ない。ただし、常に徒党を組むコボルトが、洞《どう》窟《くつ》の暗闇に潜《ひそ》むと危険度が跳《は》ね上がる。ハイドローパーは、物陰《ものかげ》に潜んで麻痺《まひ》効果の毒を持つ触手《しょくしゅ》で襲いかかる魔物だ。どちらも、E／Fランク冒険者の死因で常に上位を占《し》めると、ギルドの資料に書いてあった。

「Eランク依頼で失敗するようなら、坑道で稼ぐのは諦《あきら》めるさ」

「諦めて命があればいいんだがな」

「それこそ今更《いまさら》だろ」

「まぁな」

Eランク依頼で失敗していては、Dランク依頼で稼げるはずもない。それに坑道の奥へ入るのに、手前の危険を無視できるはずもない。確かに自分にとっては未知の魔物ではあるが、事前情報もある。そもそも安全に倒せる魔物など、一体も存在しないのだ。

会話はそこで打ち切って、光球の光を頼りに坑道の奥へと足を進める。暗闇に車輪の軋む音だけが響き、光の届かない闇から魔物が飛び出してくるかと不安にさせる。

抜き身の剣を持ったままそろりそろりと足を進めると、前方の光に影がよぎり「キィキィ」と鳴き声が聞こえる。坑道の天井《てんじょう》をかすめて飛んできたのは、ダークバットと呼ばれる蝙蝠《こうもり》の魔物だった。

以前に戦ったジャイアントバットより小柄《こがら》で、羽音は小さく捉えづらい。しかし、攻撃手段は噛《か》みつきと翼《つばさ》にある小さな爪のみ。接近されなければ攻撃されないうえに、よく鳴くので不意に接近される心配もない。討伐ランクはFだ。近づいたところを、落ち着いて斬《き》り落としていく。

「ネズミも来てるぞ」

「おうっ」

後方を見ていたデロムから声がかかり、ダークバットを片付けて後方へと回る。光球に照らされたポイズンラットの突進《とっしん》は、直進的で工夫《くふう》もない。一匹を義足で蹴《け》り飛ばし、もう一匹を斬り払った。

魔物の襲撃が途切《とぎ》れると、倒した魔物を台車へと載《の》せる。蝙蝠は翼が素材になる。ポイズンラットも魔石が取れるが、血の臭《にお》いが広がるのでここでは解体しない。

その後も天井から落ちてくる大きな吸血ヒル、ドレイン・リーチや、ジャンプして滑空《かっくう》する白いゲジゲジのようなビナッチなどなど、坑道の奥に行くにつれて魔物の密度は上がって行く。

「アジフ、もう無理だ」

戦闘は順調にこなしていたのだが、デロムのストップがかかった。

「どうした？　まだ載りそうじゃないか？」

「帰りの事も考えてくれ。このペースじゃここまでが限界だ」

確かに、台車はすでに半分以上が埋まっている。坑道に入ってまだそれほど奥にも行けていない。目的の魔物どころか、Eランクの魔物にすら出会っていなかった。

「仕方ない。戻るか」

とは言え、これ以上奥に進む手段もない。諦めて入り口へと戻る事にした。

「あきらかに魔物の数が多い」

坑道の入り口まで戻り魔物の解体と処分を済ませると、もう一度坑道に入る前にデロムが口にした。

「そんなにか？」

「そんなにだ」

断言するデロムには確信がありそうだった。確かに『ロズオムの髭』と坑道に入った時と比べれば、魔物との遭遇《そうぐう》が多いとは思っていた。しかしそれ以外では初めてだ。他の時と比べようがない。

「坑道に何か異変が起きているのか？」

「いや、そうではない」

デロムは目を閉じて髭を触《さわ》りながら考えていた。

「おぬしの光球、あれが魔物を引き寄せているのだろう。あれは目立ちすぎる」

「そんな事言ったって、仕方ないだろう」

「仕方がないでは済まん。だがFランクの魔物を狩《か》るなら、むしろ効率がいいかもしれん。諦めて雑魚《ざこ》狩《が》りでもしたらどうだ？」

「冗談《じょうだん》じゃない。それじゃあポーター代を払えば日銭《ひぜに》に毛が生えた程度しか残らないだろ」

「そうは言っても、あんなペースではこれ以上先には進めんぞ」

「それは……困るなぁ」

坑道で光球が使えないとなれば、先に進むあてがない。依頼は失敗になってしまうが、坑道での依頼は諦めてメセロロへ出稼《でかせ》ぎに行くべきなのだろうか。

「なぁ、アジフよ」

悩んでいると、デロムが口を開いた。

「おぬしの剣さばきは確かに見事だった。戦闘に関しては不安はなかったわ。そこで、だ。道中の案内はわしにまかせてみんか？　魔物が現れてからライトを使えばよかろう」

「魔物が現れてからって、それで間に合うのか？」

「なに、わしも元冒険者だ。そう簡単に近づけさせはせんぞ」

ドワーフの暗視能力は『ロズオムの髭』に十分に見せてもらった。信じてみてもいいとは思えるが。

「暗視のレベルを聞いてもいいか？」

「19だ。坑道など昼間も同然だな」

「Lv19⁉」

『ロズオムの髭』のメンバーの暗視レベルは最高で8と言っていた。彼らも慎重に坑道を進んでいたが、比べても三倍以上も違う。

「正直、お主が何もおらん坑道をおっかなびっくり進むのは、じれったくて見ておれんかったのだ。わしにとっても割のいい仕事だからな。ここで諦められるのも惜しい」

「しかしなぁ、地図だって見れないぞ」

「わしを誰だと思っとる！　この辺りの坑道なんぞ、知り尽くしておるわ」

いや、誰だって言われても知らん。今日会ったばっかりだ。

「引退前の冒険者ランクを聞いてもいいか？」

「Dだったが、引退してからも坑道には潜っておる。坑道の経験だけならC、いやBランクにだって引けを取らん」

Dランクだったら、Eランクの『ロズオムの髭』より頼りになるのかもしれない。冒険者プレートを見ていないので、自称《じしょう》の冒険者ランクをどこまで信じていいかわからない。しかし、ここで見《み》栄《え》をはっても自分の身を危険に晒《さら》すだけ。デロムに得があるとは思えない。何よりここで諦めるくらいなら、まず出来る事は全て試してからにするべきか。

「わかった。一度試してみよう」

「うむ、さすがCランクだ。肝《きも》が据《す》わっとる」

バシっと背中を叩きながら、デロムはガハハ、と笑う。そこには自分の能力に対して疑いを持っていない、確かな自信が感じられた。


「おるぞ！　後ろだ」

「光よ　ライト！」

デロムの索敵《さくてき》は的確だった。前後に気を配りながらも、さっきまでの様におそるおそる進むよりはるかに早い。そして魔物に遭遇《そうぐう》する回数は、ライトを使い続けるより明らかに減っている。

魔物を見つけてからライトの光球が間に合うか心配していたが、杞憂《きゆう》でしかなかった。何しろ言われてから光球を出しても、まだ魔物が見えないほど遠いケースがほとんどだったからだ。

たまには見落としたドレイン・リーチが天井から落ちて来る事もあったが、それは光球を出していても変わらない。びっくりはしても、落ち着いて対処すれば一瞬で血を吸い取られる事はない。

「む、アジフ、光球を出してくれ」

むしろ元冒険者としての、デロムの経験は確かなものだった。Dランクだったというのもうなずける。

「うん？　何もいないが？」

言われて光球を出すが、魔物らしき姿は見当たらない。

「うむ、だがな、こういう岩陰《いわかげ》には……」

デロムが台車から手を放し、足元の石を拾い上げた。

「奴がよくいるんだ」

拾った石は勢い良く投げられ、岩陰にしか見えなかったスペースに吸い込まれる。

「うぉっ！」

石が当たった次の瞬間、岩陰から触手らしき物が飛び出し思わず驚いて声をあげる。

「ハイドローパーだ」

姿が見えればもう岩陰には見えない。うねうねと触手は獲物を探《さぐ》るように蠢《うごめ》くが、距離は十分にあって当たりはしない。どうやら視覚で獲物を捕《と》らえるタイプではなさそうだ。

「せいっ！」

姿を現せば、脅威《きょうい》を感じる魔物ではない。一本ずつ触手を斬り落とし、残った胴体へと止《とど》めを刺す。

「今日はこれまでかの」

「もうそんな時間か」

麻痺毒を持つ触手に触《ふ》れないようにしながら、ハイドローパーの残骸《ざんがい》を台車へと載せる。Eランクが現れるエリアまで潜ってから、それなりの時間が経過している。真っ暗な洞窟では時間感覚が働かないが、ポーターが言うなら信じるべきだろう。

シャドウコボルトは見つけられていない。一往復無駄にした時間が悔《く》やまれる。

「明日はどうするんだ」

「当然、シャドウコボルトを探すさ」

デロムは歩きながらしゃべるが、こちらは暗闇の中、目をこらし耳をすませて歩いている。正直しゃべっている余裕《よゆう》はない。時折魔物と戦いつつ坑道の入り口まで戻ると、すでに日はすっかりと暮れていた。

「明日も頼めるか？」

「いいのか？　今日だけでも儲《もう》けは出てないだろう」

「ようやく感じが掴めてきたところだ。ここで止《や》めるなんて、それこそもったいないさ」

坑道の入り口付近にある処理場で、魔物の解体と処理を済ませた。ここからギルドまで素材を持っていくのは冒険者の役目だ。

「そうか、実はな、わしもなんだか冒険者の頃に戻ったみたいで楽しくてな。明日も稼がせてくれるなら頼むわい」

ガハハ、と変わらない笑いでデロムが笑った。どこから魔物が現れるかわからない坑道で完全に守りきれたとは思えない。際どい目に遭《あ》わせた時もあったはずだが、強がりを言っているようには見えなかった。

「そうか、ではまた明日頼む」

「おお、またの」

デロムと別れ宿に戻ると、思っていたよりも気を張って疲れていたのだろう。装備の手入れもそこそこにベッドに倒れ込んでしまった。

「どうしたんだ、その盾」

「おぬしのポーターをするのは危なっかしいからな。埃をかぶっとったのを磨《みが》いて持ってきたわい」

翌日待ち合わせたデロムの手には、半身を覆えるほどのカイトシールドがあった。

「それはいいが、そんなの持って台車は牽けるのか？」

「わしもドワーフだぞ？　そんな物は、ほれ、こうだ」

デロムはそう言って、台車の牽き手に手に持った盾を置いた。台車には昨日までなかったはずの受けが作られていて、大振りな盾がすっぽりと収まっていた。横から見ると戦車っぽく見えなくもない。

「へぇ、いいじゃないか」

「そうじゃろうとも」

二人で改造を施《ほどこ》された台車を眺める。ちょっとした工夫ではあるが、改造というのはなぜか男心をくすぐるものがある。

「いっそのこと、反対側にも付けたらどうだ？」

「それはわしも考えたが、その為にわざわざ盾を買うのものう」

あれやこれやと話しながら、坑道へと入って行くのだった。

「アジフ、そろそろシャドウコボルト共の現れる場所だ。ライトを出してくれ」

「魔物を引き寄せないか？」

「それはそれで好都合じゃろう」

　昨日とは違う坑道をそれなりに進んだ頃、デロムから声がかかった。地図を見ていないので、現在地はさっぱりわからない。それなりに広かった坑道は枝分かれを経て細くなり、進むにつれて細かい脇道が増えてくる。きっとどこかで鉱脈が途切れたのだろう。

　細かく枝分かれした坑道には支えのない場所も多く、時折崩落《ほうらく》している箇所《かしょ》もある。そういった岩陰や分岐《ぶんき》では、視界や明るさに関係なく死角が多くて見通しが悪い。

「来るぞ」

　デロムが口にする直前に、飛んできた石を左手の小盾で打ち払う。枝道から飛び出して来たのは、外で遭うより一回り小さく、真っ黒な毛並みをしたコボルトたちだった。

　光球に照らされて歯を剥いて威嚇《いかく》しつつ、先頭の一匹が壁を蹴って跳び上がり、同時にその後ろから地面を這《は》う様に襲いかかってきた。光球の作る影が坑道を動き回り、コボルトの動きを速く見せる。

「せぁっ！」

「ギャインッ」

　しかし、速いとは言ってもしょせんはコボルト。上下の同時攻撃は見事だったが、跳びかかる一匹をかわしつつ、低く襲いかかる一匹を斬り払った。腰の入っていない一撃だが、軽いコボルトにはそれで十分。

地面に伏《ふ》せるコボルトには目もくれず、着地してすぐに回り込もうとする一匹との距離を詰める。相手が態勢を整える前、間合いは十分。斬り払った剣を回し込み、上段から振り下ろした。

「ギャウッ」

剣先が天井をかすめて火花を散らし、隙を見せるコボルトを両断する。気を付けていたつもりだったが、やはり天井が低い。身に染《し》みついた剣術の型が、とっさの動きで出てしまう。

「アジフ！」

向かってくる最後の一匹を正面から斬りつけると、後ろから声がかかった。振り返るとデロムが二匹を相手に盾で防戦している。

挟《はさ》み撃《う》ちだったのか。正面に集中していて気がつかなかった。コボルトなのにEランクにされるだけの事はある。しかし、大振りな盾で叩き付け押し返すデロムは危なげない。盾に爪を立てる一匹を突き刺すと、最後の一匹は逃げていった。

「間に合わなかった。すまん」

「なに、わしが相手にするつもりで声をかけなかったんだ。気にするな」

デロムがニカっと笑うと、坑道の暗闇と髭の中に歯が浮かび上がった。

「まだいけそうか？」

「当然じゃろ。稼いでもらわんとな」

コンっと軽く盾を叩くと、その背後に岩の様な重量感を感じる。頼れる安心感だ。

その後もシャドウコボルトを探し出すのは、手間ではなかった。やはり坑道で光球は目立つようで、他の魔物を引き寄せる事もあったが、次々にコボルトたちが積まれていく。荷台に余裕がなくなるほど倒しても、昨日程の時間はかかっていなかった。


「デロム、相談がある」

「なんだ」

その日の依頼を終えて、坑道の外で相談を持ちかける。二日におけるEランク依頼は予想以上の手応《てごた》えで、坑道でも依頼をこなす目処《めど》がついた。しかし、それもこれもデロムの働きがあってこそだ。この先Dランクの依頼を受けるのなら、なんとかデロムの協力を得なければならない。

「明日からDランクの依頼を受けたいんだ。手を貸して欲しい」

「Dランクか……」

デロムは片手で義手を掴み、目を閉じて考え込んだ。

「頼む。このガセハバルで欲しい剣がある。その為には金が必要なんだ」

「頭なんぞ下げんでもいい。ほれ、他の連中が何事かと見とるぞ」

頭を上げると、通りすがりの冒険者や鉱員が珍しそうに見ながら通り過ぎていた。

「わしも元とはいえ冒険者だ。いつもな、冒険者の後ろで荷台を牽きながら『わしだったら』と考えずにはいられなんだ。だから、今日は思わず楽しんでしまったわ」

「じゃぁ……」

「まぁ、聞け。アジフ、確かにお前の腕は認めよう。だがDランクの魔物となれば今日のようにはいかん。お前に魔物を倒す自信があったとしても、わしが自分の身を守れるとは限らんのだ」

魔物のランク付けにおいて、EランクとDランクには大きな差がある。Dランクといえば、オークやサンドスコーピオンなど〝珍しくないが手強《てごわ》い〟。Dランクとなれば、ダイアウルフや憎《にっく》きジャイアントスパイダーなど、一帯の主レベルだ。

片足を失ってからソロで倒したDランクは決して多くない。倒す自信はあるが、誰かを守り切れると断言できる程ではない。危ないと言われれば無理強《むりじ》いはできないだろう。

「だから、条件がある」

「条件？」

「ああ、まずは、受ける依頼をわしと相談して決める事。それから……報酬だ」

デロムはニカリと笑いながら、お金を示す仕草を見せた。世界が変わってもなぜか変わらないあのサインだ。

依頼を決めるのに相談に乗ってくれるというなら、こちらとしては願ったりかなったりだ。報酬についても危険が増すのだから当然の要求といえる。実質条件などないに等しい。だからこそ、はっきりさせなければならない事があった。

「そう言ってくれるなら、こちらからも頼みがある。報酬についてもだ」

「ほう、言ってみろ」

これから同じ危険を冒《おか》すのに、必要な物がある。

「ポーターとしてではなく、冒険者として俺とパーティを組んで欲しい。報酬は折半でどうだ」

それは信頼だ。デロムに頼ってばかりいる状況で、今のまま報酬を払うというのは仕事量に対して公平ではないと思っていた。背中を預ける者としての信頼を得るには、まずこの不公平を正さなくてはならない。

「む、わしに冒険者に復帰しろと言うのか？」

「『しろ』ではなくて『して欲しい』だ」

デロムは魔物を前にして『楽しかった』と口にして笑ってみせた。片腕を失ってポーターとなっても、デロムの冒険者としての心の火は消えていないと見えた。

片足を失った者として、その気持ちは嫌というほどわかるつもりだ。だからこそ、その気持ちに賭《か》ける。勝算は十分にある。

「しかしなぁ、復帰したらGランクだぞ？　GランクとCランクのパーティなんて聞いた事もないわ」

「ランクなんて関係ない。デロムの実力はこの目で見た。何の問題もない」

「そこまで言うか」

「言うさ」

互《たが》いの視線がぶつかり、デロムの目がギラリと光った気がした。

「この歳《とし》でいまさらGランクなどと、笑う者もおるだろうな」

「笑いたい奴は笑わせておけばいい。すぐに間違いに気付く事になる」

ふっ、とデロムの肩から力が抜け、視線を外して夕焼けに染まる空を見上げる。

「乗せられてみるか」

上を向いたままつぶやいた言葉を、谷間を抜ける風が運んでいく。

「ありがとう、恩に着るよ」

「その必要はない。おぬしの為ではないからな」

ガハハ、とデロムは相変わらずの笑いを見せたのだった。


「Fランク？　Gではなく？」

「ええ。Fランクからの再登録となります」

翌日、デロムと共に訪れた冒険者ギルドで、デロムの再登録を申請《しんせい》していた。

「そもそもGランクは初登録の見習い冒険者制度と言えます。元Dランクのデロム様には当てはまりません」

デロムが持ってきた失効した冒険者プレートを差し出すと、受付嬢が説明してくれる。Gランクだと討伐依頼が受けられない。こちらとしてはありがたい限りだ。

「よかったじゃないか」

「うむ、坑道にGランク依頼はないからの。助かったわい」

新たに発行された冒険者プレートを受け取って、それをデロムは感慨深《かんがいぶか》げに眺めていた。Fランクであれば、坑道の道中で依頼をこなせるし、余分に狩った魔物は常設依頼に出せばいい。わずかだが、道中の収入も増えるというものだ。

冒険者として再出発するデロムは、要所に金属を配したハーフプレートメイルを着ていた。片腕の肩から先がないのが痛々しいが、Ｆランク冒険者には豪華《ごうか》すぎる装備だ。しかし、これから向かうのはＤランクの魔物が現れるエリア。防御《ぼうぎょ》はしっかりと固める必要がある。

「パーティ登録ですか。パーティ名はどうされますか？」

「ギルダスの篝火《かがりび》じゃ」「カキアゲで」

順調に行っていた登録だったが、パーティ名の登録で意見が分かれる事になった。

「せっかく考えてきたのに、なんだよギルダスの篝火って」

「ギルダスの篝火とはな、ドワーフの英雄王の一人ドゾコン王が戦《いくさ》に敗れ国に帰る際、散々に追い打たれ、あきらめそうになった時の話だ。その時、国王の帰還《きかん》を願う民《たみ》によって夜空に焚かれた盛大《せいだい》な火を見つけ、勇気付けられたドゾコン王は無事に帰国したのだ。その後見事に国を立て直したドゾコン王の復興の象徴《しょうちょう》、それがギルダスの篝火だ。冒険者としての復帰を目指すわしらにふさわしいだろう」

名前の由来を訊ねると、デロムは蕩々《とうとう》と口にした。夜の間に考えてきたのだろう。譲る気はなさそうだ。

「いや、復帰したのはデロムだけじゃないか。俺は引退していないんだが」

「だ、だが、おぬしこそなんじゃそのカキアゲとは。聞いたこともないぞ」

「カキアゲとはな、俺の生まれた国でそれぞれ個性を持った物が、一致協力《いっち》するという意味だ。一つ一つは小さくとも、合わさればより大きくなり新たな特色を生み出す。俺たちにぴったりだとは思わないか？」

「い、いや、しかし、なんというか……その、のう」

「あ、あの……」

二人で言い争っていると、おそるおそる受付嬢が手を上げた。

「「なんだ（じゃ）」」

「ギルダスの篝火はすでに登録がありまして……」

「なん……じゃと……!?」「よしっ」

地に沈むデロムに対して、拳を天に掲げる。ここに勝敗は決した。デロムを見る受付嬢の目が何故か同情的だったのは、気のせいに違いない。


古い廃坑道のそれなりの深さ、湧《わ》き出した地下水によって出来た池にその魔物は潜んでいる。

「行けるか、アジフ！」

「おう、いつでも来い！」

光球で照らしてもなお暗い水の底に、光る目だけがはっきりと見える。デロムが荷台に積んでいた樽《たる》を一つ、池の中へと放り込む。ゆっくりと沈もうとする樽に向けて、手にした岩をぶん投げた。

狙い違《たが》わず岩は樽へと命中し、中に入っていた黄色の液体が水の中へ拡散していく。一応予備は用意していたが、一発で当たってよかった。

水が黄色に染まっていくと、水底《みなそこ》の二つの目が動き出した。

「もう一つだ！」

荷台に積んだ樽をもう一つ片手に担《かつ》ぎ、デロムが池へと放り込む。用意していた岩を投げると、今度は外してしまった。あわてて地面に置いていた岩を拾うと、その間にデロムが投げた岩が樽へ命中していた。

「へたくそだのう」

「うるさい、来るぞ！」

水に広がる黄色がますます濃《こ》くなると、水底の魔物の動きが激しくなる。そして水面を目指して上昇し、そのまま地面へと飛び出った。

真っ白で細長い体は十メートル以上ありそうだ。一見するとヘビのようだが、首にあるエラと八本ある水かきのついた脚がそれを否定する。脚があってエラがあるならサンショウウオの類いではないかと思うのだが、付けられた名前は〝ケイブサーペント〟。気持ちはわかる。

「シャァァァー！」

坑道内に鳴き声ではない、息を吐き出す音が響く。すると、大きく開いたケイブサーペントの口に氷の槍が発生し、そのままこちらに向かって飛んでくる。数は三つ、一つ一つの大きさは五十センチほど、先端《せんたん》はいかにも鋭《するど》く尖《とが》っている。

「くっ！」

三方向に分かれた氷の矢の一つをなんとか避け、一つは外れる。もう一つは前に出たデロムが盾で受け止めた。

坑道のそれほど深くない地下水の溜まりに現れたDランクの魔物、ケイブサーペントは、四人ものEランク冒険者の命を水底へと沈めた。すぐさま出された討伐依頼を受けて、この坑道まで出張ってきたところだった。

先に池に撒《ま》いた黄色い液体は、ケイブサーペントが嫌うツキフォの果汁《かじゅう》だ。料理に使うすっぱ辛い果汁で、味としては苦手な部類に入る。ケイブサーペントとは気が合いそうだ。

「尻尾《しっぽ》だ！」

氷の矢をかわして反撃に出ようとしたところで、後ろから声がかかる。ケイブサーペントが尻尾を振るうと、今度は水の弾《たま》が発生して飛んできた。

「おっと」

水弾は氷の矢よりスピードは遅く、避けるのは難しくない。坑道の岩壁に着弾し、〝ズガッ〟と音を立てる。それなりの威力はありそうだ。

遠距離の二段攻撃、それをかいくぐっても毒のある牙が待ち受ける。長い胴体に巻き付かれれば、鎧など気休めにしかならない。Dランクは伊達《だて》ではないな。

「アジフ、行くぞ！」

「おうっ！」

距離を取ると、再び氷の矢が現れる。デロムは今にも発射されそうな矢に向けて、盾を構えて突っ込んでいった。

〝ドドドッ〟と連続した着弾音が坑道に響き、衝撃で転がるデロムの横をすり抜けつつ走り抜ける。

「だりゃぁぁっ」

踏み込んだ義足のバネを着地した足で受け止め、勢いの乗った剣を振り込む。氷の槍を発射した直後のケイブサーペントは大きく動けず、鎌首《かまくび》を持ち上げたまま顔だけをこちらに向けた。

「ギシャアアァッ」

剣は鱗《うろこ》に覆われた皮膚《ひふ》をえぐり、傷口から血がまき散らされる。鱗は硬く手応えは重いが、サンドスコーピオンの外殻《がいかく》ほどの硬さはない。深手を与えられたケイブサーペントは、悲鳴にも聞こえる音を吐きながら、胴体をくねらせてむちゃくちゃに暴れ回った。

「ぐぉっ」

狙いなど付けない不規則な動きの中、目前に迫《せま》った尻尾を剣で受ける。しかし、勢いまでは殺せず、尻尾を斬り付けながらも坑道の壁まで弾き飛ばされた。

「回復せい！」

「げほっ、あ、ああ、メー・レイ・モート・セイ　ヒール」

暴れまわる胴体を盾で受けるデロムの後ろで、回復を済ませる。ケイブサーペントは一度水に戻ろうとしたが、すぐに飛び出して地面にとぐろを巻いた。ツキフォの果汁が傷口に染みたのだろう。鎌首を持ち上げ同時に尻尾をゆらゆらと揺らしながら、坑道に光って見える目でこちらを睨みつけている。まだあきらめていないな。追い詰められていると自覚しながらも、反撃のチャンスをうかがう強い目だ。

「俺から行く」

「うむ」

さっきより距離を取られてしまっている。これでは遠距離攻撃の間合いだ。ドワーフの脚は短い。自分は義足だが、それでも歩幅《ほはば》が違う。距離を詰めるのなら自分が先に前に出るしかない。

「おおぉっ」

ケイブサーペントの逃げ道を塞《ふさ》ぎながらも、剣を上げて距離を詰める。三本の氷の槍が、待ってましたとばかりに飛んできた。

魔物を満載《まんさい》した台車を平気な顔で牽くデロムの足腰は強い。にもかかわらず、三本の氷の槍を正面から受けたデロムは後ろに転がされてしまった。それほどの威力だ。

飛んでくる氷の槍に突っ込む。さっきよりも距離のある位置から放たれた氷の槍は、それでも二本がこちらに向かって当たる軌道《きどう》を描いていた。

「だりゃぁっ！」

上体を反らし、一本は避ける。腰へ刺さりそうだったもう一本を、なんとか剣を斜《なな》めに構えて弾き飛ばす。ギリギリで変わった軌道に、鎧と氷がこすれて削れる音を立てた。

なんとか氷の槍を躱《かわ》したものの、中途半端《ちゅうとはんぱ》な距離で足がピタリと止まってしまった。そこへ狙い澄《す》まされた水弾が飛んで来る。

「ふぬっ」

それを、デロムの盾が受け止める。

「ぬぬぬぬぬっー！」

そして今度は飛ばされず、受け止めたデロムは盾を構えたまま突っ込んでいく。

「キシャァァー！」

距離を詰められたケイブサーペントは、裂けそうな程に開いた口でデロムの盾へと噛みついた。盾へと牙がかかり、突っ込んだデロムの足が止まって力比べが始まる。力自慢《ちからじまん》のデロムとはいえ、相手は十メートルはある巨体《きょたい》。地面を削りながらじわじわと押し込まれていく。

「行けーぃ！」

それをのんびり見ているはずもない。デロムの後ろですでに駆けだしていた。盾に噛みつき今にもデロムを押し倒そうとする首は、無防備な側面のエラをこちらに晒している。

「つりゃぁぁぁっー‼」

気合いを入れてエラに剣を突き入れると、わずかな硬い感触《かんしょく》を残して反対側まで突き抜ける。すぐさま剣を手放して飛び退き、距離を取る。ケイブサーペントは、先ほどより激しく身をよじりながら跳ね回った。

「ぐぉっ」

至近距離で踏ん張っていたデロムは、暴れる巨体に巻き込まれ弾き飛ばされてしまった。

「メー・レイ・モート・セイ　ヒール」

　デロムを回復しながら様子を見ていると、剣が首に刺さったままのケイブサーペントの動きは次第に弱くなり、身体を震《ふる》わせながら地面へと横たわった。

「自分だけさっさと逃げるとはのう」

「ヒーラーの安全は優先するべきだからな」

　デロムの手を取って起こし、ケイブサーペントが死んでいるのを確認する。ヘビっぽい魔物は生命力が強いと相場が決まっているが、もうピクリとも動く様子はない。もう死んでいる様だ。刺さったままの剣を引き抜いて長い胴体を眺める。これで終わりではない。これからコイツを台車に載せて、地上まで運ばなければならない。

「さて、やるかな」

「ああ、やるか」

　首をコキコキと鳴らして、運搬作業に取りかかる。Dランク冒険者パーティ〝カキアゲ〟は初のDランク依頼を無事にこなし、順調な滑り出しを見せたのだった。

第18話　ロックウォーム討伐

デロムの盾《たて》がシャドウコボルトを殴《なぐ》り飛ばす。

「ギャインッ」

盾に取り付けられた突起《とっき》に突《つ》き刺《さ》さり、吹《ふ》き飛ぶシャドウコボルト。しかしすぐさま次のコボルトが盾に取り付いた。

「ぬんっ！」

しがみつかれたまま盾を振《ふ》り回し、横からさらに迫《せま》るコボルトへとまとめて叩《たた》き付けた。二匹《ひき》が血を流し、地面を転がる。その一瞬《いっしゅん》、周囲を囲むコボルトとデロムの間に空間ができた。

「もうもたん！　まだか！」

「こらえてくれー！」

シャドウコボルトの巣を見つけた報告を受けて、出された討伐依頼《とうばついらい》。周囲から少しずつ数を減らしていく作戦だったのだが、光球の灯《あか》りに気付いて襲《おそ》ってきたのは、上位種であるシャドウコボルトリーダーだった。

シャドウコボルトリーダーはDランクの魔物《まもの》だが、単体の強さはそれほどでもない。しかし、リーダーによって統率《とうそつ》がとられた群れは恐《おそ》ろしい。気がつけば前後を挟《はさ》まれ退路が塞《ふさ》がれていた。

「せいっ、はっ！」

リーダーを取り巻くコボルトが、上下左右から襲いかかってくる。コボルトはリーダーさえ倒《たお》せれば烏合《うごう》の衆なのだが、取り巻きの処理が追いつかず刃《は》が届かない。そのリーダーは、コボルトたちの後ろで牙《きば》を剥いていた。

長引けば後ろでふんばるデロムを抜《ぬ》かれかねない。上下左右に加えて後ろからも襲われれば、ますますじり貧《ひん》になってしまう。

「ガルァッ」

「くっ」

上からのしかかるコボルトの牙を、左手の小盾で受け止める。目の前で盾に噛《か》みつくコボルトと目が合い、噛みついたままのコボルトの爪《つめ》が鎧《よろい》の隙間《すきま》を切り裂《さ》いた。

「アオーーン」

ふらつき、後ずさる。流れ出る血を隙《すき》と見たのか、後方に構えていたリーダーが吠《ほ》え、二匹の取り巻きと共に跳《と》びかかってきた。

「来たなっ」

剣《けん》の柄《つか》で、かじりつくコボルトの鼻面を殴り飛ばし、そのまま振るった剣で跳びかかってきた取り巻きごと斬《き》り付けて弾《はじ》き飛ばす。多少の怪我《けが》も頭《リーダー》が釣《つ》れるのなら、帳尻《ちょうじり》は合うってものだ。

他のコボルトより一回り大きいリーダーが間合いに入る前、間一髪《かんいっぱつ》体勢は立て直せた。

「くぁっ」

勢いの乗った爪を受けると、剣が弾かれて間合いが開く。いくら爪が鋭《するど》いとはいえ、素手《すで》で剣を弾き返すってのはどうなんだ。

　理不尽《りふじん》を感じながらも弾かれた剣はひるがえり、無意識のレベルで突きの構えへと移行する。剣と剣で打ち合う前提の対人の型、素手の相手に使うとは思っていなかった。

「せぇいっ！」

　たわんだ義足のバネを解放すると共に、身体《からだ》ごと突っ込《こ》む突き。シャドウコボルトリーダーは、まだ態勢が整わない。まさか剣を弾き返したのが裏目に出たとは、剣先が深く突き込まれた今でも気付いていないだろう。

「なんとか片付いたのう」

「危なかったな」

　リーダーがやられると残ったコボルトはあからさまに戦意を落とし、一匹、また一匹とやられるうちに散り散りに逃《に》げていった。

　デロムが手にする盾は、いくつもの鋭い突起のついたスパイクシールドだ。鋼鉄がふんだんに使われていて、とても重い。一度持たせてもらったが、両手で支えるのさえ精一杯《せいいっぱい》という有様だった。

　ガセハバルで依頼を受け始めてから、すでに一ヶ月が経過していた。度重《たびかさ》なる激戦にデロムの盾は耐《た》えきれず、報酬《ほうしゅう》で買い換《か》えた新しい盾だ。

「どうせなら、肩《かた》にも突起を付けたらどうだ。ショルダーチャージもできるぞ」

「あまり聞かない装備だが、なんだかトゲだらけになってしまうの」

「俺《おれ》の知る国の量産……いや、兵士の装備にあるんだよ」

すでに幾度《いくど》もDランク依頼をこなしている。依頼はどれも楽ではなく、何度も装備の修理に出費を迫られたりした。そして二人パーティなので、報酬はソロよりも少なくなる。それでもなんとかお金は貯《た》まりつつあった。

「おぬしの光球がなければもう少し楽だったんだが」

「だいぶ見えるようにはなったが、ライトなしで戦うのはまだ無理だ」

いままでにない暗闇《くらやみ》での日々に、暗視のスキルは集中的に鍛《きた》えられていた。ひと月の間にレベルは二つ上がり、坑道《こうどう》を歩くだけなら不自由はしないくらいには見えるようになってきた。

だが、坑道に生息する魔物は闇《やみ》に潜《ひそ》む魔物が多く、さっきのシャドウコボルトなどは、光球がなければ動く影《かげ》にしか見えない。

「この調子ならすぐだろうよ」

笑うデロムの機嫌《きげん》は良い。たったひと月だが、依頼の行き帰りに倒す魔物だけですでにEランクへの昇格《しょうかく》が見えていた。CランクがFランクの魔物を倒しても、もらえるのは討伐報酬だけ。道中のFランクの魔物は全《すべ》てデロムが常設依頼として報告したため、処理した依頼件数はあっという間に増えていた。

「おい、アジフ。奴《やつ》らが来とるぞ」

「げっ、急ぐか」

シャドウコボルトの死体を台車に載《の》せていると、暗闇からズル、ズル……と地面の擦《こす》れる音が聞こえてきた。やがて光球に照らされて姿を現したのは一メートルほどの粘体《ねんたい》、スライムだ。普段《ふだん》トイレや外で見かけるのとは桁違《けたちが》いに大きい。

　このスライムが、坑道に魔物の死体を放置できない原因。普通《ふつう》のスライムではない。アシッドスライムという亜種《あしゅ》だ。このスライムが普通のスライムを食べて（取り込んで？）しまううえに、魔物の死体を放置すればエサにしてどんどん増えてしまう。

　討伐ランクはE。動きは遅《おそ》く攻撃《こうげき》を避《さ》けるのはとても簡単で、核《かく》を砕《くだ》くか魔法を使えば倒せる。ただし、このスライムにはとても厄介《やっかい》な特性がある。物理攻撃に極《きわ》めて強いのだ。

　剣で斬れば切れるが、それだけではほとんどダメージにならない。殴打《おうだ》武器はさらに相性《あいしょう》が悪い。そして粘性《ねんせい》の強い身体は、強力な酸性を帯びて武器をあっという間に破壊《はかい》する。つまり我々二人にとっては、最悪の相性と言っていい相手だ。

「よし、行くぞ」

「ああ」

　幸い動きが鈍《にぶ》いので、台車を牽《ひ》いていても逃げるのは容易《ようい》だ。後でギルドに報告しておけば低ランク帯の魔術師の良い稼《かせ》ぎになるだろう。ゆっくりと追ってくるスライムを置き去りに、二人で台車を押《お》して坑道を抜けるのだった。

　冒険者《ぼうけんしゃ》ギルドで報告と精算を済ませると、デロムは行きつけの酒場へと消えていく。たまに付き合う日もあるが、ドワーフの酒に毎度付き合っていたら肝臓《かんぞう》が保《も》たない。デロムと別れて向かったのは、ナロリ魔道具店だ。

「いらっしゃいませ」

「今日も見せてもらうよ」

「ご存分に」

何度も訪《おとず》れるうちに、すっかり店員さんとは顔見知りになってしまった。買いもせず訪れる客とも言えない客を、嫌《いや》な顔もせず中へ通してくれる店員さんには感謝するばかりだ。二階へ上がり、すっかり定位置となったマインブレイカーの前に立つ。

ドワーフたちは全く気にしないが、日の当たらない坑道の中に毎日毎日潜《もぐ》るのは、かなりのストレスだ。こうしてたまに訪れて目的を再確認し、モチベーションを保つ必要があった。

腕《うで》を組んで壁《かべ》に飾《かざ》られたマインブレイカーを眺《なが》める。薄青《うすあお》い刃は、じっと見ていると吸い込まれてしまいそうな輝《かがや》きを放っている。すでに何度もお願いして、魔力を流させてもらっている。その際に放つ強い輝きとはまた違う、剣身そのものが放つ深い輝きだ。

見ていると『この剣を使いこなし、新たな強さを手に入れた自分』を妄想《もうそう》しないではいられない。子供っぽいと笑いたければ笑えばいい。

「また来たのですか」

背後からかけられた声もすっかり聞き慣れた。支店長のムビンだ。

「売れていないか心配でな」

「売るつもりもありませんし、アジフさん以外に買いたいという人もいません。心配いらないと言っていますのに」

そんな口実は強がりでしかない。坑道の暗闇にくじけそうだからなどと、本音をこぼせないだけだ。

「知り合いの武器屋から借りてきました。こんな物はいかがですか？」

そう言われてマインブレイカーから視線を外し、隣《となり》に立つ支店長へと目を向けた。支店長の手には見事な鞘《さや》に収まった一振りの剣があった。

差し出された剣を受け取り、鞘から抜き放つ。鋼《はがね》造りの剣は強い魔力付与《ふよ》の気配を漂《ただよ》わせていた。剣身も見事で、今の剣よりも良い鋼だと一目でわかる。構えをとると今の片手半剣《バスタードソード》とほとんど長さもバランスも変わらない。持っただけでしっくりと手に馴染《なじ》む素晴《すば》らしい剣だった。

「本当は金貨九十枚なのですが、アジフさんには七十枚までまけても構いません。いかがですか？」

金貨七十枚。手持ちの現金ギリギリだ。予算はすっかり把握《はあく》されているらしい。

「素晴らしい剣だ。今買える最良の剣だろう」

剣を手にしたまま、この剣で戦う自分を想像する。使い慣れた剣とほとんど変わらないバランスは、即《そく》戦力となってくれるだろう。しかも、あきらかに今の剣よりも業物《わざもの》だ。これまで苦戦した魔物に対しても、より効果的に戦えるだろうという予想に疑問の余地はない。

「では……」

「いや、この剣じゃないんだ」

手にした剣から思い浮《う》かぶのは現実的な予想だ。考えただけで恥《は》ずかしく、口にもできないような妄想は浮かんで来ない。マインブレイカーを見る前なら飛びついただろうが、一度見てしまった妄想が、すでに脳裏《のうり》にこびりついてしまっていた。

「良い目利《めき》きだ。剣もわかるのか？」

「いえ、付き合いのある武器職人に伝えて選んでもらったのですよ。これでも儲《もう》けのほとんど出ない特別価格だったのですけどね」

剣を受け取る支店長は軽く肩をすかせたものの、それほど残念そうには見えなかった。

「それは悪い事をした。その職人さんにも謝《あやま》っておいてくれ」

「いえね、その職人はどうせ買わないだろう、と言ってましたよ」

「ん？　これほどの剣を選ぶ武器職人がそう言ったのか？」

「ええ、剣士《けんし》が武器に惚《ほ》れ込むってのは、そういう事だそうですね。魔道具を扱《あつか》う私にはさっぱりわかりませんが」

どうやらその武器職人には、お見通しだったようだ。そして客にとって最良の物を用意するのは、武器職人の仕事ではない。それは支店長の人を見る目利きによるものだろう。さすがだと思わずにはいられない。

「その職人さんには、一度会って見たいものだ」

「ええ、アジフさんが金貨百枚を用意した暁《あかつき》には、お引き合わせ致《いた》しましょう」

金貨百枚、また用意しなければならない理由ができたようだ。頭を下げる支店長に別れを告げて外に出ると、周囲はすっかり暗くなっていた。

入り組んだガセハバルの街並みには、初めは苦労したものだ。それもひと月の間に、宿までの道はすっかり覚えてしまっていた。暗い夜道を歩くと、そこかしらの酒場からにぎやかな喧噪《けんそう》が聞こえてくる。

ふらふらと扉越《とびらご》しに漏《も》れる灯りに引き寄せられ、扉に手をかけようとして、脳裏にマインブレイカーの輝きがちらついた。

〝パンツ〟と顔を叩いて欲望を追い払《はら》う。

「今は我慢《がまん》だ」

自分に言い聞かせて、宿への道を再び歩きだす。ドワーフの王都ガセハバルの夜は長く、〝一杯《ぱい》くらいは〟という誘惑《ゆうわく》との戦いは、宿にたどり着くまで続くのだった。


「最近Dランク依頼が少ないな」

「カキアゲが片付けちまうからな」

「あいつら、鉱員より坑道に潜ってるって噂《うわさ》だぜ」

さらに依頼を受け続けてしばらく経過し、Dランクパーティ〝カキアゲ〟はギルド内ですっかり知られた存在になっていた。

それなりの依頼が溜《た》まっていた最初の頃《ころ》は、他のDランク冒険者も楽ができるとギルドの酒場で飲んだくれていた。しかし、片っ端《ぱし》から依頼をこなしていくカキアゲの勢いに、Dランク依頼の件数が減ってきて、そうも言っていられなくなってきたようだ。最近は他のDランク冒険者との依頼の争奪戦《そうだつせん》が激しい。

必然的に依頼をこなすペースも、お金が貯まるペースも下がっていった。それでも節約生活を心がけ、なんとかあと少しというところまで来ている。

「アジフの奴はCランクなんだろ？　Cランク依頼でも受ければいいじゃないか」

「あっ、バカ……」

「ナナ・レーン・マス・ナル　キュア・ポイズン」

酒場でくだを巻く冒険者の背後に近づき、サービスの治療《ちりよう》を行う。

「はっ……!?　アジフ、てめぇ、何しやがる！」

「勝手な事を言っていたからな。頭を冷やしてやったんだよ」

酔《よ》いを醒《さ》まされたドワーフは、今度は怒《いか》りに顔を赤くした。

「本当の事じゃねぇか！」

「それを言うなら、他のDランクパーティも同じだろうが」

パーティでの受注の場合、一ランク上の受注が可能だ。Dランク冒険者が集まったパーティでも、Cランク依頼は受注できる。確かに今Cランクの依頼をこなせば、目標金額の金貨百枚がすぐにでも見えてくるだろう。

ただし、Cランク魔物の危険度は、Dランクの比ではない。自信もなく立ち向かうのは自殺行為《こうい》と言っていいだろう。そして自分にはその自信がない。

「アジフ、魔力の無駄遣《むだづか》いをするな。それよりほれ、依頼を持ってきてやったぞ」

酒場でじゃれ合っていると、デロムが受付から戻《もど》ってきた。

「どんな依頼だ？」

「お待ちかねのヤツだ。ホレ」

テーブルの上に置かれた依頼票を、他の冒険者と一緒《いっしょ》に覗《のぞ》き込む。

「ついに来たか！」

「……お前等、これ、受けるのか？」

「「受ける！」」

依頼票に書かれていた内容は、『ロックウォーム討伐』だった。ロックウォームは砂漠《さばく》にいたサンドウォームの亜種と言われていて、岩盤《がんばん》をかみ砕いて移動する。砂と岩盤の違いなのか、サンドウォームほど大型化はしない……と言われている。討伐ランクはDランクと低いのだが、鉱脈を喰《く》い荒《あ》らし坑道を崩壊《ほうかい》させるロックウォーム討伐は緊急性《きんきゅうせい》が高い。

しかし、ロックウォーム討伐において最も難しいのは、何処《どこ》にいるかわからないという点だ。ロックウォームのかじった穴に入り込めば、高い確率で生き埋《う》めになってしまうだろう。その難しさから、緊急性が高いにもかかわらず不人気な依頼だ。

そういった事から常設依頼になっているし、目撃《もくげき》情報があればDランクとしては破格の金貨八枚に設定されている。二人で割っても金貨四枚だ。目標達成に向けて大きな前進になる。

「物好きな奴らだ。せいぜい走りまわるんだな」

さっきまで文句を言っていた冒険者も、受ける気はないようだ。興味をなくしたように手を振った。あっても譲《ゆず》る気はないが。

そうと決まれば、ギルドで憂《う》さ晴らしをしている場合ではない。坑道へ向かいつつも、ステータスを確認《かくにん》する。

「ステータスオープン」

名前：アジフ　種族：ヒューマン　年齢《ねんれい》：26

スキル

エラルト語Lv4　リバースエイジLv6　農業Lv3　木工Lv4
解体Lv5　採取Lv3　盾術Lv8　革細工Lv3　魔力操作Lv14
生活魔法（光／水／土）剣術Lv15（+1）暗視Lv4（+3）並列思考Lv2
祈祷《きとう》　光魔法Lv6（+1）　気配探知Lv1（NEW！）

称号《しょうごう》

大地を歩む者　農民　能力神の祝福　冒険者　創造神の祝福

ひと月以上に及《およ》ぶ坑道生活で、暗視のスキルはさらに上がってLｖ４に達した。坑道の視界は夜の森ほどになり、弱い相手であれば光球なしでも戦えるようになっていた。上がりにくかった剣術が一つ上がったのも嬉《うれ》しい。

だが、注目するべきは新たに手に入れた『気配探知』だ。言わずとしれた強スキル。暗闇の中を耳を澄《す》まし、周囲に常に気を配りながら歩いていたのが良かったのだろう。Lｖ１の今のところは敵の居場所が見えたりしないし、脳内レーダーに生き物の居場所が表示される事もない。

それどころか、息を潜めるシャドウコボルトに気付かないのもしばしばで、岩陰《いわかげ》に隠《かく》れるハイドローパーにいたってはほとんど気付けない。今のところは、なんとなく何かがいる気がする事がある、という直感程度だ。

それでもあるとないとでは全く違う。スキルを手に入れる前から何かがいる気がする事はよくあった。今はその直感にかなり確信を持って従えるようになった。そして、スキルを手に入れた時から考えていたのが、ロックウォーム討伐だ。ロックウォームは気配を隠す魔物ではない。ロクイドルで見た事のあるサンドウォームもそんな複雑な知能を持っているようには見えなかった。

ドワーフたちの多くは、暗闇に強いせいなのか気配探知のスキルを持つ者は少ないそうだ。エルフは逆に多いらしい。いつかロックウォームの目撃情報と討伐依頼がでたら試《ため》してみようと狙《ねら》っていたのだった。

今回ロックウォームの目撃情報があったのは、魔物がよく棲《す》み着く廃坑《はいこう》ではない。現在進行形で掘削《くっさく》が行われている坑道だ。鉱石を積んだ台車が行き交《か》い、兵士が警戒《けいかい》にあたっている。坑道に入ってしばらくは魔物に遭遇《そうぐう》せずに先に進む事ができた。

暗視のレベルも上がっているので、魔物の現れない坑道にそれほど時間もかからない。Fランクの魔物との戦闘《せんとう》回数は減ってしまうが、デロムはすでにEランクになっているので問題はない。デロムのEランクの昇格試験を務めた試験官はかわいそうだったが。

今のデロムの装備はスパイク付きの盾に加えて、ショルダーアーマーも特注のスパイクが付いている。さらにスパイク付き鋼鉄製の兜《かぶと》まで装備して、もはや防具ではなく全身が凶器《きょうき》だ。相手の攻撃に耐えながら徹底《てってい》的に間合いを詰《つ》める戦闘スタイルは、シンプルだからこそなかなか隙がない。

明らかな欠点といえば、状態異常系の魔法に対する耐性《たいせい》くらいだろうか。それもいずれは何か考えがあるらしい。

「どうじゃ、アジフ」

「いや、それらしい気配は感じないな」

ロックウォームが目撃された地点まで降りると、坑道は立ち入り禁止になっていた。周辺には直径一メートルほどの円形の穴が数カ所に開いて、どうやらこれがロックウォームの掘《ほ》った穴のようだ。穴の大きさから察するに、それほど大きい個体ではなさそうに思える。

「大物だな」

しかし、穴を見つめるデロムの表情は硬《かた》かった。

「そうなのか？　サンドウォームに比べればずいぶん小さそうだが」

「砂に潜るサンドウォームと一緒にするでないわ」

フン、と鼻を鳴らして、デロムが立ち上がる。

「奴らは硬い牙で岩盤をくりぬいて進むのだぞ？　そんなにでっかい訳がなかろう」

「確かになぁ。そんな大きさだったら山が崩《くず》れるか」

「実際に崩れた山もあるがな。ともかく、ヤツが岩盤を削《けず》っているなら、わずかでも振動《しんどう》があるはずだ。だが、すでに掘ってある穴を進んでいるとなると、おぬしのスキルが頼《たの》みとなる。頼んだぞ」

「ああ、やってみる」

スキルを手に入れてから、常に気配を探《さぐ》るように心がけてきた。ロックウォームの気配がどの程度なのかわからないが、やってみるしかない。

それから周囲の気配を探りながら坑道の中を延々《えんえん》と歩き回る。自分ではどこを歩いているのかさっぱりわからないが、時折台車を牽くデロムから指示が出るので、迷ってはいないようだ。

さんざん歩いて何度か魔物にも遭遇したが、それでもサンドウォームらしき気配は見つからなかった。

「なぁ、そろそろ台車に載らなくなるんじゃないか？」

「そうじゃなぁ」

すでに台車の半分以上は埋まっていて、今からサンドウォームを倒しても運べるかどうか疑わしい。

「一度戻るか」

「仕方ないのう」

結局諦《あきら》めて地上へ戻るしかない。倒した魔物の精算を終えて、ギルドへ報告して一日を終える。今日一日で見つからなかったといって、失敗扱いになる依頼ではない。他にも受注している冒険者もいるだろう……たぶんいるだろうと思うし、依頼自体に期間の制限は設けられていないので、焦《あせ》る必要はない。

「のう、アジフ」

「なんだよ」

いつもはまっすぐに酒場へと向かうデロムが、今日は珍《めずら》しく足を止めていた。

「今日は失敗じゃった。ああも歩き回っていては他の魔物に遭遇するばかりで、肝心《かんじん》のロックウォームを運べなくなってしまう。そこでだ、明日は待ち伏《ぶ》せをしてみんか？」

「それはいいが、相手がどこにいるかもわからないのに、どうやって待ち伏せするんだ」

「うむ、そこだ」

ヒゲを撫《な》でつつデロムは考えている。

「今日見たロックウォームの通り道でも、新しいものと古いものがあった。新しい穴の近くで待ち伏せしてみんかと思うてな」

「確かに下手に動き回っても、らちが明かないかもとは思ったが……上手《うま》くいくか？」

「わからん。だから、明日は坑道に泊《と》まり込もうと思うんじゃが、どうだ？」

泊まり。あの魔物が徘徊《はいかい》する真っ暗でじめじめした坑道で泊まり。気が進まないことこの上ない。

「わかった。準備しておこう」

気は進まないが、だからと言って嫌だとは言えない。普段から非常時にそなえて食料は多めに持ち歩いている。水魔法が使えるので、水を運ぶ分の荷物を減らせるのが強みだ。

泊まりとなれば食料を多めに持って行かなければならないが、デロムの台車に載せて行けばいいので、荷物的な負担は少ない。この日はデロムと別れた後に、泊まりに備えた買い物を済ませるのだった。


翌日、昨日と同じルートを通って、デロムが目星を付けた穴の近辺へと向かった。最短距離《きょり》と思われるルートを通り、しかも昨日魔物を一通り倒しているので、時間はそれほどかからずに到着《とうちゃく》する。

その辺りに開いている穴を見ても、自分には穴が新しいのか古いのかさっぱりわからない。そこはドワーフの目を信じるしかない。デロムに言われた穴の近くに待機出来そうな場所を探し、キャンプを作って待機態勢に入る。坑道の中で火は焚《た》けないので、暗視のスキルだけが視界の頼《たよ》りとなる。

「来ないのう」

「来ないなぁ」

暗闇の中でどれくらいの時間が過ぎただろうか。ロックウォームどころか、魔物の一匹も現れない。

「今のうちに寝《ね》ておくか」

「ふむ、アジフが先でよいぞ」

火を使えない不味《まず》い食事以外にあまりにもする事がないので、眠《ねむ》くなる前に寝てしまう事にした。剣の稽古《けいこ》は出来ないし、いつ魔物が現れないとも限らないので魔力の訓練も出来ない。こんなに何もしないのは、この世界に来てから初めてかもしれない。

それでも、ハードな毎日に疲《つか》れが溜まっていたのか、目を閉じるとすぐに眠ってしまったのだった。

「おい、アジフ」

どれくらい寝たのかはわからない。目を開けても閉じてもさほど変わらない暗闇の中で、徐々《じょじょ》に暗視スキルが仕事を始める。

「交代だ」

「ん……ああ」

目をこすり、身体を伸《の》ばしてコリをほぐす。鎧を緩《ゆる》めてもいないので、身体がバキバキだ。「なぁ、それはひょっとして酒か？」

「当たり前だ。酒も飲まんで眠れるわけがなかろう」

「それはいいが……ちゃんと起きてくれよ？」

「この程度でどうこうもならんわ」

デロムが口にする水筒《すいとう》からは、酒の香《かお》りがしていた。ヒューマンなら注意するところだが、ドワーフなら仕方ないだろう。酒を飲んでしばらくすると、デロムは横になって寝たようだった。

グゴゴゴ……

暗闇の坑道に振動が響《ひび》く。

デロムのイビキだった。横になってあっという間に寝たらしいデロムは、ほどなくして大いびきをかき始めた。坑道に身を潜めて待っている間も、他の魔物を引きつけないように会話は最小限にしていた。今となってはそれに意味があったかも疑わしい。

これだけの音ならいつ魔物が現れても不思議ではない。臨戦態勢で周囲に気を配り待機する。

だが、不思議な事に魔物はいつまでたっても現れない。張っていた緊張《きんちょう》の糸が緩みかけた時、ふと異変に気付いた。デロムのいびきの音が、時折ずれて聞こえるのだ。周囲に配っていた注意を、デロムのイビキへと集める。

グゴゴゴ……ゴゴ……

聞こえた！　確かにイビキに他からの音が紛《まぎ》れている！　そして音に気付くと同時に気配に気がついた。気配探知に感じる気配は……岩盤の中！　他に岩盤にもぐる魔物がいるとは聞いていない。これはロックウォームだ！　すぐさまデロムを起こそうと身体に手をかける。

グゴ……

手をかけられたデロムのイビキがピタリと止まった。すると、ロックウォームの気配も岩盤に紛れてわからなくなってしまった。動きを止めた相手の気配を探《さぐ》ろうと、デロムを起こそうとしていた手を放して気配に集中する。

気配を掴《つか》めないまま坑道を静寂《せいじゃく》が支配する時間が続く。しばらくすると、静寂を破ってデロムが再びイビキをかきはじめた。いい加減起こそうと手を伸ばしかけて、その動きを止める。再びロックウォームの気配と振動を感じたのだ。今度は居場所を逃《のが》さないように気配に集中し、ロックウォームの位置を探ろうとしていると、ある事実に気がついた。

ロックウォームの発する振動は、デロムのイビキとリズムが重なっているのだ。まるで輪唱のようにイビキに追従して発生している。これは……まさか、ロックウォームがデロムのイビキに共鳴している⁉

デロムのイビキが鳴ると、地面からの振動も再開される。共鳴なのかどうなのかはわからないが、ロックウォームがデロムのイビキに何らかの反応をしているのは間違いなさそうだ。

集中して、ロックウォームの位置を探る。気配探知は、うっすらと岩盤の中の気配を教えてくれている。イビキと共に感じる振動は、少しずつだが確実に近づいてくる。だが、ここで予想外の事態が起きた。デロムのイビキが突然《とつぜん》止まったのだ。それに合わせてロックウォームからの振動も止まる。

これは……まさか睡眠時無呼吸症候群《すいみんじむこきゅうしょうこうぐん》か⁉　眠り続けるデロムからは、呼吸している動きが感じられない。

くそっ、よりによってこんな時に！　がんばれデロム！　息を！　息をするんだ！　声には出せない。起こす事もできない。ただ手に汗《あせ》を握《にぎ》り、応援《おうえん》を続ける。

ゴッ……グゴゴゴ……

すると、応援が届いたかどうかはわからないが、止まっていたイビキが再び始まった。

（よしっ！）

止まっていた気配が動き出す。喝采《かっさい》を上げたくなる気持ちを抑《おさ》え、手の汗を拭《ぬぐ》って剣を握り直す。片手はいつでも起こせるようにデロムに伸ばし、片手で剣を握って息を殺す。いよいよ気配と振動が近づき、近くの岩盤から小さな岩が一つ、ぽろりと転がり落ちた。

「デロムッ！」

盾を抱《かか》えるように寝ているデロムを引きずり倒す。

「……ふがッ⁉」

突然に身体を引っ張られたデロムが目を覚ますのと、ヒビの入った岩盤が崩れるのはほぼ同時だった。

「なんだ⁉」

すぐにデロムは周囲を見渡《みわた》し、岩盤から牙が無数に付いた口が姿を見せる。

「退《さ》がれ！」

「お、おう」

姿を現したロックウォームは、何かを探すように頭を周囲に巡《めぐ》らせている。そしてこちらに気付いて、胴体《どうたい》を持ち上げたのだった。ヘビであれば鎌首《かまくび》というところだが、そもそも首があるかもわからない。ロックウォームに目はなく、何らかの方法で獲物《えもの》を感知しているらしい。熱なのか振動なのか電気なのかわからないが。

「光よ！　ライト！」

光球に照らされて、穴から首を出す。ロックウォームの姿がはっきりと浮かび上がる。牙がずらりと並んだ口は、身体の直径とほぼ同じ一メートルほど。身体は黒みを帯びた装甲《そうこう》が、蛇腹《じゃばら》状に並んでいる。ライトに照らされても反応がないのは、目がないからだろう。

目を覚ましたデロムと共にゆっくりと距離を取る。これはあらかじめ立てた作戦通りだ。ロックウォームはたとえ頭（？）を落としても、魔石の残った胴体から口が再生してしまう。討伐するには全身を穴から引きずり出して、魔石を砕くなり抜くなりする必要があった。

そして厄介なのが、魔石が身体のどこにあるかわからない事だ。個体によっても違うらしいし、確定した情報ではないが、同じ個体でも日によって違うという噂も聞いた。

静かにゆっくりと、しかし確実に互《たが》いを認識できる程度の音を立てながら退がる。ロックウォームは魔物の割に臆病《おくびょう》な性格で、あまり大きな音を立てるとびっくりして穴に戻ってしまう。

「そろそろか？」

「まだだ」

こちらとの距離を一定に保ちながら、穴からロックウォームの身体が姿を現す。すでに全長で十メートル程度はあるだろう。なかなか端《はし》が見えなかったが、徐々に胴体が細くなっていき、ついに途切《とぎ》れたのだった。

「今だっ！」

デロムの合図で一気に距離を詰める。突然の速度変化だったがロックウォームはすぐさま反応し、牙の並んだ口が迫る。

「よっとっ！」

踏《ふ》み込んだ義足を横に蹴《け》り出し、地面を転がって避ける。空振《からぶ》りした牙が坑道の壁を削り、岩盤に抉《えぐ》られた様な跡《あと》が残る。直撃すればミンチになってしまうだろう。

「おやぁぁっ！」

頭部が逸《そ》れてがら空きの胴体を、デロムがスパイクシールドで押さえにかかる。ロックウォームの胴体を覆《おお》う装甲はシールドのスパイクを防ぎ、傷を負わせる事はできていない。

「行け！　アジフ！」

「任せろ！」

ヒザをついて立ち上がり、直径一メートル程《ほど》の胴体を押さえるデロムの背後に回り込む。元々スパイクシールドで装甲を貫《つらぬ》けるとは思っていない。

ロックウォーム討伐の難しさは、発見と全体を引きずり出すまでだ。鋭い牙と硬い胴体は確かに手強《てごわ》いが、他のDランクと比べれば戦闘の難易度は低い。装甲が蛇腹状に重なった胴体に対し、逆方向の隙間から剣を突き刺す。

「せぇいっ！」

そのまま剣を引き斬ると、装甲の曲線に沿って肉が斬り裂かれ体液が飛び散った。しかしロックウォームは痛みを感じていないのか、気にする様子もなく口を巡らせる。

「退《ひ》けっ！」

デロムの合図で再び距離を取る。いくら鋼鉄の盾でもあの口は受けられない。

「こっちだっ」

追いすがってくる口に対し、走り回って注意を引く。二人パーティのカキアゲ最大の弱みは機動力だ。足の遅いデロムと義足の自分。他のドワーフ冒険者パーティにも同じ事が言えるが、ドワーフの足は基本的に遅い。走る速さなら義足でも自分の方が速いので、必然的に慣れないおとり役が回ってくる。

とはいえ、まっすぐ走るならまだしも、戦闘中の複雑な機動はどうしても肉体の足には及ばない。

「おわわっ」

背後から迫る口を、間一髪ジャンプしてかわす。さらに追って来ようとするロックウォームだったが、突然止まってのけ反り返った。

「よいぞ！」

「助かった！」

デロムは再び胴体を押さえつけるのに成功したようだった。動きさえ止まれば装甲の隙間に剣を突き刺すのは難しくない。もう一度肉を斬り裂くが、動きに変化は見られない。痛覚が鈍いのか、そもそも痛覚がないのか。わからないが、そうとうタフなのは間違いない。

ただし、痛覚が鈍いというのは、必ずしもメリットとは言い難《がた》い。手負いの獣《けもの》のようにがむしゃらに暴れ回られては、狭《せま》い坑道では逃げ場がなくなってしまう。

デロムが押さえ、その隙に攻撃をする。付けた傷の、できるだけ体液の流れる近くに攻撃を集中し、二度、三度と繰《く》り返すうちに活路が見えてきた。

ロックウォームが動く際には、身体を伸び縮みさせている。装甲をまとっている身体ではあるが、身体を伸ばすタイミングで傷を付けた付近が千切れて、蛇腹状の装甲に隙間ができてきたのだ。

装甲に隙間ができれば、ちまちまと剣を突き刺す必要はない。

「せりゃぁあっ！」

振り上げた剣を、伸びた身体の装甲の隙間へと振り込む。剣は柔《やわ》らかい手応《てごた》えを伝えながら、胴体の半ば以上を断り裂く。

それでも動きを止めないロックウォームだったが、千切れかけた胴体はそれに追従せず、別々に動こうとしている。頭側と尻尾《しっぽ》側がそれぞれに動いた結果、かろうじて繋《つな》がっていた胴体が千切れ、二つに分かれたのだった。

「どっちだ！」

千切れた尻尾側がうねうねと動き、頭側は身体を伸び縮みさせてなおも前進する。魔石の残っている身体は、いずれ再生してしまう。魔石のない方は、ほっとけば死んでしまうはずだ。

「アジフ、こっちだ！」

判断に迷って動きが止まってしまったが、デロムの動きに迷いはなかった。前進しようとする頭側を盾で押さえ付ける。

「はよせい！」

「わかった！」

それでもなお逃げようと暴れる胴体に、剣を突き刺して肉を斬り裂く。いつまで暴れる気なのか、見当もつかない。ひたすら何度も斬り付けていると、切り口の奥《おく》でキラリと鮮《あざ》やかな緑色が見えた。

魔石だ！

すぐさま剣を手放し、腰《こし》に付けた解体用のナイフを抜く。ロックウォームの体内に腕を突っ込んで、魔石の近くに突き立てた。大きく震《ふる》える身体にしがみつき、無理矢理ナイフで魔石を切り落とす。ロックウォームは魔石を切り落とされると、ビクっと一度身体を震わせて動かなくなった。


「よく魔石が頭側だってわかったな。全然気がつかなかったぞ」

「魔石の位置がわかったのではない。逃げようとする方を押さえ付ければ、間違いはないと思っただけだ」

魔石を手にして、未《いま》だ動き続ける尻尾側の様子をうかがう。ただ動いているだけで、逃げる様子も攻撃してくる様子もない。そして次第《しだい》に動きはゆっくりになっていき、ついには地面に転がってぴくぴくと身体を震わせるだけになったのだった。

「やったな」

「うむ、手こずったのう」

戦闘能力だけで言えば、それほど強いとは感じなかった。だが、身体の大きな相手に暴れられれば、それだけで立派な脅威《きょうい》となる。だからこそ『強かった』ではなく『手こずった』と言ったデロムの感想は、共感の持てるものだった。

「さて、解体しなくちゃな」

「頼むわい」

デロムの片腕《かたうで》は義手なので、解体はこっちの役割だ。デロムにはぶつ切りに解体した胴体を、台車まで運んで載せてもらう。長い胴体を載せるだけでも一苦労のはずだ。

「立派な牙だ。こりゃ高く売れるぞ」

「いくらくらいになりそうだ？」

「全部で金貨四枚は下るまい」

「おお！」

ロックウォームの牙は高く売れる素材だ。一本一本は細かいので武器には向かないが、岩をも砕く硬度《こうど》は工具などに重宝される。

「それに見ろ」

「ん？」

デロムが指さしたのは、解体された尻尾側だった。装甲を剥《は》がされて内臓が見えている。

「糞《ふん》にミスリルがまじっておる。この近くに鉱脈のある証拠《しょうこ》だ」

ロックウォームの体内で砕かれた岩石は、砂状になって排泄《はいせつ》される。切り開かれた腸から出てきた糞には時折青く煌《きら》めく砂粒《さりゅう》が混じっていた。

「いくらか追加の報酬があるかもしれんな」

「よっしゃー！」

「かもだ。急《せ》くでない」

牙の売却《ばいきゃく》に加えてもし報酬が加われば、目標達成に向けていよいよゴールが見えてくる。この真っ暗な坑道生活からもおさらば出来るかもしれない！

鼻歌混じりにロックウォームを台車へと載せる。ぶつ切りに分けたにもかかわらず、台車に山積みになってしまった。後ろははみ出していて、ロープでしっかり固定しなければ崩れてしまいそうだ。

「行くぞ！」

「おう！」

大きな獲物を満載《まんさい》した台車は重い。帰りは上り坂になるので、さすがのデロムでも楽ではなく、後ろから押して手助けしなければならない。それでも依頼を達成して、帰りの意気は高い。台車を押して汗を流しながらも、足取りは軽いとさえ思えるのだった。

それに、ここは現在も掘削の行われている坑道だ。立ち入り禁止エリアを抜ければ、誰《だれ》かが手伝ってくれるかもしれない。

「外は夜かな？」

「うむ……わからん」

もし外の時間が夜だと、鉱員たちは仕事を終えて家に帰っている可能性がある。途中《とちゅう》で仮眠《かみん》した事もあって、時間感覚はさっぱりわからなくなっていた。

「よいしょー」

「ほいさー」

時折かけ声をかけ合いながら、坑道を上り始める。鉱員たちはこれを毎日やっているのだから凄《すご》いものだ。

「よいしょ……デロム？」

「アジフ、魔物だ」

突然台車が止まり、デロムが緊迫《きんぱく》した声を上げた。この坑道は昨日から往復して魔物を倒してきたルートだが、どこからか紛れ込んだのだろう。とはいえ、それほどの大物はいないはずだ。

暗視Ｌｖ４の視界にまだ魔物は見えないが、デロムにははっきり見えているようだし、確かに何かの気配がいくつか感じられた。

「まずいぞ」

デロムの声の緊張《きんちょう》感が増す。相手の数は多そうだ。デロムは台車を降ろし、盾を構えてじりっと退がった。

「光よ、ライト」

坑道の暗闇に魔物の影が浮かび上がる。

「こりゃまずいな」

「ああ、まずい」

光球に照らされて姿を見せたのは、アシッドスライム、最悪の相手だった。しかも、数が多い。見える範囲《はんい》でざっと十匹くらいだろうか。重なりあっていて正確にはわからない。坑道の幅《はば》一杯に広がっていて、逃れる隙間はなさそうに見える。上は空間が開いているが、跳び越《こ》えて逃げるのは無理だろう。

「どうしてこいつらがここに?」

「ロックウォームの掘った穴しか考えられんのう」

これほどの数なら来る途中に見逃《みのが》すはずがない。目撃情報だって上がるはずだ。それがないのは、今までは居なかったという事。そうなると侵入《しんにゅう》経路は、ロックウォームの掘った穴が最も怪《あや》しいか。

「それにしたって、数が多過ぎだろ」

「おそらくだが、どこかに閉じ込められて溜まっていたのだろうの。やっかいな穴を繋げおって。とんだ置き土産《みやげ》だわい」

ゆっくりと迫るスライムたちに近づかれないように、じりじりと退がって台車の横を通過する。

「どうする?」

「台車は諦めるしかあるまい」

「それは……報酬が、せっかくの金貨が」

「命あっての物種よ」

荷物を満載した重い台車で坂を下るのは、上る以上に難しくて時間がかかる。いくら相手が遅いとはいえ、下手をすれば勢いのついた台車に轢《ひ》かれて怪我をしかねない。安全を考えれば台車を置いて行くのが正解だと、理屈《りくつ》ではわかる。

「それに、奴らが台車に載せたロックウォームに喰らいつけば、逃げる隙ができるかもしれんぞ」

「ぐぅ……仕方ないか」

ここはデロムの言っている事がどうしても正しい。報酬を失うだけではない。台車を失えばさらに出費がかさむ。だからといって今はそれ以上の提案を思いつかないし、他に手があるとも思えなかった。

未練たらたらで横目に見ながら、台車を置いてさらに退がる。台車にアシッドスライムが辿《たど》り着こうとした時、うなじ辺りに嫌な感じが走り、バッと背後を振り向いた。

「そうもいかない様だぞ」

「うぬ⁉　……これは！」

気配察知のスキルが背後に感じたのは、またも複数の魔物の気配。後ろを見れば、前方と同じく蠢《うごめ》くアシッドスライムたちに塞がれていた。さらに気のせいでなければ、前方のアシッドスライムがどんどん増えている気がする。

「これでは退がれんの」

「八方塞《はっぽうふさ》がりって奴か」

前門のスライム、後門もスライムだ。後ろからもアシッドスライムはゆっくり迫ってきていて、このままではいずれ埋もれてしまう。気が焦り、額を汗が伝う。

「ふむ、仕方がないか」

「デロム⁉　何をするつもりだ！」

盾を構えたデロムが一転して前に出る。

「むおぉー！」

前方のアシッドスライムの数匹は台車の肉に集《たか》り、スライムの壁の一部に偏《かたよ》りが出来ていた。デロムは偏ってスライムの薄《うす》くなった位置に向けて、盾をかざして突撃《とつげき》していく。止めようと肩に手を伸ばすが、走り出したデロムには届かない。

「ふぬぅ‼」

盾の衝撃《しょうげき》がスライムの身体の弾力《だんりょく》によって殺される。それでも押し込んでいくと、スパイクがアシッドスライムの身体を引き裂いて体液が飛び散った。

飛び散った体液はデロムの身体へとかかり、嫌な音を立てて煙《けむり》が上がる。しかし、デロムはそれに怯《ひる》まず、スパイクで切り裂いた穴へと義手を突っ込んだ。

「何てことを！」

ようやく追いつき、デロムの首根っこを掴んで引き戻す。デロムの義手は、荷台の持ち手を掴めるように手の平が曲げられて作られており、引きずり出した義手にはアシッドスライムの魔石が引っかけられていた。

「無茶にも程がある！　メー・レイ・モート・セイ　ヒール！」

酸により焼け爛《ただ》れる身体をすぐに回復《ヒール》する。手を突っ込んだ肩や胸の辺りが特に酷《ひど》い。本当なら水で流してから回復した方がいいのだろうが、そんな余裕《よゆう》はない。

「アジフ、聞け。わしが道を拓《ひら》く。お前がギルドに報告するのだ」

「バカ言え！　なんでそうなるんだ！」

「それはな、わしがガセハバルの冒険者だからだ」

「そんなもんが理由になるか！」

「なる」

核を失ったアシッドスライムは原形を失って崩れ落ちる。だが、デロムが身体を張ったスライムの壁の凹《くぼ》みは、その後ろから来た新たなアシッドスライムによってすぐに埋められようとしていた。

「これだけのアシッドスライムの大量発生、報告しなければどれだけの被害《ひがい》が出るかもわからん。わしはこのガセハバルで生まれ育った冒険者として、同胞《どうほう》の被害は見逃せんのだ。他所者《よそもの》のお前には関わりが薄い。ここはわしが坑道の為《ため》に身体を張る見せ場よ」

「いや、だからって……」

立ち上がり再び盾を構えるデロムに迷いは見えなかった。何か言葉を返そうとするも、その姿の前に何を言っても薄っぺらにしか思えず、それ以上の言葉が口をつかない。

「剣を買うんだろう、アジフよ」

心の弱い箇所《かしょ》に突き刺された言葉に、一瞬身体が固まった。そのタイミングでデロムは再びスライムへと突っ込んで行く。

「メー・レイ・モート・セイ　ヒール！」

酸に冒《おか》され身を挺《てい》するデロムに出来るのは、せめてものヒールをかけるだけ。二匹目のアシッドスライムを潰《つぶ》したデロムは、再び立ち上がり走り出す。

「ぐぬ⁉」

その足元を義足で蹴り飛ばした。突然に足を払われたデロムは、勢いのままに地面へと倒れ込む。

「馬鹿《ばか》にするんじゃねぇっっ！」

仲間の命と剣を天秤《てんびん》にはかけない。それでも、剣を買うために続けた努力が、夢想を重ねた日々が身体の動きを止めてしまった。そんな自分が、そんな自分を見抜《みぬ》かれたのが恥ずかしい。

地面に倒れるデロムを置いて、アシッドスライムの壁へと突っ込む。柔らかい身体へと剣を振り抜くと、わずかな抵抗《ていこう》とともにスライムの身体が斬り裂かれる。斬り裂かれた身体から、灰色の魔石が覗いて見えた。

「はぁっ！」

振り抜いた剣がスライムの身体を斬り裂き、体液が飛び散る。剣先は魔石を捉《とら》え、二つに割り砕いたのだった。

アシッドスライムの体液に浸《ひた》った剣からは、嫌な臭《にお》いのする煙があがる。腐食《ふしょく》しているのだろう。このままアシッドスライムを斬れば、もはや修理は出来なくなる。

「アジフ！　無理だ！」

「うるせえ！」

アシッドスライムの体液を浴びた身体に灼《や》ける痛みが走る。一度退がって回復しなければならなかった。

「わしがやると言っておろう！」

「偉《えら》そうな事を言いやがって！　お前こそEランクに上がってあんなに喜んでたじゃねえか！　『わしの冒険者としての道は繋がっておった』ってな。こんな所で終わっていいのか!?　あれは嘘《うそ》だったってのか！」

「む、い、いや……」

言い返してやったぜ、一人だけかっこつけさせはしない。今度はデロムが返事に困り、たじろいだ隙に再びアシッドスライムに突っ込む。アシッドスライムの身体を斬る度《たび》に剣の腐食が進み嫌な軋《きし》みをあげる。二年を共にした相棒《ポーター》の悲鳴に、心でひたすら詫《わ》び続ける。

「メー・レイ・モート・セイ　ヒール」

「おぬしでは剣がもたん。わしが道を拓《ひら》くのが確実なんだ」

「黙《だま》れ！　二人で生きて帰る！　それ以外は聞く耳もたん！」

数匹のアシッドスライムを倒して、壁の厚みは薄くなって来ている。のんびり話している暇《ひま》はない。

「仕方ないのう。ヒューマンのくせにあきれた頑固者《がんこもの》だわい」

「頑固をドワーフの専売とは思うな」

ため息をつき、デロムが盾を構えた。ようやく覚悟《かくご》を決めたか。

「アジフが斬り込め。わしが突っ込む」

「最初からそう言えばいい」

斬り口を開くだけなら、一匹につき一太刀《ひとたち》で済む。剣へのダメージも最小限だ。

「はぁっ」

斬り付けた傷から体液が飛び皮膚《ひふ》を灼く。痛みもお構いなしに、すぐに飛び退《の》く。

「おぉっ」

剣で斬った傷を、突っ込んだデロムの盾が押し広げる。そして露《あら》わになった魔石を義手が引き抜く。

「次だ！」

「言われなくても！」

デロムが突っ込んでいる間に回復を済ませる。次の一匹を斬り付けて入れ替《か》わると、今度はデロムを回復する。魔力に限りがあるが、出来るだけ続けなくてはならない。そして最も注意しなければならないのは目だ。目に酸が入っては、どこまで回復できるかわからない。最悪失明する危険もあるだろう。

二人がかりでの攻撃はアシッドスライムを倒すペースを上げたが、同時にダメージも平等に蓄積《ちくせき》していく。

バキンッ
そして金属音が響いた。積み重なるダメージに、真っ先に音を上げたのは剣だった。何匹目かも忘れた頃、腐食され続け脆《もろ》くなっていた剣がついに折れてしまった。

「アジフ、行けるか？」

「当然だっ」

腰に備えた解体用のナイフを抜き、次の攻撃に備える。解体用のナイフはいざという時にサブウエポンとして使えるように、大振りな物を選んでいる。店売りの品ではない。ロクイドルの鍛冶屋《かじや》の親父《おやじ》さんに頼んで作ってもらった一品だ。

「せぇいっ」

両手で持ったナイフを上段に構え、目一杯に振り下ろす。それでもバスタードソードに比べれば、はるかに短く威力《いりょく》も足りない。距離が近い分アシッドスライムの体液を多く浴びるし、切り口も小さい。

「十分だ！」

それでもデロムは小さくなった切り口へと盾を突っ込み、スパイクをねじ込んで傷を広げる。かかる手間は増えるし、浴びる体液の量も増えるだろう。

「ほらの」

そして魔石を引き抜くと、ニカっと笑って見せたのだった。

「むっ」

しかし、その魔石を持った義手が、魔石を持ったままずるりと地面に落ちる。義手のほとんどは木製で酸には比較的《ひかくてき》強い。だが、連結部分に使われている金属が保たなかったのだ。

「まだ行けるか？」

「うむ、当然だな」

すでに二人ともボロボロ。装備は壊《こわ》れ、身体のあちこちは酸に冒されて回復が追いついていない。

それでも諦める選択肢《せんたくし》はなかった。

「うぉぉぉっ！」

「はぁぁっ！」

気勢を上げて二人でアシッドスライムに突っ込む。デロムは盾を捨ててナイフを手にしている。元気がある訳ではない。気合いで痛みをごまかしているのだ。ナイフでつけた傷を二人がかりで広げ、魔石を手で引き抜く。剣よりも遅い攻撃速度に、アシッドスライムは身体に取り込もうと浸食《しんしょく》してくる。酸に冒されたグローブはあっという間に破れ、生身を灼かれる激痛が走る。ここまでして、ようやく一匹。

「見えたぞ！　あと二匹だ！」

それでも、その甲斐《かい》もあって、ついに壁の切れ目が見えたのだった。

「……ヒール。デロム」

「なんだ、のんびりしとる間はないぞ」

「今のが最後の回復《ヒール》だ」

「むぅ……そ、そうか」

ひっきりなしに続けた回復に、ついに魔力が底をついた。意識を覆う倦怠《けんたい》感から察するに、あと一回は行けるだろう。ただし、それを使えば意識を失う確信がある。残るはポーションが一瓶《ひとびん》。これは最後の手段だ。

「一気に行くぞ」

「それしかないのう」

顔を見合わせてうなずき合う。全く、これがヒゲ面《ヅラ》のドワーフで良かった。美人のお姉さんだったら身を挺して守らなきゃならないところだった。どちらからともなく歩き始め、すぐに地面を蹴って走り出す。

「くぉぉぉー！」

最早《もはや》剣術も何もない。すでに朽《く》ちつつあるナイフでひたすらに斬り付ける。

「アジフ、代われ！」

後から来たデロムが、アシッドスライムへと突っ込む。ナイフごと突っ込んだ手が、身体に取り込もうとするアシッドスライムに構わずに魔石を握る。片腕のデロムにはそうするしかない。ナイフがスライムの体内に残るが、魔石を抜けば身体が崩れるので後で回収すればいい。

「どおりゃぁっ！」

魔石が引き抜かれると同時に、次の、最後の一匹へと斬り掛《か》かった。こいつに時間をかけなければ、身体が通る隙間ができる。そうすれば後は駆《か》け抜けるだけだ。

最後の一匹へと斬り付けたナイフはアシッドスライムへと突き刺さり、しかしそれ以上は切り裂けずに根元から折れてしまった。

「くっ」

不意に軽くなった手応えにバランスを崩し地面に転がる。そこにアシッドスライムがのしかかってきた。

「アジフ！」

地面を転がって何とか避けると、最後のアシッドスライムに向けてデロムが突撃するところだった。肩のスパイクによるショルダーチャージだ。スパイクはスライムの身体を引き裂く。だが、同時に『何故《なぜ》』とも思った。

ショルダーチャージは確かに強力だが、相手との距離が近く体液を浴びる危険が大きい。どうしてナイフを使わないんだと思い、はっと気付いた。

振り返ると、さっき倒したアシッドスライムが今まさに形を失うところで、ナイフが体内に残されたままだったのだ。デロムはこちらの危険を察知して、ナイフを回収する前に助けてくれたのだと。

「デロム――‼」

ショルダーチャージでスライムを切り裂きながらも、まともに体液を浴びたデロムは地面を転がり相手を見失っていた。まさか、目をやられたのか⁉

「てめぇぇえー！」

デロムのナイフを拾い、アシッドスライムへと斬り掛かる。ショルダーチャージで付けられた傷からは、魔石がはっきりと見えていた。残るスライムの身体をナイフで斬り裂いて、灼ける手で魔石を握り締《し》める。引き抜いた魔石を投げ捨てると、すぐにデロムの元に駆けつけた。

「こっちだっ」

デロムの身体を引っ張って、スライムの壁を抜ける。二人して倒れ込むと、すぐにデロムの顔をのぞき込む。現在進行形で焼け爛れる顔が痛々しい。腰のポーチから緊急《きんきゅう》用のポーションを取り出して、デロムの顔へとぶっかける。ポーションの効果で顔の傷が癒《い》えていくが、問題は目だ。

「デロム！　目はどうだ、見えるか？」

問いかけると、デロムは目をパチっと開いた。

「見えるに決まっておろう。そんなヘマはせんぞ」

「何だよ、驚《おどろ》かせやがって」

予想に反して、デロムの目は無事だった。安心しへたり込みつつも疑問が残る。

「でも、さっきは見えてなかったじゃないか」

「目を閉じて突っ込んだのよ。顔に酸を浴びてしまったからの。目を開けられんかったんだて」

「ったく、心配させやがって」

「それより、ほら、さっさと逃げるぞ」

壁を抜けられたアシッドスライムは、後方の個体がこちらに這《は》い寄り始めていた。そして坑道の壁に開いた穴からは、また新たにアシッドスライムが出てくるのが見える。あの穴が元凶《げんきょう》という訳か。立ち上がると、よろりと身体がふらついた。全身が灼けるように熱い。倒れそうになる身体を、隣のドワーフが支えてくれた。

「ほれ、しゃっきりせい」

緊張が解けたのか、魔力不足と身体中の火傷のせいで頭がぼやける。がっしりとしたドワーフの体躯《たいく》を心強く思いながらも、重い足を引きずりつつ、上り道の坑道へと足を進めるのだった。

第19話　マインブレイカー

覚えているのは、坑道《こうどう》の中で鉱員と衛兵に出会ったところまでだった。デロムが説明をしている間に気を失ってしまったらしい。目が覚めるとベッドの中だった。

「んん……？」

やや状況《じょうきょう》を掴《つか》めず、周囲を見渡《みわた》そうと首を動かす。

「起きたか」

ベッドの横には、義手を失い片手となったデロムの姿があった。

「あれから……どうなったんだ？」

「わしらは二人とも治療院《ちりょういん》まで運ばれての、きっちり治療費を取られたぞ」

「そうか、助かった」

手足を動かしてみるが、もともとない片足以外は無事なようだ。デロムにも傷痕《きずあと》らしきものも見当たらない。回復魔法《まほう》がなければ、酸による重度の火傷《やけど》で命に関《かか》わるところだったはず。魔法があってよかった。

身体《からだ》を起こして周囲を見渡すと、装備の類いは部屋の片隅《かたすみ》にまとめて置いてあった。

「義足を取ってくれないか」

「うむ……ほれ」

立ち上がったデロムから義足を受け取って装着する。他の装備を確認《かくにん》すると、鎧《よろい》は連結部分に破損が見られるが、修理すれば問題なく使えそうだ。籠手《こて》は鍛冶《かじ》修理に出す必要がありそうだった。

「良い鎧だな。わしのは買い換《か》えねばならん」

「どちらにせよ、しばらくは動けないか」

ロクイドルの近くのオアシス、ライメトンで買いそろえた鎧は、Bランクの魔物キラースコーピオンの外殻《がいかく》を使用している。アシッドスライムの酸にも大きな傷みは見られない。デロムの鎧は金属部分が多く、魔法付与《ふよ》もされていなかったので痛みが激しかったのだろう。

「台車も買い直さなくちゃならないな」

「ワシは鍛冶の知り合いもいるし、台車の伝手《つて》はいくらでもある。それよりアジフ、おぬし剣《けん》はどうするんだ」

「大丈夫《だいじょうぶ》だ、当てはある。台車の金額は俺《おれ》も負担する。後で金額を教えてくれ」

アシッドスライムの酸に冒《おか》され、折れてしまった剣の姿が脳裏《のうり》をよぎる。まだまだ使える剣だったのに、無茶な使い方で折ってしまった。軋《きし》みを上げる剣の悲鳴が、今でも耳に残っているようだ。

「うむ、それならいいが……」

「ああ……当てはあるんだ」

立て替《か》えてもらっていた治療費を支払《しはら》い、治療院を出る。教会の治療院ではなく、神殿《しんでん》に併設《へいせつ》された治療院だった。回復魔法は光魔法の得意分野だが、闇《やみ》魔法にもある。怪我《けが》の程度で神殿に回されたのだろう。

治療院を出てまず向かったのは、冒険者《ぼうけんしゃ》ギルドだ。ギルドには金を預かるサービスがあって、死亡率の高い冒険者相手にかなりの利益を上げていると噂《うわさ》されている。預かり証があれば家族や同じパーティでも引き出せるが、預かり証自体が帰って来ない事も多い。ギルドで有り金全てを引き下ろし、ナロリ魔道具店へと足を向けた。

「支店長はいるだろうか？」

「おや、アジフさん。いらっしゃいませ。ただいま呼んで参りますので、少々お待ちください」

店員さんへと声をかけて、いつも通り二階へと向かう。壁《かべ》に飾《かざ》られたマインブレイカーは、今日も変わらない輝《かがや》きを放っていた。

「アジフさん、何やらお呼びだとか」

「支店長。先日の剣はまだあるだろうか？」

「先日のと言うと、あの鋼《はがね》の剣ですか。店にはありませんが……お買いになるので？」

「ああ、そのつもりで来た」

ポン、と財布《さいふ》を叩《はた》く。大金貨で持ってきたので、財布の厚みは薄《うす》い。

「マインブレイカーはもうよろしいのですか？」

「よくはない。いずれは買うつもりでいる。けれど、今は買えない事情ができたんだ」

他の装備の修理や購入《こうにゅう》もしなければならないので、剣だけに全財産をつぎ込《こ》めない。そんな中で最も良い剣は、先日見た片手半剣《バスタードソード》しか思い浮《う》かばなかった。

それに、あれだけの剣であれば、手放すときもそれなりの売値が期待できる。それまでしっかりとした装備で依頼《いらい》をこなす。マインブレイカーを買う為《ため》にも、悪い選択《せんたく》ではないはず。そう自分に言い聞かせるが、視線がマインブレイカーから離《はな》れてくれない。

「そうですか。あの剣は今は武器職人の手元にあるはずです。付き合ってもらってもよろしいですか？」

「こちらから頼《たの》んでいるんだ。それはもちろんかまわないが……マインブレイカーをどうするんだ？」

じっと見ていたマインブレイカーを、支店長は壁から外して手に取っていた。

「アジフさん、私もこのマインブレイカーを預かる者として興味があるのですよ。本当にこの剣を使いこなせる人がいるのかどうか。いままでアジフさんほどこの剣を欲《ほ》しがった人はいませんでした。店に通うアジフさんを見ているうちに、ひょっとしたら……と、思い始めたのです。売る売らないは別にして、以前おっしゃったこのマインブレイカーの輝きを私に見せていただけませんか？」

「それはこちらとしても望むところ。前から実際に使ってみたいと思っていたからな」

機能を使う自信はあった。それでも目指す剣が実際どれほどのものか、使ってみなければわからない部分も多い。試させてくれるというなら、断る理由はない。

店を出た支店長に案内されてしばらく歩くと、工房《こうぼう》の集まるエリアへと入っていく。支店長が入ったのは、立ち並ぶ工房の中でも一際《ひときわ》立派な建物だった。

「お前がアジフか」

支店長に待つように言われて、表で待たされることしばらく。工房の中から姿を現したのは、体中の赤毛が縮れた屈強《くっきょう》そうなドワーフだった。

「ええ、そうです」

「この剣を買いに来たそうだな」

そのドワーフの手には、いつか見た片手半剣がある。鞘《さや》に収まったままだが、見事な拵《こしら》えは見間《みま》違《ちが》えようもない。

「はい」

おそらく武器職人なのだろうそのドワーフは、値踏《ねぶ》みをするように上から下までジロジロと眺《なが》めて来た。

「ふん、入れ」

どうやら中には入れてもらえるらしい。前をずかずかと歩くドワーフについていくと、建物の中の立派な工房を通り過ぎ、その先の中庭らしきスペースへと辿《たど》りつく。そこにはマインブレイカーを抱《かか》えた支店長と、いくつもの束ねられた藁《わら》が並んでいる。それは見慣れた物で、武器屋にもよく置いてある試《ため》し斬《ぎ》り用の藁束だ。

「アジフとかいうそうだな、話はムビンから聞いている。本当はマインブレイカーが欲しいそうだな」

「……ええ、いずれはと思っています」

ムビン？　誰《だれ》だっけ？　……ああ、支店長か。

「道具は使ってこそ輝くとかぬかしたそうじゃないか。まずはそんな事を言うだけの実力があるかどうか、こいつで示して見せろ」

「おっと、と」

ぽいっと投げられた片手半剣を、あわてながらも受け取る。鞘から引き抜《ぬ》くと、見覚えのある見事な剣身と、強い魔力付与の気配を顕《あらわ》す。

「この剣で斬ればいいのか」

そうだ、と職人はうなずいて試し斬り用の藁を首だけで示した。藁束は四本の杭《くい》に挟《はさ》まれて積み上げられ、頭の高さにまで達している。手にした剣で、まずは数回の素振《すぶ》りを行う。

やはりバランスがいい。初めて使う剣なのに、違和《いわ》感を感じないで振るえてしまう。この剣を選べば後悔《こうかい》はしないだろうと、使う前から確信できる。ここがドワーフの王国でなければお目にかかる事もできない逸品《いっぴん》と言っても良さそうな剣だった。

「よし」

素振りを終えて、積み上がった藁束の前に立つ。剣を上段へと構えて集中を高める。手加減などできない。まずは腕前《うでまえ》を示さなければ、話すら始まらない。

「せぇぇいっ！」

いつかサンドスコーピオンをぶった斬った時のように、今出来る全《すべ》てを乗せて剣を振り下ろす。勢いの乗った剣はぬるりと藁束を斬り裂《さ》き、四段目の半ばまでくい込んで止まった。

ぞっとする程《ほど》の切れ味の良さだった。思わず鳥肌《とりはだ》が立つ。とても叩《たた》き斬るスタイルの西洋剣とは思えない。剣身の良さと、体感したことのない魔法付与の強さに因《よ》るものだろう。

「ほぅ、大口を叩くだけはあるようだな」

剣を返すと剣身をちらりと眺めて、職人は感心したようにうなずき、縮れたヒゲを撫《な》でた。その間に、お弟子《でし》さんらしき人が来て藁束を交換《こうかん》していく。

「次はこいつだ」

支店長が来て、マインブレイカーを手渡《てわた》していく。鞘もない剣を手にすると、両手剣の重みがズシリと手に伝わった。

ミスリルは鋼よりも軽いが、片手半剣と両手剣の重量差を埋《う》める程ではない。いよいよこの剣を振るう時が来たか、ごくりとつばを飲む。

「おっと」

試しに剣を振ると、慣れない重さに身体が振られそうになる。両手剣を扱《あつか》うのは初めてではない。エラムス流の道場で色々な武器の扱いは、一通り修《おさ》めている。だが、それは足を失う前であって、義足で両手剣を扱うのは無理だった。

しかし、あれから一年、義足で何度もの戦いをくぐり抜け、義足自体もレッテロットにより改良が加えられた。ロクイドルでさんざん鍛《きた》えた筋肉もある。あの頃《ころ》とは違う、そう信じてマインブレイカーへと魔力を流し始める。魔力を流すと剣は輝きを放ち、軽くなっていく。今まで何度もナロリ魔道具店で味わった感覚だ。藁束の前に立って、剣を上段へと構えた。

魔力を流しながらも、壁に飾られた剣を眺めた日々を思い出す。剣として作られたのに、剣として扱われず、誰にも使ってもらうこともなく魔道杖《まどうづえ》として飾られる剣。

剣に込められたのは、新しい可能性への希望。しかし、魔法付与が噛《か》み合わず、可能性は評価されないまま失敗作として扱われた。それでも、この剣に込められた希望は偽物《にせもの》じゃない。そう思えたからこそ、この剣に惹《ひ》き付けられたのだ。

剣身に込める魔力を引き上げると、剣はさらに軽くなっていく。それは頼《たよ》りなさではなく、むしろ剣が身体の一部になるような一体感を感じさせるものだった。

さぁ、行ってみようか、マインブレイカー！　俺に力を示してくれ、剣としてのその実力を！　そして魔道杖呼ばわりした連中を見返してやってくれ！

「はぁぁぁぁあっ‼」

開いた目が藁束を捉《とら》える。地面を蹴《け》った義足は過不足なく力を伝え、弧《こ》を描《えが》く長い剣身は加速されて藁束へと吸い込まれる。その勢いは滑《なめ》らかに藁袋《ぶくろ》を切り裂き、その度《たび》に魔力が消費されるのがわかった。そういう剣なのか。

斬り進む剣身は、四束を斬り裂き、五束の半ばまで喰《く》い込んで止まったのだった。

……微妙《びみょう》な結果だったか？　一本目の剣よりは斬り込んだが、両手剣と片手半剣の重量差を考えれば驚《おどろ》く様な結果ではない。後ろで見ているはずの二人からもリアクションがない。剣を藁束から

引き抜いて、恐《おそ》る恐る後ろを振り向く。そこで見たのは、口と目を開いてポカーンとしている二人だった。

「本当に振りおった……」

「おお……」

剣を持ったまま戸惑《とまど》っていると、固まっていた二人が動き出した。

「アジフさん、見事です！　確かにマインブレイカーの輝き、見せていただきました！　ありがとうございます！」

職人を押《お》しのけて、支店長が前に出る。その目からは、涙《なみだ》が流れ出ていた。

「よかった、マインブレイカーは役立たずなんかじゃなかった。ほんとによかった！」

「ええいっ！　わしにしゃべらせろ！」

興奮する支店長を押しのけて、今度は職人が前に出る。

「わしはこのマインブレイカーを打ったドンルムという。これでもガセハバルでは名の知れた鍛冶だ」

「制作者の方だったのですか」

「うむ、このマインブレイカーはな、わしとムビンの友人である付与魔術師の依頼で作った剣だ。ドワーフの歴史に新しい付与魔法を刻むのだ、と意気込むそやつの為にわしも渾身《こんしん》の一本を仕上げたのだ。しかし、付与がなされて出来上がった剣は、何の役にも立たないとさんざん馬鹿《ばか》にされての」

「でも、新しい技術の実験のためだったのでは？」

「いえ、そうではないのです」

支店長が職人……ドンルムさんの話を継《つ》いで首を振った。

「その新しい付与魔法そのものが、使い手のことを全く考えていないと酷評《こくひょう》されたのですよ。やりたい事をやっただけの自分勝手な魔法だと」

挑戦《ちょうせん》するのは別に悪い事ではないと思うのだが。新しい技術は新しい挑戦なくしては生まれない。ちゃんと仕事と両立すれば、だが。

「失意に暮れた我々三人は、酒場でやけ酒を飲みながら語りました。この教訓を忘れないようにしよう、その剣に『マインブレイカー』と名付けて、目に付く場所に置いておこう、と」

む、馬鹿にして付けられた銘《めい》じゃなかったのか。不名誉《ふめいよ》な銘には違いないが。

「でも、それは間違ってました。マインブレイカーは使い手と出会い、自らの力でそれを証明したんです！」

「う、うむ」

支店長の話は次第《しだい》に熱を帯び、拳《こぶし》を震《ふる》わせ始めている。

「ま、まぁ、でもこうして剣の実力も証明できたのだから」

「それです！」

支店長は〈ビシッ〉と、指を差す。あ、これはダメだ、もう止まらない。

「物を作るだけではダメだったんです。そして私は物を作る二人の傍観者《ぼうかんしゃ》となっていました。作り手と使い手とを結びつけるのが私の役割だったにもかかわらず。本当に役に立っていなかったのはこの私だったのです！」

　支店長の熱弁に、完全に置きざりにされてしまっていた。ドンルムさんもやや引き気味だ。その気持ちはわかる。誰かが熱くなると、逆に冷静になるやつだ。

「アジフさん！」

「は、はい」

「アジフさんはこの鋼の剣を買いに来たと言いました。ですが、本当に必要なのはマインブレイカーなのではありませんか？」

　目の前に並べられた二本の剣を見比べる。片方は誰からも認められるであろう業物《わざもの》。そしてもう片方は、誰からも認められなかった剣だ。どちらを選ぶのが正解か問われれば、百人中百人が前者を選ぶだろう。

「ああ、そうだ」

　それでも迷いなく答えた。この剣は自分を求め、自分がこの剣を求めていると思えるからだ。

「私は決めました！　今こそ使い手にこの剣を手渡す時だと。アジフさん、あなたにマインブレイカーをお売りしましょう！」

「それはありがたいが……手持ちがないんだ」

　売ってくれると言ってくれるのはありがたいが、そもそも買えないから他の剣を買いにきた訳で。

「こちらの剣を買いたいとおっしゃるからには、それだけのお金はあるのですよね？」

「ああ、それは用意できている」

「では、それで剣をお渡《わた》ししましょう」

「本当か⁉」

「ええ、これは商人としての私の矜持《きょうじ》を曲げる事になりますが……」

金貨三十枚もの値引きをしてくれるというのか！　金貨三十枚、日本円に換算《かんざん》すれば三百万円！

驚きの三割引！

「残りは月賦《げっぷ》でお受けいたしましょう！」

「……え？」

「冒険者の方の月払《つきばら》いを認めるなど、商人の仲間に知られれば笑われてしまうでしょう。ですが、このマインブレイカーが使い手と出会う為に、私も出来るだけの事はさせていただきますとも！」

「値引きじゃなくて？」

「分割です！」

ここは値引きをする流れではなかっただろうか？　これほど大騒《おおさわ》ぎして、ようやくローンの審査《しんさ》が通っただけだったとは。

「すまんな、アジフ」

ドンルムさんに肩《かた》を叩かれる。

「この魔法付与した我々の友人はな、マインブレイカーが売れなかったために借金を背負ってしまったのだ。だから値引きする訳にもいかんのだ」

「そうですか……友人の為に」

借金に苦しむ友人の為と言われれば、値引きしてくれとも言いづらい。

「うむ、今は冒険者をして借金を返しておるそやつの為にもな」

「同業かよ！」

俺も冒険者なんですけど⁉

「そもそも金貨百枚でも、このマインブレイカーの元は取れていません。値引きなどできませんよ」

ミスリルも高価な素材だが、どんな素材を使って魔法付与したら金貨百枚を超《こ》える材料費になるのだろうか。ともかく、初めに月払いでと言い出したのは自分だ。それで売ってくれるというのだから、これ以上文句を言える筋合いでもない。

「わかった。残りは月払いで必ず払う。ところで、この剣の銘は変えられないのか？」

せっかくなら、この不名誉な銘も変えてしまえないものだろうか。幸いにもここには剣の制作者がいるのだから。

「その剣は、柄《つか》の魔道部分に銘が刻んである。無理だな」

どうやら銘は変えられないようだ。残念だが仕方ない。後はこの銘が〝役立たず〟だとは思われなくなるまで振ればいいだけだ。

「さぁ、アジフさん。どうぞ」

お金を支払い、剣を受け取る。ずしりとした重さが、自分の物になったと実感させてくれる。

「待っておれ、剣帯《けんたい》も作ってやろう」

両手剣は長く、今までの様に鞘に入れて腰《こし》に吊《つ》るしてはいられない。ドンルムさんが持って来てくれたのは、剣帯と言っても腰ではなく、背中に背負いクリップのように引っかけるタイプの帯だった。すぐに持って来たので、一から作ったのではなくすでにあった物を調整するだけなのだろう。

剣を背負うのは、両手剣では珍《めずら》しくないスタイルだ。それなのに、どうしてなのか剣を背負っているだけでニマニマしてしまう。ついつい剣を抜いたり戻《もど》したりしてしまうのは剣帯の使い勝手を試しているのであって、若返ったせいではないはず。だから生温かい目で見るのはやめて欲しい。

「大切にします」

「アジフさんとマインブレイカーの活躍《かつやく》、楽しみにしていますよ」

「おぬしが名を上げれば、我らの評判も上がるというものだ」

大切にというのは、飾っておくという意味ではない。アシッドスライムを斬ったあの剣のような、無茶な使い方は二度としないと自分に言い聞かせる言葉だ。

「派手な活躍をする予定はありませんよ」

苦笑《にがわら》いをしながら握手《あくしゅ》をして、武器屋を後にする。


「あら、おかえりなさい。今日は鎧じゃないんですね」

宿に戻ると、若いおかみさんが出迎《でむか》えてくれた。坑道で泊《と》まりになるかもしれないとあらかじめ言ってあったので、一日空けても驚かれはしない。ただ、出かけた時と格好《かっこう》が違うのを気にされた程度だ。

「魔物に壊《こわ》されてしまってね」

「まぁ」

宿に戻る前に、装備は修理に出してきた。ドンルムさんの工房は武器専門らしく、断られてしまったが。

「あら、その剣は？」

部屋に戻ろうとすると、背中の剣を見ておかみさんが驚きの声を上げた。そうだった。そもそもこの剣について教えてくれたのは、おかみさんだった。きっと見た事もあったのだろう。

「おかみさんのおかげで良い剣と出会えました」

「え、でも、その剣って……」

背中から剣を外し横にした剣身に手を添《そ》えて見せると、おかみさんは驚いて目を丸くする。

「この剣が役立たずと言われているとは聞きました。でも、私はこの剣に可能性を感じたんです。この『マインブレイカー』に」

それを聞いても、おかみさんの目は丸いままだった。今までの剣よりも太くなった薄青《うすあお》く輝く剣身は、その表情をはっきりと映し込んでいた。


翌日から、マインブレカーを扱う訓練が始まった。おかみさんにはああ言ったが、この剣は使いこなさなくては戦力にならない。一般《いっぱん》的な両手剣に劣《おと》ることさえ十分ある。

〈ヒュンッ〉

素振りの音がギルドの訓練場に響《ひび》く。装備の修理が終わるまでに、最低でもある程度使えるようにならなければ話にならない。元々片手半剣を両手で使うスタイルだったので、剣の型は変わらない。ただし、今までとは長さと重さが違う。

剣に魔力を流し続ければ、魔力の維持《いじ》が辛《つら》くなる。

流す魔力が少なければ、重い両手剣に振り回される。

試行錯誤《さくご》を繰《く》り返す中で、踏《ふ》み込んだ義足がぐらついた。流す魔力が少なすぎて、両手剣を振り回す荷重に耐《た》えられていない。

「っと⁉」

剣筋が乱れ、バランスを崩《くず》して転んでしまう。全力で魔力を流せば、今までの剣と変わらないほどの重さにまでなる。だが、それではすぐに疲《つか》れてしまう。適度な一定の量を剣に流し続けなければならないのだが、それも疲れてきて無意識に魔力量が減ってしまっていたようだ。

何しろ魔力量が変わる度に、剣の重さが変わる。剣術スキルは動作の補正はしてくれるが、さすがにこれには対応できない。魔法を使う時は、魔力はその時だけ高めればいい。こんな風に一定量を長時間維持する魔力の使い方は、今までしたことがなかった。

「はぁ」

久しぶりに振るう両手剣の重さと、それに魔力の操作が加わる難易度に思わずため息をつく。これは相当に苦戦しそうだと、マインブレイカーの剣身を眺めながら思わずにはいられなかった。

「あれは何してるんだ?」

「なんでもあの変な剣を買ったらしいぞ」

「かぁ~、馬鹿だね~」

連日依頼に行かないで訓練場で修練ばかりしていれば、噂になっても仕方がない。同じく稽古《けいこ》をする者や、噂を聞いて冷やかしにくる奴《やつ》らにいいように言われていた。

「おい、言われとるぞ」

「言わせて、おけば、いいっ!」

剣を振りながらも答える。同じく依頼に行けないデロムも時々様子を見に来ていた。

「俺の、事より、デロムの、方は、どうなんだ」

「盾《たて》は回収できたしの、台車はポーター仲間だった者から古いのを安く買ったわい。後は鎧の調整だけだな」

アシッドスライムの討伐《とうばつ》依頼を受けた冒険者が、デロムの盾を持ち帰ってくれたらしい。いくらかの礼金を払って、修理に出したのだとか。ロックウォームの残骸《ざんがい》が残っていて、討伐依頼の達成が認められたのがせめてもの救いだった。

「それにしても、難儀《なんぎ》な剣を買ったものだのう」

「新しい技術には、新しい挑戦が必要なんだよ」

手を止めて汗《あせ》を拭《ぬぐ》いながら答える。この剣はそうやって作られたのだから、使う方もそれなりの覚悟《かくご》が要《い》る。魔力操作はＬｖ14とそれなりに高いが、並列思考はＬｖ２しかない。今のままで剣の実力を発揮できるとは思えなかった。

「いや、使いやすい武器の方が強いぞ」

「知ってるわ！」

正論で殴《なぐ》りやがる。この剣の魔法付与は言ってみれば邪道《じやどう》だ。長く使われる物には、その形に行き着くまでの過程があり理由がある。王道には約束された強さがあるものだ。

「ふん、おぬしが頑固《がんこ》なのは身に染《し》みておる。好きにするのだな」

「わかっていればいいさ」

一般的な魔法付与がなされた剣をただ振っても、魔力操作や並列思考が鍛えられる事はない。意識して鍛えたとしても、それが剣の強さに繋《つな》がる事もない。

それは力押し一辺倒《いっぺんとう》のデロムの戦闘《せんとう》スタイルには必要のない知識だ。わざわざ教える必要はない。

「水よ、ウォーター」

水分補給をしながらも、修練を続ける。剣に流す魔力も回復する魔力もなくなる頃には、冒険者ギルドは夕方の喧噪《けんそう》に包まれつつあった。

両断されたシャドウコボルトの胴体《どうたい》が、回転しながら宙を舞《ま》う。

「はぁぁっ！」

その背後に迫《せま》ってきていた次の一匹《ぴき》に振り返した剣先《けんさき》が、坑道の壁をこすって火花を散らす。それもおかまいなしに、袈裟懸《けさが》けに斬りかかった。

流された魔力によって切れ味が上げられた剣は、わずかに骨を断つ手応《てごた》えを残してコボルトの身体を通過する。一瞬《いっしゅん》の間を置いて、動きを止めたシャドウコボルトの身体が斜《なな》めにずれ落ちた。

「難儀な剣だのう」

「わかってるって言ってんだろ！」

連日の稽古により何とか扱える手応えを得て、装備も調ったので小手調べにと受注したEランク依頼。そこでマインブレイカーは、さっそく難点を浮き彫《ぼ》りにしていた。

まず長い。空間の限られた坑道では、長い両手剣は扱いが限られる。メインの坑道ならまだしも、脇道《わきみち》に逃《に》げ込まれると取り回しができない。

次点で光る。魔力を流すと光るマインブレイカーは、坑道の暗闇《くらやみ》では格好の的でしかない。何故《なぜ》こんな機能を付けた。

光る方はまだいい。先にライトの光球を出せば、気になる程ではない。だが、ドワーフ規格の坑道において、長いのは問題だ。剣自体の問題ではなく使い方の問題なのだが。

「広い坑道の依頼を選ぶしかないの」

「すまんが、頼むよ」

出された依頼の坑道が広いのか狭《せま》いのか、名前を聞いただけではさっぱり判断がつかない。ここは坑道の経験が豊富なデロムの知識に頼るしかなかった。

戦闘に関しては手応えがあった。魔力の調整はまだ上手《うま》くいかないが、短い時間を集中して魔力を流す分には戦えるレベルにまでもってこれたといっていい。ただし、現状では以前なら苦戦しなかったシャドウコボルトを相手にするにも全力で戦わなければならない。連戦は厳しいし、長時間の戦闘などもっての外だ。

「さて、引き返すか」

デロムの牽《ひ》く台車には、まだまだ空きスペースはたっぷりある。それでも引き返すのは、この先の坑道がさらに狭くなるからだった。

課題と手応えを得て坑道を上る。しばらくはこういった日々が続くだろう。なにしろマインブレイカーには実戦証明があまりにも足りない。何ができて何が出来ないのか、一つ一つ手探《てさぐ》りで依頼をこなさなければならない。

「すまんデロム、面倒《めんどう》をかける」

「何を言っとるんじゃおぬしは」

坂道を上るデロムに声を掛《か》けると、足を止めてこちらを振り向いた。暗闇の中でもわかるその表情は、あきれているようだった。

「いや、変な剣を買ったせいで、苦労をかけるな、と」

「アジフ、おぬしの耳はヅルット鳥の開けた穴なのか？」

「なに⁉」

ヅルット鳥は、ドリル状のくちばしで岩に穴を開けるハチドリに似た鳥だ。大きさはハチドリより大きい。魔物ではないが家にも穴を開けてしまうので、ガセハバルではＧ、Ｆランクの駆除《くじょ》依頼対象にもなっている。

「シャドウコボルトが易々《やすやす》と真っ二つになるのを見せられて、わしがそんな事思うはずがなかろう。確かに変だし難儀な剣だとは思うが、面倒などと言った覚えはないぞ」

「そう言ってもらえると助かるが、依頼は選ばないといけないぞ？」

「坑道に限れば確かにEランク程度の依頼では長い剣は邪魔《じゃま》にしかならん。しかし、Dランク以上の相手には心強い戦力となろう。アジフが台車を牽いて、道中の雑魚《ざこ》はわしが倒《たお》してもいい。面倒などその程度よ」

盾ばかり使っているので、デロムの盾術のレベルはずいぶんと上がった。シールドバッシュやシールドチャージを使いこなし、道中の雑魚は相手にもしていない。壁に囲まれた坑道において、スパイクシールドは想像以上の威力《いりょく》を発揮する。

ちなみにシールドバッシュといった技《わざ》はスキルではなく、あくまでも使い手が身につけた技術だ。スキルが発動して身体が勝手に動いたりしない。

「俺が台車を牽くのは、いい案だな」

手探りなのは、自分の戦闘だけではない。パーティとしての行動も考え直さなくてはならない。今後どうするかを考えながらも、地上へと戻る。なお、試しにと牽かせてもらった台車はドワーフ用で、ヒューマンが牽くには造りがあまりにも低かった。相談をした結果、結局新たにポーターを雇《やと》う結論に落ち着いたのだった。

剣の重さに振り回され、義足がバランスを失う。

「くぉっ」

訓練場の地面をなめるのは、これで何度目だろうか。依頼をこなしながらも、修練の日々は続いていた。デロムの協力もあって、依頼はこなせるようになった。だが、今のままではデロムに頼りっぱなしだ。実戦で剣を使うには、試し斬りやこれまでのように剣を〝使える〟だけでは話にならない。なんとしても剣を〝使いこなす〟必要がある。

「はぁっ」

その為に必要なのは魔力を調整する技術と、両手剣を扱う技術。魔力を調整すれば、剣はその分重くなる。義足でバランスを取りながら重さを支えなければならない。

「せいっ、やっ！」

連日の振り込みで、身体の節々《ふしぶし》が悲鳴をあげる。手の豆が潰《つぶ》れて皮が剝《む》ける。しかし、ヒールで回復はできない。今は重い剣を振り回す体幹が必要。「筋肉痛は回復魔法で治してはならん」とは、ゼンリマ神父の教えだ。治る事は治るのだが、筋肉が鍛えられないらしい。

「ふっ」

吐《は》いた息と共に踏み替えた足が、両手剣の重量をくるりと回す。

「はぁっ！」

横から縦へ、切り返した剣が方向を変えて振り下ろされ、地面スレスレでピタリと止まった。

一連の型が綺麗《きれい》に決まった手応えに、手を止めて構えを解く。これが初めてではない。綺麗に剣を振れる頻度《ひんど》は、ほんの少しずつ増えている。義足でこんな動きができるようになったのは、剣術スキルとロクイドルで鍛えた筋肉の恩恵《おんけい》があるからだろう。

グローブを外して豆の潰れた手の平を眺め、ぐっと握《にぎ》る。成長している実感はある。それでも早く戦力にならなければという焦《あせ》りは止められない。

「せいっ」

上手くいった型を、もう一度始めからやり直す。魔力操作に疲れがでれば、剣の重さが変わる。実戦では、だからといって死ぬ訳にはいかない。魔力操作を鍛えると共に、剣の重量変化にも対応できるようにならなければならない。

「やっ！」

息づかいと気合いの声、剣が風を切る音が響く。最近は揶揄《やゆ》する者もほとんどいない。誰もいない訓練場で、ひたすら剣を振るのだった。

第20話　旅立ちはからっと

森の中に拓《ひら》かれた道を、丸太を載《の》せた荷車が二頭の馬に牽《ひ》かれて行く。その歩みは遅《おそ》く、六輪の車輪も時折段差に足を取られる。その度《たび》に周囲の警戒《けいかい》に就《つ》かなければならない。久しぶりに坑道《こうどう》の外の依頼《いらい》を受けているのは、デロムのDランク昇格《しょうかく》に向けて護衛依頼をこなす為《ため》だった。

Dランクへの昇格条件は、Eランク相当以上の依頼達成四十件と護衛依頼の達成。ガセハバルは行き止まりの都市だ。往来する馬車の護衛はほぼ顔なじみの指名依頼で占《し》められていて、新参者には回って来ない。ガセハバルの国内では盗賊《とうぞく》も出ないので、Dランクの昇格にはそれ以外の護衛依頼を受注する必要があった。

それというのも借金返済と訓練を兼《か》ねて依頼を受けまくっていたせいで、昇格条件の四十件の達成が見えてきた訳である。

冒険者《ぼうけんしゃ》ランクというのは、上がる程《ほど》にパーティが有利になっていく。むしろソロで上げようとする奴《やつ》など滅多《めった》にいない。

「どりゃぁぁぁっ！」

「わしが受けた護衛依頼なんだがのう」

誰《だれ》のせいでもない。自分がDランク昇格に苦労したのは、ソロを続けた自分のせいだ。それでもどこかやりきれない想《おも》いを、通りすがりのダガーウルフにぶつける。久しぶりに大空の下で剣《けん》を振《ふ》るう開放感もあったのかもしれない。

マインブレイカーを買ってからひと月、ひたすらに依頼と稽古《けいこ》の日々だった。その甲斐《かい》もあって、使い始めた頃《ころ》に比べればずいぶんとマシになってきていた。

「お疲《つか》れさん」

「ああ、解体が済むまで待ってもらえるか」

「かまわんとも」

鋭《するど》い牙《きば》が横向きに生えるダガーウルフの群れを蹴散《けち》らし、依頼主の木こりに了解《りようかい》を取って、解体に取りかかる。ダガーウルフは名前こそウルフだが、フォレストウルフより小さく狼《おおかみ》っぽくないFランクの魔物《まもの》だ。どちらかと言えば、コヨーテとかハイエナとか言われた方がしっくりとくるサイズ感。素材になるのは、牙と魔石。解体の手間はそれほどでもない。

「いいぞー!」

合図とともに手を上げると、荷馬車がゆっくりと進み始める。デロムの足でも十分についていける速度だ。

今回の依頼は、高級木材を伐採《ばつさい》する木こりの護衛だ。炭焼きの木こりの護衛よりも森の深くまで入る為に、Dランクの依頼に設定されている。Eランクの昇格なのにDランク依頼はどうなんだと思うが、受注するのがDランクパーティのカキアゲなのだから仕方がない。それにデロムはもともとDランク冒険者だったという過去も関係あるだろう。

なんにしても、すでに依頼の木材は伐採を終えていて、あとはガセハバルまで帰れば依頼達成となる。荷馬車のペースからして今夜は近くの村に泊《と》まる事になるだろう。気配探知に気を配りながらも、荷馬車のペースに合わせて森の中の道を進む。

気配探知のスキルはまだレベルが低く、探知範囲《はんい》が狭《せま》い。狭い坑道では頼《たよ》りになったが、広い森では心許《こころもと》ないのだ。

「アジフ！」

坑道でスキルに頼るクセがついていたのか、その声に気付いたのはデロムが先だった。

「フウィさん、馬を止めて静かに」

依頼主に声をかけて耳を澄《す》ます。

「オーイ……タスケテー……」

遠くから確かに声が聞こえる。依頼主とデロムに〝静かに〟と指を口にあててゼスチャーで伝える。この手の仕草は、地域も世界すら超《こ》えて共通なのが不思議だ。

息を殺してそのまま成り行きを待つ。声の聞こえた方向には斜面《しやめん》があって、見通しが悪い。誰かが助けを求めているのは間違《まちが》いないだろう。だが、どんな危険があるかもわからないのに助けに行って、依頼主を危険に晒《さら》す訳にはいかない。

「お――い！」

できればこっちに来て欲《ほ》しくない。だが、向こうはこちらの位置を把握《はあく》しているらしく、声は確実に近づいて来ている。

「馬から下りて馬車に隠《かく》れるんだ！」

「あ、ああ」

デロムはすでに声の方向に盾《たて》を構え、臨戦態勢を取っている。依頼主に指示を出すと、剣を取り出して構えを取った。

声が近づくと共に、森が騒《ざわ》めくのがわかる。やがて斜面を転がり落ちる様に、二人のドワーフが森から飛び出して来た。

「荷馬車に隠れろ！」

「た、助かる」

一人は弓を持っていて怪我《けが》をしている。冒険者か狩人《かりゅうど》か判別はつかない。もう一人は丸腰《まるごし》でこちらは冒険者ではないとはっきりわかる。近隣《きんりん》の村人だろうか。

「アジフ、見ろ！」

デロムが盾で指し示す斜面の上を見上げると、まだ気配探知の範囲外の距離《きょり》、斜面の上の小高い位置から見下ろす赤い目が見えた。

遠目にもわかる。姿形は鹿《しか》だが、大きさが周囲と釣《つ》り合っていない。そして頭部についた二本の巨大《きょだい》な角に緑色の身体《からだ》、ホーンドディアだ。はっきりとこちらを見ている。

ホーンドディア、鹿の魔物だ。鹿といっても、おとなしい生物を思い浮《う》かべてはいけない。見上げる程の体躯《たいく》は角を除いても三メートルはありそうだ。ギルドの情報によれば、植物はもちろんコボルト程度ならバリバリと食べてしまう雑食。森の凶獣《きょうじゅう》だ。

だが、同時に最悪の事態ではないとほっとする。ホーンドディアの討伐《とうばつ》ランクはD。戦って勝てない相手ではない。BとかCランクの魔物でなくて良かった。

「メスもいるぞー！」

しかし、ほっとしたのもつかの間。悪い情報が荷馬車に隠れた二人から報《しら》される。その言葉を証明するように、大きな角の個体の背後にもう一頭が姿を現した。一回り小さな体と、一本だけの尖《とが》った角の個体はメスだ。

「ちっ、番《つが》いかよ」

「ついとらんのう」

思わず舌打ちをし、デロムがそれに同意する。大食漢のホーンドディアは鹿と違い群れを成さない。だが、繁殖期《はんしょくき》にはペアを組む。それは単に二頭を相手にする危険に留《とど》まらない。番いのオスは凶暴《きょうぼう》だ。メスの為に頑張《がんば》るオスは強いのだ。

「デロム、止めれるか？」

「無理じゃろ」

「頼《たの》む」

「やれやれ、盾持ちは辛《つら》いのう」

ゴキゴキ、と肩《かた》を鳴らしてデロムが前にでる。三メートルを超える体躯のホーンドディアの体重は、一トンを軽く超えるはず。あの大きさなら二トンあっても不思議ではない。その最大の脅威《きょうい》は、なんと言っても角による突進《とっしん》だ。それを盾で止めるというのは、走って来る自動車を止めてくれと言うのに等しい。無理は承知で頼んでいる。

「ブェエー！」

正面から盾を構えるデロムに対し、ホーンドディアは鳴き声を上げる。そして斜面に足を踏《ふ》み出すと、そのまま速度を上げて突《つ》っ込《こ》んできた。

「ふぬおぉぉぉー‼」

雄叫《おたけ》びとともに、デロムの盾とホーンドディアの角が激突をする。〈バキャン〉と発生した音は、戦闘音《せんとう》とは思えない。かつて地球で目撃《もくげき》した自動車事故を思い出させる音だった。「むぬぬぬぬぅー！」

角に押《お》されて、デロムの踏ん張る足が地面を削《けず》る。吹《ふ》き飛ばされていないのは、ドワーフの低い重心のおかげなのだろう。

「ふむがぁ〜〜」

それも、最後に振り上げたホンードディアのすくい上げによって、飛ばされてしまった。デロムの身体は放物線を描《えが》いて、荷馬車の後ろまで弾《はじ》き飛ばされてしまう。

「でかした！」

デロムは衝撃《しょうげき》で飛ばされたのではない、放《ほう》り投げられたのだ。あの飛び方ならダメージは少ない。しかも角を振り上げたホーンドディアは、首が伸《の》び切って完全に動きを止めている。このチャンスを逃《のが》す訳にはいかない。この勝負、デロムの勝ちだ！

「はぁぁぁっ！」

動きを止めたホーンドディアに迫《せま》り、首が上がった胸元《むなもと》へ下段から剣を振り上げる。巨体《きょたい》を反らせて逃れようとするが、両手剣の間合いからは逃れられない。

前脚《まえあし》から胸元にかけて剣先が斬《き》り付け、血しぶきが舞《ま》って返り血を浴びる。しかし、浅い！　致《ち》命傷《めいしょう》にはほど遠い。

振り上げた剣を切り返し、上段から振り下ろす。さっきより間合いは近い。狙《ねら》いは首元、頸動脈《けいどうみゃく》を斬り裂《さ》いてやる！

「……ぐぁ⁉」

しかし振り下ろす剣は、横から飛び込んできた緑色の影《かげ》に邪魔《じゃま》をされた。メスだ。不意の突撃にバランスを崩《くず》し、それでも振り下ろした剣は、メスの身体を浅く斬り付ける。

バランスを崩したまま地面を転がり、距離を取って起き上がる。メスの身体を血が流れるが、皮一枚しか斬れていない。

体勢を立て直したオスが睨《にら》みつけ、その前にメスが身体を寄せる。しかし、オスは突っ込んで来なかった。理由はわかっている。

「骨をやられたわい」

「回復《ヒール》は要《い》るか？」

「ポーションは飲んだが、頼む」

飛ばされたデロムが後ろから戻《もど》ってきていたからだ。

「メー・レイ・モート・セイ　ヒール」

剣に流す魔力を止め、盾を構えて前に出るデロムへヒールをかける。

「仕切り直しだ！　女子《おなご》の陰《かげ》に隠れとらんで出てこい！」

回復したデロムが義手で盾を叩《たた》いて挑発《ちょうはつ》する。言葉など通じるはずもないが、じりじりと距離を詰《つ》める圧力に、オスのホーンドディアは角を下げて攻撃《こうげき》態勢に入る。そして間髪《かんはつ》を入れずに突撃してくる。角と盾が再び激突をするのだった。

「そりゃぁっ」

デロムも今度はまともに組み合わず、衝撃を受け流す。それが可能だったのは、最初の突撃よりはるかに助走が短かったからだ。振り上げた角が今度は振り下ろされるが、重量の乗った振り下ろしを盾が巧《たく》みに捌《さば》いた。

「せぇいッ！」

デロムがオスを押さえている間に、メスに斬り掛《か》かる。横薙《な》ぎに振り抜《ぬ》かれた剣を、メスは大きく跳《と》び退《の》いてかわした。一跳びに剣の届かない距離を取られては仕方がない。すぐさまデロムとオスの戦いに加わろうとすると、メスは方向を変えて突っ込んできた。

「アジフ！」

そっちから来てくれるなら迎《むか》え撃《う》つとばかりに剣を構えると、デロムから声がかかった。重量感のある足音を聞けば、戦いの中で声をかけた理由など聞くまでもない。とっさに剣の軌道《きどう》を変え、突っ込んできたオスの角を弾き返した。

お互《たが》いがかばい合うコンビネーションはなかなかに隙《すき》がない。全く、仲がよろしい事で。

「こっちはなぁ、男二人で戦っているんだぞ」

デロムを押しのけて正面に立つ。剣に流す魔力を増やすと、マインブレイカーの輝《かがや》きが増していく。オスのホーンドディアはその光に危険を感じたのか、メスを後ろにかばって前に出た。

「毎日毎日剣振って、なァ！」

「ア、アジフ?」

上段から振り下ろす剣と振り上げられた角がぶつかり、甲高《かんだか》い音を立てて互いに弾かれる。わずかに痺《しび》れる手をキツく握《にぎ》り直し、弾かれた剣を再び振り込む。剣と角がぶつかり合い、火花が散る。繰《く》り返す応酬《おうしゅう》に、デロムもメスも入り込む隙もない。

「俺《おれ》だって」

なぜ出会った相棒《ポーター》がドワーフ娘《むすめ》ではなく、ヒゲ面《ヅラ》のおっさんなのか。なぜ酒場でからんでくるのはむさ苦しい男ばかりなのか。

剣と角が絡《から》み合い、ホーンドディアはそのまま弾き飛ばそうと角を振り上げる。押しつけていた力をするりと抜き、手首を返して剣を落とす。小手先の一撃に威力《いりょく》はない。だが、がら空きの顔面へと落とされた剣は、ホーンドディアの片目付近を斬り付けて視界を奪《うば》った。

「女の子と仲良くしたいんだよ‼」

ロクイドルで別れを告げたルットマの顔がちらつく。そうだ、若返ってこの世界を知る旅に出る。決意を持ってロクイドルを旅立ったはず。最近は借金の返済に追われて、本来の目的が薄《うす》れかけていた。

「うおらぁぁぁっ！」

奪われた視界を攻《せ》められるのを嫌《きら》ったのか、オスは滅茶苦茶《めちゃくちゃ》に角を振り回す。もはや調整など必要ない。全力の魔力を剣に流し込み、暴れ回る角へ下段から剣をかち上げた。

「キェエー！」

首を無理矢理上げられたホーンドディアは、そのまま後ろ脚で立ち上がる。

「ようやった！」

そこへ盾を構えたデロムが、体ごと突撃をする。不安定に立ち上がる態勢に突っ込まれ、バランスを失ったオスは後ろへと倒《たお》れ込む。

「はぁあっ！」

地面に横たわるオスの巨体、絶好のチャンスだ！　狙うのは無防備にさらけ出される胸、そこにあるはずの心臓だ。踏み込んだ義足のバネをまっすぐ剣に伝え、身体ごと一本の矢にして突きを打ち込む。

「‼」

しかし、その突きはオスに突き刺《さ》さる前に、飛び込んで来たメスに突き刺さった。オスへの攻撃を阻《はば》んだ代償《だいしょう》に、勢いの乗った突きはメスの首筋へと深く突き刺さる。

「ボエエエエー！」

オスのホーンドディアがデロムを振り払《はら》い立ち上がる、そして怒《いか》りの咆哮《ほうこう》を上げた。血泡《ちあわ》を吐《は》くメスはもう助からない。オスの片目には憎《にく》しみと怒りの炎《ほのお》が燃え上がっていた。

「ぐほっ」

振り上げる角に吹き飛ばされ、デロムが転がる。

「くぅっっ！」

深く突き刺さった剣を引き抜くのに手間を取られ、ホーンドディアの後ろ脚の蹴《け》りを肩にもらってしまった。一抱《ひとかか》え程もある蹄《ひづめ》がぶつかる衝撃で、回転しながら宙を飛ぶ。そしてそのまま頭から地面に叩き付けられた。起き上がろうとすると、地面に付いた腕《うで》に痛みが走り、力が入らない。骨をやられたらしい。

「メー・レイ・モート・セイ　ヒール」

意識を失わずに済んだのは幸いだった。鎧《よろい》がなければ骨折では済まなかっただろう。回復しつつ立ち上がろうとすると、ホーンドディアは向きを変えてこちらに突っ込んで来ようとしている。

しかし、構えるべき剣が手元になかった。骨を折られて吹き飛ばされたので、手放してしまったのだ。剣はどこだと、周囲を探《さぐ》る。ホーンドディアから目を離《はな》せないので、視線だけを動かすと、すこし離れた位置に剣が落ちていた。

「ケエー！」

一声発して突っ込んでくるオス。ギリギリのタイミングを見計らって地面を蹴り、剣の方向へと横っ飛びをする。義足を角がかすり、空中でバランスを失いながらも剣の側《そば》へと滑《すべ》り込んだ。野球ならタッチアウトかもしれないが、ヘッドスライディングで伸ばした手は剣に届き掴《つか》み取る。

そこへ態勢を立て直したデロムが来て、盾を構える。

「メー・レイ・モート・セイ　ヒール」

口の中に入った土を吐き出し、デロムの背中へとヒールをかけた。

「奴はもう止まらんぞ」

「わかってる」

どんなに奴が怒《おこ》ろうとも、そもそもこれは狩《か》りではない。魔物と人の生存競争だ。人の生存領域を囲む森は、緩衝《かんしょう》地帯でもあり最前線でもある。そんなところに番いで来られては、遅かれ早かれ被害《ひがい》が出るのは間違いない。恨《うら》むならそんな所に家族を連れてきた自分を恨んでくれ。

突進から向きを変えたホーンドディアは、十分に離れた間合いから突撃体勢をとった。最初にデロムが吹っ飛ばされた突進をもう一度やる気だ。もう一度デロムに止めてもらうか？　いや、勢いの乗った突進はあまりに危険だ。

「避《よ》けれそうか？」

「わしが、か？　できるわけなかろう」

ふんっ、とデロムは鼻を鳴らした。そうだろうと思った。重装備で足の短いデロムに機動力を期待するのは間違っている。

「先に突っ込む。後はなんとかしてくれ」

「ヘマするでないぞ」

ホーンドディアものんびり話をさせてはくれない。低く頭を下げた姿勢のまま、後ろ脚で跳《は》ね上がった。ひとっ跳びで距離があっという間に縮まる。もうひとっ跳びで激突する、その地点へ剣を背負って突っ込んで行く。

ホーンドディアは素早《すばや》く反応し、頭の向きを変えてこっちへ向かってくる。見上げる程の巨体が凶悪《きょうあく》な角を向けて突っ込んでくるのは、脅威以外の何物でもない。デロムはよくこんなのを正面から受け止めたものだ。

「とっりゃあっ」

その突進に対して大きく跳ぶ。二歩目で義足を大きくたわませ、さらにホーンドディアの側方へと跳ぶ三段跳びだ。血を流し片目の視界を奪われているホーンドディアには対応できないはず。

それでも角が空振りをして通り過ぎたのは、ギリギリの距離だった。唸《うな》りを上げて通過する角は、見えない視界で当てずっぽうで振り上げたのだろう。

そして、ギリギリの距離が、今度はこちらに味方する。着地点からくるりと回り膝《ひざ》立ちのまま振り返れば、目の前を巨体がすれ違おうとしている。狙いなど付ける必要もない。どこでも剣を振れば当たる。

「くおおぉぉぉ‼」

闇雲《やみくも》に、ただ強くと意識して振るった剣が、通り過ぎようとしていた後ろ脚を捉《とら》え、突進の勢いが乗って両腕に凄《すさ》まじい負荷《ふか》がかかる。

必死に剣を支え続けると、ガリガリと魔力が剣に持って行かれる。いいぜ、好きなだけ持って行きやがれ！

全力で魔力を流し続けると、長く思えた一瞬《いっしゅん》が過ぎ、剣から重みが消えた。

「ケエエエー！」

ホーンドディアが一声を上げ、血が噴《ふ》き出す。もう一度跳ねようとして後ろ脚に力が入らず、バランスを崩した。間違いなく深手だ。

「どおりゃ!」

そこにデロムが盾で抑えにかかった。ホーンドディアは角を振り上げて抵抗《ていこう》するが、四肢《しし》に力が入らない状態ではデロムをはね除《の》けるには至らない。よろけるホーンドディアとデロムが組み合い、膠着《こうちゃく》が生まれる。

膝立ちの体勢から立ち上がり、もみ合う両者に近づく。気勢などは上げない。視界の奪われた右側の死角から静かに、そっと。

それでも何かを感じたのか、必死に首を巡《めぐ》らそうとするホーンドディア。それをデロムの盾が無理矢理に押さえ付けると、血を流し続ける後ろ脚が、力が入り切らずがくりと崩れた。

「……‼」

バランスを崩し倒れ込む身体の、首筋へと無言で剣を振り下ろす。深く斬り込んだ剣は、確かな手応《てごた》えと共に胸元まで喰《く》い込む。

「ケェ……」

血しぶきと共にホーンドディアが鳴き声を上げようとするが、気道から空気が漏《も》れ弱々しい。そしてそれもすぐに消えていく。

「ふっ」

さらに剣を押し込むと、わずかに残った目の光もすぐに消えていった。

「のう、アジフ」

「なんだ」

ホーンドディアは肉は食用になり、皮、角とも良い値で売れる。メスも死んでいるのを確認《かくにん》していると、デロムに肩を叩かれた。

「おぬし、娼館《しょうかん》でも行ってきたらどうだ？」

「それが出来たら苦労しないんだよ！」

若返れる身体ではあるが、怪我もするし病気にもかかる。衛生観念が低く医療《いりょう》も進んでいないこの世界で病気にかかれば、果ての見えない闘病《とうびょう》生活をしなければならない可能性もある。

メムリキア様、なぜ光魔法に病気治癒《ちゆ》がないのですか。これぱっかりは神を恨んでも仕方がないはず、そう思えるのだった。


「それにしても、なんだってホーンドディアに追われていたんだ？」

「奴らいつの間にか炭焼き小屋の近くに棲《す》み着いたみたいでな、炭焼きを始めたら怒って襲《おそ》って来やがったんだ」

魔石や内臓などの解体を進めながら、逃《に》げて来たドワーフたちに事情を聞く。身体が大きすぎて血を抜くのも一苦労だ。それなりに成長した解体スキルでも、大きさはどうしようもない。

「待っててくれ、村から人を呼んでくる」

弓を持っていて怪我をしていたのは、狩人だそうだった。怪我を治すと元気を取り戻し、村へ報《しら》せに走っていく。今日はもともと村に泊まる予定だったので、ありがたくお願いする事にした。

「よいしょー！」

話を聞いて駆《か》けつけてくれた村人たちと共に、木材を載せる荷馬車へオスのホーンドディアを引っ張り上げる。荷車は木材を運ぶ為に頑丈《がんじょう》に出来ていたが、巨体を載せるとギシギシと軋《きし》みを上げた。

「こりゃあ、二頭は運べないな」

「村から荷車を持ってくるだ」

オスを載せた荷馬車には先に村に行ってもらい、現場で荷車の到着《とうちゃく》を待つ。すでに陽《ひ》は落ちようとしているが、村人たちはホーンドディアの巨体を囲んでわいわい騒《さわ》いでる。村の周囲から大きな脅威がなくなり、安心もしているのだろう。

「これは、手伝ってもらったお礼を言って終わりって騒ぎじゃなくなったな」

「うむ、礼金を出すか、素材の一部を分けるか、何か出した方がいいだろうな」

ホーンドディアは高く売れる。肉が高いのはメスで、素材が高いのはオスだ。総合するとオスの方がやや高い。

「どうする、メスを提供するか？　どのみち二頭は運べないぞ」

「オスの解体を済ませて、肉だけを譲《ゆず》ればよいのではないか？」

「そうするか、村に着いたら解体だな」

「おお！　みんな、今夜は肉がたらふく食べられるぞ！」

「「「よっしゃーい‼」」」

デロムとの相談に聞き耳を立てていた村人たちが歓声《かんせい》を上げる。ドワーフが肉を食べるとなれば、酒が出ないはずもない。この後にあるだろう酒宴《しゅえん》を予想して、やれやれと肩をすくめる。やがて到着した荷車にメスのホーンドディアを載せる頃には、周囲はすでに暗闇《くらやみ》に包まれていたのだった。


「オスの肉を村に提供します」

村長にそう告げた後の、村人たちの動きは早かった。即座《そくざ》に荷馬車からオスが引きずり降ろされ、村の広場に作られた即席《そくせき》の解体スペースでバラバラにされて行く。解体された肉はその場で分配された。家に持ち帰る者も多かったが、さっそく焼き始める者も多い。周囲に肉の焼ける匂《にお》いが立ちこめ、解体が終わる前からすでに酒盛りが始まっていた。

「さぁさぁ、飲んでくだされ」

皮や角など、オスから取った素材をまとめる間もなく、ジョッキを手にしたドワーフたちが襲いかかってくる。

「デ、デロム、頼んだ」

「まかせておけい」

こんな時に頼りになるのは、我がパーティの誇《ほこ》る盾役だ。前衛を任せれば一滴《てき》の酒も通さない鉄《てっ》壁《ぺき》の防御《ぼうぎょ》で守ってくれる。

「ほれ、アジフ。お前も飲め」

「お前ー！」

しかし、弱点もある。すぐに裏切るのだ。差し出されたジョッキ。周囲を囲む村人の期待に満ちた目。鉄壁の盾は逃げ道を塞《ふさ》ぐ壁《かべ》となって立ちはだかる。

「おおー！」

ジョッキを手にして飲み干すと、周囲から歓声が上がる。一気飲みダメと言いたいが、異世界の、ましてやドワーフの村で通じるはずもない。

「見事なお手並みだったとか」

「村の食料も潤《うるお》いますわい」

「アジフさん、私のお酒も飲んで」

ましてや列をなして順番を待つ村人には、悪意は欠片《かけら》もなく断れない。

「ナナ・レーン……ぐぇっ」

せめて回復しようとキュアポイズンを唱えようとするが、デロムの腕が喉元《のどもと》に喰い込む。

「酔《よ》いを醒《さ》ますなど無粋《ぶすい》だぞ」

「ぷはぁっ」

呼吸ができず、呪文《じゅもん》が中断された。苦しくて腕をタップすると解放され、必死に空気を吸い込む。

味方は裏切り周囲は四面楚歌《しめんそか》。頼みの呪文は封《ふう》じられてしまった。

「もはやこれまでか」

「ようやく気付いたの、さぁ突っ立ってないで座れ」

　隣《となり》でデロムがニカっと笑う。諦《あきら》めて転がっていた丸太へと座り、せめて胃に何か入れようと差し出された肉にかぶりつく。硬いと言われるオスの肉は、新鮮《しんせん》だからなのか全く気にならない。かぶりつく程に口の中に肉汁《にくじゅう》と旨《うま》みがあふれ出した。

「うん、美味《うま》い」

「一番いい部位だ。役得だぞ」

　隣に座ったデロムも、同じく肉にかぶりつく。

　美味い肉と次々に注がれる酒。その夜は酔っ払って意識を失うのに、それほどの時間はかからなかったのだった。


　ガセハバルに持ち帰ったホーンドディアは、二頭分の素材の合計で金貨七枚と高く売れた。二人で割っても金貨三枚と銀貨五十枚。大きな臨時収入だ。

　とはいえ、そのような美味《おい》しい依頼ばかりではない。冒険者パーティ〝カキアゲ〟はコツコツと、しかし精力的に依頼をこなしていった。多くの仕事をこなすうちに、いつしかカキアゲは中堅《ちゅうけん》パーティとしてギルドでも頼られる戦力として立ち位置を築いていく。

　剣の鍛錬《たんれん》、依頼と忙《いそが》しく毎日は過ぎていき、そして今、目の前にはナロリ魔道具店の店構えがあった。

「や、お邪魔するよ」

「アジフ様、いらっしゃいませ」

かつては入るだけで萎縮《いしゅく》したものだ。それも今ではすっかり通い慣れて遠慮《えんりょ》もない。店員さんとあいさつを交《か》わして店へと入っていく。

「アジフさん、活躍《かつやく》は聞き及《およ》んでいますよ。私も鼻が高いというものです」

「ああ、マインブレイカーもなんとか使いこなせてきているからな」

呼び出してもらった支店長も誇らしげだ。以前と違うのは、二階に上がらなくなったという点だ。かつてマインブレイカーが飾《かざ》ってあった壁には、今は棚《たな》が置かれて魔道具が並んでいる。

「支店長、今日は支払いを終わらせに来た」

「そうですか……カキアゲのご活躍ならば不思議はありませんが……早かったですね」

差し出した金貨の入った袋《ふくろ》を、支店長はすこし寂《さび》しげな表情を見せて受け取った。マインブレイカーを買ってから、すでに二ヶ月が経過していた。

繰り返す依頼で戦い続ける日々は、剣の扱《あつか》いを習熟させる。初めは振るだけで苦労していたマインブレイカーも、今ではかなり自然に扱えるまでになってきていた。

「それも支店長があの日、月払いを認めてくれたおかげだ。あの日以来、俺の振るう剣には支店長の意志が乗った」

背中の剣に手を添《そ》えて、そっと撫《な》でる。もしあの時もう一本の剣を手にしていたら、これ程のペースで依頼をこなさなかっただろう。どうにかしてマインブレイカーを使いこなそうとしたからこそ、これだけのペースになったのだと思う。

自分の戦力として、使える様にならなければならないのはもちろん。しかしそれだけではなく、使いこなさなければ売ってくれた支店長やドンルムさんに顔向けできないという想《おも》いもあった。

「それは……ありがとうございます。でも、アジフさんはこうして無事に返済を終えられました。これからはご自身の為に剣を振るって下さい」

「いいや、それは違う」

金貨の枚数を確認して話す支店長の肩を掴む。

「ムビンさんは、作り手と使い手を繋《つな》げたんだ。その繋がりの一部であるムビンさんの想いは、この手に剣がある限り消えはしない」

そう、たとえ若返ってこの街に来れなくなっても。

「そうですか……私は、お役に立てましたか？」

「もちろんじゃないか！」

掴んでいた支店長の肩をバシっと叩く。一際恰幅《ひときわかっぷく》のいい支店長の目には、自らの仕事に対する誇りが光っていた。

「それはよろしゅうございました」

「ああ、支店長は素晴《すば》らしい仕事をしてくれた。ここから先は俺の仕事だ」

「では、行かれるのですか？」

「決めていたからな。支払いが済んだらガセハバルを出ると」

ちょっと立ち寄るはずの街だった。それが気がつけばすでに三ヶ月が経過している。ロクイドルを旅だった目的を見失う訳にはいかない。ゼンリマ神父に知れたら『まだそんな所におるのか』とあきれられてしまうだろう。

「アジフさんとの出会いは、私にとっても貴重な経験となりました。どうかお身体にお気を付けて」

『身体に気をつけて』身体を投げ売りする冒険者に向けるあいさつではない。それは支店長も十分承知のはず。それでもそう言ってくれる心遣《こころづか》いがありがたい。

「ありがとう、ムビンさん。こちらこそ世話になった」

たっぷりと肉のついたふくよかな手をがっちりと握る。顔見知りとなった店員さんたちも、仕事の手を止めて見送りに来てくれる。

「では」

軽く頭を下げて踵《きびす》を返す。言葉はもう十分に交わした。あとはこの剣を振って支店長の期待に応《こた》えるだけだ。

「済んだか」

「ああ、待たせたな」

ナロリ魔道具店を出ると、そこにはデロムと、冒険者パーティ〝カキアゲ〟のメンバーがいた。

「アジフさん、これは私の作ったお守りです。旅の供に持って行って下さい」

「いらん、重い、あと割れる」

焼き物のドワーフ人形を渡《わた》してくれたのは、ドワーフの若手魔術師コアービだ。土魔法が得意で趣味《しゅみ》は焼き物。ギルドでソロで活動していたのでスカウトした。アシッドスライムで痛い目を見たので、魔術戦力は欲しかったのだ。魔力を流したマインブレイカーなら、アシッドスライムも以前よりは斬れると思う。だが、試《ため》す気はない。

「アジフさん、お元気で」

まだ若いドワーフは、デロムの後輩《こうはい》ポーター、フズだ。この二人を加えた計四人が今のカキアゲだ。

「アジフさん亡《な》き後も皆《みな》で力を合わせ、カキアゲの名は私たちが引き継《つ》ぎ守ります。安心して旅立って下さい」

「いや、死んでないから」

掻《か》き揚《あ》げよ、すまん。本来は美味しい料理として広まる可能性のあったお前の名前は、力を合わせるという意味の異国の言葉として広まってしまうかもしれない。自分のせいで。

「ともかく、二人とも後はまかせた。カキアゲの再出発だ。しっかり頼むぞ」

「はい！」「もちろんです」

二人の肩をそれぞれ叩く。自分が抜けるので、カキアゲの前衛は一枚減ってしまう。だが、すでに斧《おの》使いのDランクドワーフをスカウトしているので問題はない。ガセハバルで前衛は余り気味なので、探すのに苦労はしなかった。

「デロム、世話になった」

少し腰《こし》をかがめ、デロムと互いに肩を組み合った。三ヶ月は短い。だが、ひたすらに依頼をこなし続けた毎日の密度は、通常の三ヶ月とは比べものにならない。きついスケジュールに文句の一つも言わず付き合ってくれたデロムには、感謝しかない。

「うむ、わしもこんなに早くDランクに復帰できるとは思ってもいなかったわ。まったく無茶をさせられたものよ」

出会った頃と変わらない笑いで、ガハハと肩を叩く。

「アジフよ、わしはこのガセハバルでおぬしがどれだけ剣を振ってきたか知っておる。だからこそ無事に過ごせなどとは言わん。剣を振ったその先に何があるのか、その目で見てくるといい」

「ああ、坑道で鍛《きた》えた、この闇《やみ》を見通す目でな」

デロムと共に旅をする。自分がガセハバルに残る。その選択肢《せんたくし》は共になかった。坑道と共に生きてきたデロムは、この都市を離れれば今までの知識や経験を活《い》かせない。ようやく冒険者として復帰したデロムにとって、その選択《せんたく》はあり得なかった。

そして自分にとっても、マインブレイカーの本領を発揮できるのは狭い坑道ではない。酒を飲み交わしながら何度も話した結論だった。

「闇を友とする光の司祭剣士か、やっぱりおぬしは変わり者よ」

そして再びガハハ、と笑う。これでいい。湿《しめ》っぽい別れはドワーフの冒険者には似合わない。

「死ぬなよ」

「おぬしこそな」

ぶつけ合うドワーフの拳《こぶし》は大きく力強い。いつも前に立ってくれた、あの心強い背中はこの先の道にはいないのだ。

「アジフさんの行く先に良い冒険《ぼうけん》を」

「ああ、お前らもな」

コアービとフズとも拳を合わせる。力強くうなずく皆に背を向けて、大通りを歩き出す。その先に見えるのは、ガセハバルの大門だ。初めて来た時は大きさに圧倒《あっとう》されたが、いざ出て行くとなると心細い。あの門を出てしまえば、背中を預けた仲間はもういない。

ギュッと拳を握り締《し》める。この先で頼りになるのは、剣を振り続けたこの手と背中の剣のみ。拳を一度見て、顔を上げる。そこから踏み出した足に、もう迷いはなかった。

第21話　城壁の街メイザンヌ

目の前に流れる川に沿って、乗合馬車はゆっくりと進む。幌馬車《ほろばしゃ》の最後尾《さいこうび》で感じる風は、湿《しめ》り気を帯びながらも不快さはない。

外の景色が見える幌馬車の一番後ろの席は、子供たちに人気の席だ。そこに陣取《じんど》っているのは、のんびりと外の景色を眺《なが》める為《ため》ではない。乗客とはいえ武装した冒険者《ぼうけんしゃ》なので、いざという時に対応する為だ。

「ふぁわぁ～」

それでものどかな川辺と、魔物《まもの》の気配もない草原が続く光景に、ついついあくびが出てしまう。目の前に流れる川は、分岐《ぶんき》の街メセロロをラバハスク帝国《ていこく》方面に向かった先にある、メギトスとラバハスク帝国の国境となっているフルメト川だった。

砂漠《さばく》の国メギトスは、季節による温度変化が少ない国だ。春と夏と秋は暑くて、冬はやや暑い。春と秋はほとんど意識されない。それにほど近いガセハバルも、メギトス程《ほど》ではないが季節による気温の変化は少ない。

しかし、このフルメト川の周囲には青々とした草が生《お》い茂《しげ》り、所々に咲《さ》く花が季節が春から夏に移り変わろうとしているのだと教えてくれている。

砂漠や坑道《こうどう》など季節感とは無縁《むえん》の場所ばかりにいたので、生命を謳歌《おうか》する植物の営みが目に優《やさ》しい。メセロロを出発した馬車が向かっているのは、国境の街メイザンヌだった。

街道《かいどう》に沿って流れるフルメト川の川幅《かわはば》は、目測で五十メートルに満たないだろう。しかし、水深も深そうで流れは早く、大河といっても差し支《つか》えない。泳いで渡《わた》るのは、水泳が得意な者でもかなり危険と思われる。しかも流れには水棲《すいせい》の魔物もいるそうで、泳いで渡るのは自殺行為《こうい》と言われている。

自分にとって水泳は、学生の頃《ころ》に授業でやった程度だ。その頃は得意でも不得意でもなかったが、何しろ何十年もやっていない。その程度で鎧《よろい》を着て剣《けん》を背負って泳げば、間違《まちが》いなく溺《おぼ》れるだろう。それはもはや自殺行為とすら言えない。ただの自殺だ。

「司祭様、お願いできますかねぇ?」

ぼんやりとしていたのが、ヒマそうに見えたのだろう。乗客の一人の老婆《ろうば》が話しかけてきた。メセロロを出発した馬車は二つの村を巡《めぐ》り、すでに二泊《はく》している。出発地のメセロロから同乗している老婆とは何度も話し、すっかり気心が知れていた。

「もちろん、かまいませんよ」

承諾《しょうだく》をすると、老婆は揺《ゆ》れる荷馬車によろめきながらも立ち上がり、幌《ほろ》の梁《はり》に手をかけてお尻《しり》をくいっとこちらに向けた。

「メー・レイ・モート・セイ　ヒール」

「おお、ありがたや」

お尻に籠手《こて》をつけた手をかざしヒールをかけると、老婆は手を組んでお礼をしてくれる。馬車の旅に慣れているであろう老婆は、自分用にとクッションを持参していた。それでも三日も馬車に乗り続けていれば、お尻が痛くなるのも当然だ。

本来、無償《むしょう》での治療《ちりょう》行為は推奨《すいしょう》されていない。治療院の収入は教会の重要な財源であり、教会はそれによってほとんど利益を得ていない。教会の運営や孤児院《こじいん》、炊《た》き出し、様々な活動費によって相殺《そうさい》されてしまうギリギリの金額なのだ。

それでも無償での治療行為が禁止とされていないのは、規則を理由に命が失われない為だ。一応正規の見習い司祭なので、無償での治療行為がばれれば、お小言の一つでももらうのはまぬがれないだろう。教会運営の内情を知る身としても、褒《ほ》められた行為ではないのはわかっている。

しかし、その為に痛いお尻に辛《つら》い思いをする目の前の老婆を見捨てられるだろうか。自分だけ痛いお尻を癒《い》やして、あとは知らない顔などできない。

そんなに面《つら》の皮は厚くはないし、ヒールを使えるのに痛いお尻を我慢《がまん》する気はない。『内緒《ないしょ》でお願いしますね』とこっそり伝えれば、それで誰《だれ》もが笑顔《えがお》でいられるだけの話だ。

「あ、あの、私もお願いします」

初めは遠慮《えんりょ》していた他の乗客たちも、恐《おそ》る恐る頼《たの》んでくる。老婆を癒やしているところはどうせ見られているので、いっそのこと巻き込《こ》んでしまった方がいい。もちろん『ホントはダメなんですよ』と伝えるのを忘れてはいけない。他の司祭に迷惑《めいわく》がかかるかもしれないからだ。

メセロロを出た頃は魔物も現れていたが、メイザンヌに近づくにつれて草原には家畜《かちく》が放牧され、畑が広がる光景も珍《めずら》しくなってきた。護衛の冒険者たちにも緊張《きんちょう》する様子は見受けられない。

遠方で草原を駆《か》ける馬の群れが目に入る。群れの後方で少年らしき人が数人騎乗《きじょう》しているのが見えるので、放牧をしているのだろう。

「馬か〜」

「馬が欲《ほ》しいのか？」

誰に話しかけるでもないつぶやきに応《こた》えたのは、馬車の後ろを守る冒険者だ。平和なので彼《かれ》らもヒマなのだろう。

「そうだな、買ってもいいかもしれないな」

「メイザンヌには良い馬がいるぞ」

「へぇ、そうなのか」

「ああ、橋向こうの町外れに馬を売っている厩舎《きゅうしゃ》がある。買うならそこがお薦《すす》めだな」

馬を買おうと思っていたのは事実だ。この先に砂漠はないので、馬で移動しても世話の問題は無い。

乗合馬車には、それはそれでいいところもある。こうして護衛の冒険者が付いて安全に移動できるし、様々な人と話して情報も手に入る。何よりこうして色々な人と関《かか》わり合うのは、旅の醍醐味《だいごみ》の一つだ。

それでも馬を買おうと思ったのには、理由がある。一つは冒険者としての活動の為。依頼《いらい》を受けるのに、依頼先までの移動手段があるに越《こ》したことはない。

そしてもう一つは、リバースエイジを使う為だ。ガセハバルを出てもう一週間以上経《た》つというのに、まだリバースエイジを使えていない。それは馬車を乗り継《つ》いでここまで来たからだ。

乗合馬車を利用する以上、人との接触《せつしよく》は避《さ》けられない。見知らぬ他人とはいえ長時間馬車の席で顔を突《つ》き合わせていれば、自然とお互《たが》いの顔は覚えてしまう。ある日いきなり若くなっていれば、不審《ふしん》に思われる危険性はかなり高い。これが地球だったら、駅のトイレで若返っても誰にも気づかれないだろう。しかし移動手段が馬車で、宿泊《しゆくはく》する宿も選べるほどない。街から街へ移動する際に、周囲全てが見知らぬ顔になるタイミングというのは、なかなかになかった。

「それは良いことを聞いた。メイザンヌに着いたら寄ってみるよ」

「ああ、良い馬がいるといいな」

これがギルドの酒場だったら、情報提供に銀貨の一枚でも渡すところだ。だが、冒険者は暇《ひま》つぶしに話しただけだったのだろう。気にする様子もなく周囲の警戒《けいかい》に戻《もど》っていく。

国境の街メイザンヌには、川を渡る橋がかけられていると聞いている。ガセハバルとラバハスク帝国は交易が盛んで、行き交《か》う人も荷物も多い。街は川を挟《はさ》んで両岸に広がっていると事前に聞いていた。

「見えて来ましたよ」

御者《ぎよしや》からかかる声に、何人かの乗客が前をのぞき込む。一番後ろの席からは幌の隙間《すきま》からちらりと見えた程度だったが、街の周囲に散らばる大きな岩山が特徴《とくちよう》的だった。周辺にも平地の中に島のような岩山が点在しているので、何か地形的な要因もありそうにも思える。

徐々《じょじょ》に近づいてくるメイザンヌは、周囲ののどかな様子からは場違いに思えるほど、立派な城壁《じょうへき》を備えた街だった。城壁というからには城がある。一際《ひときわ》大きな岩山の上に造られた灰色の城は、遠目にもよく見える。いくつかの塔《とう》を備え、岩山の地形を活《い》かした壁《かべ》はいかにも守りが堅《かた》そうだった。

「次」

到着《とうちゃく》したメイザンヌの入り口で、門番の兵士が、列に並んで巡ってきた順番を指示した。入門を待つ列の長さはそれほどでもない。厚みのある城壁の門の前で馬車から降り、乗客は一人一人入門の手続きをする。国境の街だからなのか、手続きはかなりしっかりと行っていた。

「あんた、ひょっとしてあのアジフか?」

「どのアジフかは知らないが、アジフだ」

冒険者プレートを見せると、兵士が興味深そうに顔を眺めてくる。見せ物じゃないぞ。

「聞いたぜ、色男」

「よしてくれ、そんなんじゃない」

ひったくるように冒険者プレートを受け取る。ガセハバルで三ヶ月以上過ごしたのだが、まだ噂《うわさ》が鎮火《ちんか》していないのか。人の噂も七十五日と言うが、異世界の基準ではないらしい。

まぁ、吟遊詩人《ぎんゆうしじん》たちが歌う物語は、そんなにしょっちゅう生まれるものではない。とはいえロクイドルから距離《きょり》が離《はな》れれば、世界のどこかでは新しい話もあるのだろう。しかしここはまだメギトスとラバハスク帝国の国境。地元の話だから盛り上がりがあるのかもしれない。

入門手続きを終えると、歩いて門をくぐっていく。馬車は乗客を待たずに停留所に向かってしまったので、この先は歩きだ。大きそうな街ではあるが、さすがにドワーフの王国の首都ガセハバルとは比べものにならない。歩きでも問題はないだろう。

門をくぐって見えて来たのは、三角屋根と色とりどりの建物が並ぶ街並みだった。ガセハバルやロクイドルと違い建物は木造で、外壁《がいへき》は様々な色で飾《かざ》られている。確かに道中緑は多かったが、森と言える規模で木がまとまって生えているのは見なかった。近くに森があるのかもしれない。

もう一つ目についたのは、遠くにちらりと見える橋だ。大通りの先にあって、人の流れが向かう方向に見える。この街は川をまたいで両岸に発展しているからだ。

街に着いてまず向かいたいのは、冒険者ギルドだ。依頼を受ける予定はないのだが、国境越えなので、移動の記録を残しておきたい。そんなルールはないが、国を跨《また》ぐとギルド間の連絡《れんらく》に時間がかかる事がある。何か起きた時の事を考えれば、報告をしておいた方が無難。これまでいくつもの国境を越えてきた経験だ。

道中に冒険者から聞いた情報では、メイザンヌの冒険者ギルドは橋を渡った向こう岸にあるそうだ。人の流れと共に歩いていくと、建物の間から橋の全貌《ぜんぼう》が見えてくる。くりぬかれた岩山を土台にしてかけられている橋は、立派なアーチを描《えが》いていて道幅《みちはば》も広い。川幅の狭《せま》くなった位置にかけられていて、狭くなった川は岩の間で谷となって勢いよく流れていた。馬車が十分にすれ違える幅の橋を渡ると、すぐにラバハスク帝国側の街並みが見えてくる。街並みは、反対岸よりも遠くまで広がっているように見えた。

「メイザンヌにはどのような目的で？」

「通りすがりでね。依頼を受ける予定はないんだ」

冒険者ギルドを訪《おとず》れると、受付嬢《うけつけじょう》はプレートを見せても淡々《たんたん》と受付をしてくれた。情報を知らないはずはないのだが、顔色を変える様子はない。仕事の出来る人という印象だ。ガセハバルの受付嬢にも見習ってもらいたい。

「ところでアジフ様。このような依頼があるのですが、検討してみていただけませんか？」

受付を済ませると、受付嬢はカウンターの下から一枚の依頼票を取り出してスッと見せて来る。その依頼票には〝キマイラ討伐《とうばつ》〟と書いてあった。

キマイラは雷《かみなり》の魔法を操《あやつ》り、短時間だが空中を自在に移動する。力も強く、牙《きば》や爪《つめ》での攻撃《こうげき》も侮《あなど》れない遠近隙《すき》のない強力な魔獣《まじゅう》だ。討伐ランクはC。あのワイバーンと同じだ。

「いえ、通りすがりなので」

差し出された依頼票をスッと戻す。そんな危ない橋を渡るつもりはない。なかなか油断ならない受付嬢だ。

「被害《ひがい》が出る前になんとかしたいんです。ワイバーンを倒《たお》したアジフ様のお力で是非《ぜひ》」

再び依頼票が戻ってくる。

「ソロの俺《おれ》では力不足だよ。真っ先に被害者になる」

こんな所で見栄《みえ》を張っても、自分の寿命《じゅみょう》……はないが、命を縮めるだけだ。依頼票を戻すと受付嬢は、ふぅ、とため息をついた。

「わかりました。無理を言って申し訳ありません」

「いや、こちらこそすまない」

頭を下げる受付嬢に、軽く手を上げて気にしていないと示す。通常ギルドの受付嬢が、冒険者の実力を超える依頼の斡旋《あっせん》はあまりしない。やはりワイバーン討伐の噂は、過大評価となってギルドに伝わっているようだ。

新しい剣を手に入れたとはいえ、急に強くなる訳ではない。ワイバーンは身体《からだ》が大きい分動きも大きかった。実際に相対した事はないが、キマイラはワイバーンより小さいはずだ。それが空中を移動して遠距離攻撃などされたら、剣では打つ手はない。

「遠距離攻撃なぁ」

ギルドを出て、教わった宿へと向かいながら考える。安全な距離から一方的に攻撃できる手段があるのは強い。弓の扱《あつか》いを教わった事もあるが、なかなか身に付かず手放してしまった。弓は剣以上に稽古《けいこ》が必要な武器だ。それに、両手剣と弓矢を同時に持ち歩くのは無理がある。

最も現実的な遠距離攻撃の手段は魔法だ。光魔法は他の属性に比べて攻撃魔法が少ないが、ない訳ではない。光魔法で最初に聖句が使えるようになる攻撃魔法はホーリーブリッツ、聖弾《せいだん》の魔法だ。習得に必要なスキルレベルは16以降。以降というのは、過去にスキルレベル16で聖弾の聖句が使えるようになった人がいたと、教会の記録にあったからだ。普通《ふつう》は18レベルぐらいだそうだ。

同レベル帯の他の属性に比べれば威力《いりょく》は低い。それでも光属性では貴重な攻撃魔法だ。とはいえ現在のスキルレベルは6。習得できるのがいつ頃《ごろ》になるのか見当もつかない。

「何かないものか」

悩《なや》みながら歩いているうちに、ギルドで教わった宿へと着く。この日は結局、寝《ね》るまで遠距離攻撃の手段について考えたのだった。


翌日、朝のルーティンを済ませると、乗合馬車で冒険者から聞いた厩舎を訪れた。話に聞いた厩舎は、外壁沿いに広い敷地《しきち》を持っていたのですぐにわかった。手狭《てぜま》だが砂が敷《し》かれた馬場もあり、数頭の馬が歩いている。

外壁に囲まれた街は、どうしても土地の面積が限られる。その中で広い敷地を許されるのは、冒険者ギルドなど限られた施設《しせつ》だけだ。この厩舎も領主からなんらかの許可か、あるいは役割をもらった施設なのだろう。

「ちょっといいかな。馬を買いたいのだが」

「へい、どんな馬をお求めで？」

厩舎に併設《へいせつ》された建物の扉《とびら》を開け、中にいた男性に声をかける。すぐに話が通じたので、話に聞いた通り普段《ふだん》から販売《はんばい》をしているのだろう。どんな馬と聞かれたのは、馬と言っても色々種類があるからだ。力仕事に向く大きな馬から、足の速い馬、軍馬から農作業向けまで色々あって、中には馬じゃない馬まである。

砂漠で乗ったグランドリザードなどはでっかいトカゲだが、乗用の動物という意味で厩舎で扱われていた。ただし、砂漠の厩舎に馬はいなかったが。

「旅の移動に使いたい。魔物に襲《おそ》われても怯《おび》えない馬がいいな」

「何頭かございますよ。ご予算はどれほどで？」

馬に魔物を怖《こわ》がるなというのは無理な話だ。だが、怯えてパニックになられては旅に支障が出る。魔物や戦闘《せんとう》に対する調教は、移動手段に使われる馬には一般《いっぱん》的だ。

「安い方がいいというつもりはないが、それほど予算はない。がんばって金貨五枚以内でなんとかならないだろうか」

馬の値段はピンキリだ。名馬ともなれば驚《おどろ》くような値段が付く。大きな買い物をしたばかりなので、持ち合わせに余裕《よゆう》はない。ヒューガはもう少し安かったので、無理な金額ではないと思う。

「そうですね……それなら若くはありませんが、前は冒険者の方が使われていた馬がおりますよ。旅の供に不足はないかと」

厩舎へと案内されて見たその馬は、茶色の毛に、たてがみと尻尾《しっぽ》、それに足元は深い青色だった。こっちの世界ではたまに見る組み合わせだ。

「へぇ、海毛か」

「ええ、いい色でしょう？　オス馬ですよ」

目を見て撫《な》でてやると、こちらを見つめ返してきた。暴れる様子もなく落ち着いている。馬具を付けて馬場を一回りしてみると、しっかりと指示に従ってくれる。いい馬だな。

「この馬はいくらだ？」

「金貨四枚、と言いたいところですが、少し歳《とし》がいってますからな。金貨三枚と銀貨五十枚でどうでしょう」

歳の割には少し高いかもしれないが、調教がしっかりしているのはありがたい。うん、買ってもいいだろう。

「鞍《くら》も付けてくれるなら、その値段で買うよ」

「中古の鞍でもよろしいですか？」

「ああ、かまわない」

たとえ新品だったとしても、あぶみを義足に合わせて改造しなきゃならない。他の馬具も揃《そろ》えるので、鞍が中古でも調整は後でできるだろう。

「名前、もうあるのか？」

「ウチでは呼んでませんが、元はムルゼと呼ばれていたようです」

「へぇ、そうなのか？　ムルゼ」

試《ため》しに呼んでみると、「ブルル」と反応した。自分のことだと認識《にんしき》しているようだ。それなら無理に変える必要もない。そのままでいいだろう。引き渡しは鞍の改造が終わってからにしてもらった。完成するまで乗れないので、その間、宿の厩《うまや》代を払《はら》わなきゃならないからだ。あぶみの改造は、厩舎で日頃出入りしている、なじみの革職人を紹介《しょうかい》してもらってお願いする事にした。

あぶみの完成には数日を要した。その間の時間は訓練や馬での旅の準備に費やし、鞍が出来上がるとムルゼの受け取りを済ませて、メイザンヌの街を出発する。

トットットッ、と歩くムルゼの背にまたがり街道を進む。馬上からの目線が高くて気持ちがいい。久しぶりに味わう乗馬のリズムが心地《ここち》よく体を揺らす。フルメト川を離れて進む街道は、支流と思われる川に沿って進んで行った。そこかしこに流れる小さな流れは緑を育み、水の流れる音を聞きながら旅は続く。

街道の途中《とちゅう》途中には川のほとりに馬が水を飲む為の広場があって、足を休めながら進んでいける。川の水は澄《す》んでいて、流れを泳ぐ小魚たちの姿が垣間《かいま》見《み》えた。

ぼんやりと川を眺めていると、いつしか水を飲み終えたムルゼが顔を上げて同じように流れをのぞき込んでいた。

「なんだ、お前も気になるのか？」

「ブルッ」

なんとなしに話しかけてみると、鼻息を一つ鳴らして返事が返ってきた。馬が何を言っているのかわかるはずもないが、機嫌《きげん》は良さそうに見える。首筋を撫でてやると、気持ち良さそうにされるがままにしていた。これから長い時間を共にする仲間だ。気が合う方が良いに決まってる。なんとなく上手《うま》くやれそうな気がしていた。

さらに街道を進むと、慣れ親しんだ、けれどももう何年も見ていない景色が目に入ってきた。

「おおっ！」

目の前に広がっているのは水田だった。懐《なつ》かしい光景に思わず声が上がる。そういえば、南の方で米のような物を作っていると聞いたことがあった。移動だけでも、何ヶ月もかけてずいぶんと南に移動してきたから、そんな地域にまで来たということか。思えば遠くまで来たものだ。

不思議なもので、水田があるだけでなぜか東洋的な雰囲気《ふんいき》を感じてしまう。その景色の中を剣を担《かつ》ぎ鎧を装備して馬に乗っていると、なんとも言えない不思議な気分だ。開けた景色には魔物の姿もなく、移動はのんびりしたものだった。

その日の宿は、街道沿いの農村にある宿屋に泊《と》まった。久しぶりなので思い出しながら馬の世話をしなければならない。馬具を外して体を拭《ふ》いてやると、されるがままにしてくれていた。エマやヒューガに比べると、ずいぶん大人しい印象を受ける。歳のせいというのもあるかもしれないが、元からの性格もありそうに思えるのだった。

宿の夕食には、予想はしていたがやはり米が出てきた。こちらでは『クルン』というらしい。どうやら、細長いタイプの米……クルンで、スープと一緒《いつしよ》に食べるようだ。味はまぁまぁだったが、久しぶりとなる食感に故郷を思い出さずにはいられない。豊かで便利な生活、両親に友人、仕事をして過ごした平和な日常。

それは否応《いやおう》なしに、こちらに来てからの年月と比べてしまう。地球にいた頃に比べ、娯楽《ごらく》もなく不便で危険な生活。だが、自らを鍛《きた》え、危険の中で自分と他者の命と向き合い続けた日々は、あまりにも濃密《のうみつ》で生きる実感に溢《あふ》れるものだった。

（九年前、あの事故の日に拾った命だ、精一杯《せいいっぱい》生きてみよう）

そう、気合いを入れ直し、宿の部屋へと戻っていくのだった。


国境を越えラバハスク神聖帝国へ入国して、最初の目的地は次の街ネルラルだ。メイザンヌの街では、ムルゼを買ったりしてなんだかんだと数日を過ごしてしまった。同じ宿で何泊もして厩舎にも通い、冒険者ギルドにも何度か顔を出していた。自然と見知った顔が何人か出来てしまったので、ここでリバースエイジを使うのはリスクがある気がしていた。

そこでネルラルの街では情報だけ集めて、すぐに次の目的地へと向かうつもりだ。ネルラルの次の目的地は、領都モベラルだ。モベラルはこの一帯を治める領地の最大の街。人口も多く一人の人間の印象は薄《うす》くなる。しかし、目的地とは言ってもこのモベラルには寄らずに通過するつもりだ。

領都であるモベラルの周囲は広く開墾《かいこん》されていて農村が多いと聞いている。ネルラルを出発したらリバースエイジを使用して、農村を伝って移動するつもりでいた。街から街へ移動する乗合馬車ではできない、ムルゼを買ったからこそ使えるルートだ。ネルラルではこの農村の位置を詳《くわ》しく調べるつもりでいる。

この世界の地図は戦略物資であり、一般には出回らない。だがそれは地形図であって、街や村の位置関係は公開されているし、簡略化された地図は普通に手に入る。乗合馬車を使っている間は必要なかったが、主要街道を外れて村伝いに移動するなら手に入れなければならない。

米……クルンを食べた村を出ると、ネルラルの街はもう一つ川にかかった橋を越えて、意外な程近い。水田地帯を越えた先に現れる丘《おか》の上に立つ石造りの城が、東洋と西洋が混ざったような、なんとも言えない違和《いわ》感を与《あた》える。

街に作られた城壁や城は、基本的には魔物に対応するための物だ。もちろん、人間同士の戦争もあるのだろうが、魔物の脅威《きょうい》のほうが身近で日常的だ。

近付いて見たネルラルの門や外壁は、何かの模様と魔物の石像が並ぶ不思議な雰囲気を漂《ただよ》わせていた。門をくぐって中に入っても、その雰囲気は変わらない。建物の屋根や、店先には様々な魔物の石像が置かれている。一番多いのは角の生えた鬼《おに》、恐らくはオーガと思われる。鬼瓦《おにがわら》みたいな物だろうか。二番人気は翼《つばさ》の生えた悪魔らしき石像だ。

それはネルラルの冒険者ギルドの建物も同様だった。厩舎にムルゼを預け、屋根の上から見下ろすオーガの石像の視線をくぐってギルドの中へと入る。受付もそこそこにモベラルの周囲の地図を買い求めた。

移動の多い冒険者にとって、地図を買うのは普通の事だ。特に怪《あや》しまれもせず、街と村の位置を示した地図を買う事が出来た。

ギルドでの用を済ませると、保存食を買い足す。保存食は干し肉や黒パンだけではない。干した芋《いも》や果物、魚の干物などいろいろある。この街では米が主食のせいなのか、黒パンは売っていなかった。

その代わり、米粉を使ったと思われる丸めた白いパンのような物が売っていた。見た目はつるっとしていて、でっかいまんじゅうに見えなくもない。だが、日保《も》ちがするように焼いてあって、いわゆる白パンのように軟《やわ》らかくはない。硬さは黒パンと良い勝負だ。

買い物を終えると、それ以上街は出歩かず宿を取った。冒険者ギルドで聞いた宿なので、宿泊客に冒険者が多い。食事は外で済ませて後は部屋に引きこもりだ。

翌朝になれば、ネルラルにもう用はない。朝一番で街を出ようと、ムルゼを牽《ひ》いて門へと向かう。あとは門をくぐって外に出るだけ、という所で足が止まった。街の外壁に並ぶ魔物の石像と目が合ったのだ。

石像の目は削《けず》り出された虚《うつ》ろな表情のままで、動き出しそうな気配もなければ目に何か映しているような感じもない。昨日も見た、ただの石像のままだ。それがこちらを見ているような気がして、何故《なぜ》か目が離せない。それはまるで、人目につかないようにこそこそと街を出て行く自分を見透《みす》かしているような気がしたのだった。

確かにこそこそとはしている。だが、何か悪い事をした訳でもないし、やましい事は何もない。ちょっと人目に付きたくない事情があるだけ。物言わぬ石像に反論するように、石像の視線に対してじっと睨《にら》み返す。

「おい、邪魔《じゃま》だ、早く行ってくれ」

石像と睨み合っていると、後ろの馬車に怒《おこ》られてしまった。

「あ、ああ、済まない」

あわてて門を出て、ムルゼにまたがって馬を進めた。タイミング的に並走する事になった、さっき声をかけられた馬車の御者に話しかけてみた。

「なあ、あの石像にはどんな意味があるんだ？」

「ああ、ありゃあ、飾っとくと魔物に襲われないってお守りさ」

やっぱり鬼瓦みたいな物だろうか。何か魔法的な効果でもあるのかと思ったが、そういった雰囲気ではなさそうだ。目が合ったような気がしたのは、ただの気のせいだったのかもしれない。

「気休めみたいな物か？」

「まぁそうなんだがな、実際に効果はあるぞ」

「へぇ、どんな効果なんだ」

「案山子《かかし》みたいなもんさ。恐ろしげな魔物に見られれば、よわっちい魔物や後ろめたい奴《やつ》なんかはビクビクするからな」

「ああ、わかる気がする」

確かにやましい事は一つもない。だが、後ろめたい事と言われれば心当たりがあった。そうか、だから石像に見られていたような気がしたのか。

「実際、ネルラルの街は事件が少ないんだぞ。ならず者も他の街に比べれば少ない」

「そんなに効果があるのか。そりゃすごい」

悪い事をしようとする者は、誰かに見られたくないものだ。シンプルだが思った以上に効果的なお守りなのかもしれない。御者とはそこで手を振《ふ》って別れ、広い街道を先へと進んだ。

心当たりのある後ろめたさ。それはリバースエイジだ。

「ステータスオープン」

名前：アジフ　種族：ヒューマン　年齢《ねんれい》：26

スキル
エラルト語Ｌｖ４　リバースエイジＬｖ６　農業Ｌｖ３　木工Ｌｖ４
解体Ｌｖ６（+1）採取Ｌｖ３　盾《たて》術Ｌｖ８　革細工Ｌｖ３　魔力《まりょく》操作Ｌｖ15（+1）
生活魔法（光／水／土）剣術《けんじゅつ》Ｌｖ16（+1）暗視Ｌｖ６（+2）並列思考Ｌｖ３（+1）
祈祷《きとう》　光魔法Ｌｖ６　気配探知Ｌｖ１

称号《しょうごう》
大地を歩む者　農民　能力神の祝福　冒険者　創造神の祝福

マインブレイカーを買うために坑道で戦い続け、スキルは大きく伸《の》びている。それはいい。問題はリバースエイジだった。現在のスキルレベルは6。二十歳《はたち》まで若返る事が可能だ。だが、今回は二十二歳《さい》で止《とど》めておこうと思っていた。

例えばもし二十歳まで若返れば、来年は十四、今回スキルレベルが上がれば十三歳まで若返れるだろう。だが、そこまで若返りをするつもりはなかった。

確かにこの世界に来る前は『中学生や高校生の頃に戻れたら』と考えた事はある。だが、それは『家族や友人のいるあの頃に戻りたい』であって、ただ若くなりたいのとは違う。若ければいいってものではない。見知った人のいないこの地でそこまで若返るのは無謀《むぼう》だと思っている。

そしてそれは、この世界で何度も若返って嫌《いや》と言うほど実感している事でもある。若返るだけではだめなのだと、人との繋《つな》がりが大切なのだと。

ルヤナ村のゲインやズーキ、村の皆《みな》。ラズシッタ王都、エラムス流道場の仲間たち。ロクイドルのルットマや教会の皆。ガセハバルのデロムだってそう。『若返りたい』という自分の身勝手な願いで、これまで多くの繋がりを失ってきた。

『この世界を見て回りたい』それは本音ではあるが、誰かに強制された使命ではない。メムリキア様もそんな事は言っていなかった。本当に人との繋がりを大切にするなら、若返らずにその土地に留《とど》まる事だってできたはずなのだ。

それなのに、そうはしなかった。それは結局は若くなりたいという自分の欲望の為に外ならない。一度味わってしまった四十四歳という年齢によって、歳を取る辛《つら》さが魂《たましい》に刻み込まれているのだ。

その逃《に》げ道であるリバースエイジは、使えば人との繋がりを失う呪《のろ》いのようでもあり、かといってやめる事もできない麻薬《まやく》のようでもある。

心当たりのある後ろめたさとは、自分が大切に思っていた人との繋がりを、自分の都合で断《た》ち切ってきた罪悪感だった。

苦い想《おも》いが胸を渦巻《うずま》き奥歯《おくば》をぐっと噛《か》み締《し》める。しかし、失った物ばかりではない。旅で得た物もある。その一つが新たな旅の目標だ。

そもそも、旅の大きな目的の一つに『失った片足を取り戻す』がある。教会で光魔法を習得したのはその為だったはずだ。ロクイドルを旅立った時もそれは変わらない。だが、ガセハバルで剣……マインブレイカーを買うために必死になって金策に走ったのが、新たな可能性を見出《みいだ》すきっかけになってくれた。

それは『高位の回復魔法を習得するより、治療費《ちりようひ》の白金貨三枚貯《た》めるほうがずっと早そうだ』と、いう事だ。

光魔法の修行《しゆぎよう》はかかさず続けているが、足を再生するリジェネレートを習得するのにあと何年かかるのか、目処《めど》はまったくついていない。それに対して、ガセハバルではかなり無茶はしたものの、三ヶ月で金貨五十枚という大金を稼《かせ》ぐ事ができた。あんなペースはさすがに長く続かないが、それでも依頼をこなせばいつかは大金を稼げると証明されたのだ。

王都を出た頃は、義足でここまで戦えるようになるとは正直想像していなかった。ワイバーンと戦い、坑道に潜《もぐ》り続けたからこそ見えてきた新たな可能性。

金儲《かねもう》けは予備作戦《プランB》だと言ったが、訂正《ていせい》しなければならない。光魔法の修行はもちろん続ける。その上で依頼をこなしてお金を貯める。言ってみれば、二兎《ラ》を追わない者は二兎《ン》を得ずだ。当面の目標、エルフの国アメルニソスは変えなくてもいいだろう。これからリバースエイジを使うのだし、冒険者として活動するのにロクイドルやガセハバルから距離は取ったほうがいい。失った繋がりを思えば未練も後悔《こうかい》もある。だけど新しい可能性もあるのだから、振り返ってばかりもいられない。馬上で悩む騎手《きしゅ》の気持ちなどおかまいなしに、ムルゼの脚《あし》はのんびりと街道を進み続けていたのだった。

領都モベラルへと向かう街道を進む旅路は、水田と畑の景色が続き順調そのものだ。ラバハスク神聖帝国は、これまで通ってきた国の中で最も大きい。その主要街道だけあって魔物も少なく、農村も多くて野宿も必要ない。

街道沿いに整備された広場には、昼時ともなれば近くの田畑から人が集まり、炊事《すいじ》の煙《けむり》が賑《にぎ》わいを見せる。川では子供たちが裸《はだか》で遊び、たまに通りすぎる林や森も浅く魔物の気配は見られない。領都モベラルの手前の宿場町までの道程は、これまでの旅で最も平和でのどかなものとなった。

しかし、それも主要街道を外れて、農村を伝う迂回《うかい》ルートへと向かうまでのことだった。

農村へと向かうための道は、森を縫《ぬ》うように続く。しかも、主要な街道と比べて格段に細く頼《たよ》りない。暗い森の奥《おく》は見通しが悪く、魔物の気配がそこかしこに感じられる。

「来るか」

気配の弱い魔物などの場合、全《すべ》てが襲ってくる事はない。相手も力の差を感じるのか、近寄ると逃げていったり隠《かく》れたりする。しかし現れれば考えなしに襲ってくる魔物もいる。森の中から街道に姿を現したのはその代表格、ゴブリンだった。久しぶりに見る懐かしいシルエットは三つ。

「やっ」

横腹を蹴《け》ると、ムルゼはゴブリンに怯える事なく駆け出す。元は冒険者が乗っていたというのは本当のようだ。ゴブリンとの距離が縮まる前に手綱《たづな》から手を放し、剣を横に構えた。

「せあっ」

突っ込んでくるこちらを見つけて騒《さわ》ぐゴブリンの横を駆け抜《ぬ》けながら、剣を横薙《な》ぎに振り抜く。一匹の肩《かた》を斬《き》り裂《さ》いて、あわてて避けるゴブリンたちの間を駆け抜けた。

両手剣のリーチは長いので、騎乗したままでもかなり届くのはありがたい。剣が肩までしか届かなかったのは、乗馬の腕《うで》の問題だ。この世界に来て割と馬には乗っているのだが、未《いま》だに乗馬や馬術といったスキルを入手する様子はない。

間を抜かれたゴブリンはまだ騒いでいたが、そのまま置き去りにして街道を駆け抜ける。足の速いウルフの類なら止まってでも相手をするが、いちいち相手にしていたら街道沿いのゴブリンを駆《く》逐《ちく》して進む事になる。それでは先に進めないというものだ。

それに、わざわざ魔物の多いこの細い街道を進む一番の目的は、人目につかずリバースエイジを使える場所を探すためだ。

昼も過ぎる頃にようやく見つけたのは、街道から少し離れた森が開けた場所に立つ大岩だった。陰《かげ》に入ればムルゼを繋いでも街道からは見えない絶好の位置だ。そばに立つ木にムルゼを繋いで、一通り周囲の安全を確認をする。

乗馬したままでもいいじゃないかと思うかもしれないが、リキャストタイム一年の大事な儀式《ぎしき》なのだ。揺られて舌を噛んだりしたくないし、落ち着いて行いたい。

「ふぅ」

緊張する。期待と不安が入り交じるこの気持ちは、何度やっても慣れない。

一度目を閉じ、開いた。


さぁ行くぞ！

「リバースエイジ四歳！」

毎年スキルを使う時と同じように、身体が少しだけ光ったような気がした。


「ステータスオープン」

ステータスを確認すると、年齢の表示は〝26〟から〝22〟へ変わっていた。リバースエイジは間違いなく発動していた。荷物から銅鏡を取り出して顔を確認する。肌《はだ》に張りがあって印象が若いと言えば若いが、大きな変化とは言えない。そう言えば昔老《ふ》け顔だって言われてたっけな。

手の平を握《にぎ》ったり閉じたり、屈伸《くっしん》や身体の各部を動かして具合を確認する。装着したままの鎧に変化は見られないし、動きにおかしなところはない。ただ、全身のバネというか、勢いがある気がする。背中から剣を手にして構えを取った。

「ふっ、やっ！」

一通りの型をおさらいすると、身体に染《し》みこんだ動きは淀《よど》みなくこなす事ができた。……いや、やはり少し速くなっている気がする。この勢いに飲まれてしまうと、動きが雑になってしまうかもしれない。

今度は少しゆっくりめに型を丁寧《ていねい》になぞる。

「ふぅ」

数度型をこなすと、感じていた違和感は消えてわからなくなっていた。

思わず笑いがこぼれる。二十二歳だ。地球ならまごう事なき若者。四十四歳で異世界に来てから九年。ようやくここまで来たのだ。荷物から干し肉を取り出してかじりつく。ムルゼの手綱を解いて飛び乗ると、若返った身体は躍動《やくどう》を見せた。

「ふ、くくっ」

手綱を引いて馬首を返し街道へと戻る。ムルゼの落ち着いた歩みが、妙《みょう》に心強く思える。ムルゼの歩みにまかせて揺られていると、しばらくして森から気配を感じた。スキルでは何の気配かわからない。念のため手綱を引いてムルゼの足を止める。気配のする辺りの森をじっと見ていると、森の中からこちらを見る複数の目と視線がぶつかった。目は複数だが、体は一つ。奴か。

ムルゼから下りて剣を抜く。ちょうど若返った戦闘勘《かん》を試したかったところだ。それにお前のお仲間には色々思うところがある。

ゆっくりと歩いて近づくと、相手も森から姿を現した。その姿は二メートルほどの黒い巨大《きょだい》な蜘《く》蛛《も》。脚を喰《く》い千切られた因縁《いんねん》の相手。久しぶりだ！　ジャイアントスパイダー！

八本の脚が音もなく動いて間合いが詰《つ》まり、一気に加速してこちらに突っ込んでくる。構えた剣をタイミングを合わせて振り抜いた。

〈ギインッ〉

硬質《こうしつ》な音を立てて、両者が弾《はじ》かれる。やはり硬《かた》い、サンドスコーピオンと同じくらいとみた。左右に跳《は》ねるように後退していくジャイアントスパイダー。反撃《はんげき》に足場の優位な森の中に誘《さそ》い込もうというのか。

見え見えの誘いだ。相手の優位なフィールドに飛び込む必要はない。それなのに心を占《し》めていたのは『あの時の借りを返してやる』という強い気持ちだった。

「せりゃぁっ！」

後を追って森の中へ飛び込み、剣を振る。大きく跳《と》んで避けたジャイアントスパイダーは、そのまま木の上に跳び移った。そして木と木の間を跳び回り、時折襲い掛《か》かって来る。その度に剣で弾き返す。

ジャイアントスパイダーは何度弾かれても木々の間を跳び続け、木と木の間の空中でピタリと動きを止めた。飛んでいる訳ではない。よく見ると、足元にキラリと光る糸が見える。

一瞬《いっしゅん》の停止の後、すぐさま木々の間に張られた糸の上を滑《すべ》る様に動き回る。その姿は空中を歩いているかの様だ。

少し歩いて、こちらの隙をうかがうように止まる。それを時計回りに移動しながら続けている。その度に相手の位置に合わせて、常に正面に見据《みす》える様にこちらも角度を変える。

その時、突然《とつぜん》剣に抵抗《ていこう》を感じた。目を離さないように視線を送ると、剣に糸が引っかかっている。どうやらこの一帯にはあらかじめ糸が張ってあったようだ。

剣に引っ張られて、正対していた身体の向きにずれが生まれる。そのタイミングを逃《のが》さずジャイアントスパイダーは、こちらに向かって大きく跳び上がった。

「……ふっ！」

身体は動かさず、マインブレイカーに魔力を流す。切れ味の上がった刃《は》はまとわりついた蜘蛛の糸をスルリと断ち斬り、そのまま跳んでくるジャイアントスパイダーへと剣を突き出す。

空中で衝突《しょうとつ》した剣は、ジャイアントスパイダー自身の勢いと体重を受け止めて外殻《がいかく》をザクリと斬り裂いた。勢いを削《そ》がれて地面へと落下する蜘蛛を追って、突き出した剣をそのまま振り下ろす。

さほど勢いの乗った攻撃ではなかったが、剣は柔らかい腹部を捉《とら》えて深く斬り裂く。裂け目からは多量の体液がこぼれ出て、動きは途端《とたん》に緩慢《かんまん》になった。

まだ勝負はついていない。確かに深手は与えたが、コイツはまだ動いている。ヨロヨロと動いて森の奥に行こうとするジャイアントスパイダーに向けて剣を振り上げる。

「せぇぇぇッ!!」

上段から振り下ろす剣は頭部と胴体《どうたい》を繋ぐ切れ目へと振り下ろされ、頭部がゴトリと地面に転がる。胴体部分に残された足がピクリと震《ふる》え、すぐに動かなくなった。

「ふぅ」

剣を納めて一息をつく。足元に転がるジャイアントスパイダーの頭部を見ながら、先ほどの戦闘を思い返してみる。身体は違和感なく動いた。むしろ調子がいいと思えるほどだ。だが、相手の誘いに突っ込んで行くのはどうだっただろうか。

冷静に森の外で待ち構え続け、相手が来ないのならそのまま立ち去るという選択肢《せんたくし》もあった。だが、あの時、あいつを見逃《みのが》そうなんて選択肢は、自分の中にこれっぽっちも存在しなかった。因縁ある相手で熱くなったのもあるが、ひょっとしたら、若返った体が何か精神にも影響《えいきょう》を与えているのかもしれない。心と体が無関係でいられるはずもないのだから、なんの不思議もない。

年齢に引きずられて判断を見失うなと、心の中のおっさんが警鐘《けいしょう》を鳴らす。

「ブルル」

心なしか、ムルゼもあきれている様に見えた。


ジャイアントスパイダーの解体を終えて地図通りに街道を進むと、日が沈《しず》む前には農村へと到着できた。馬から下りて村の門番へと冒険者プレートを見せる。

「冒険者がこの村へなんの用だ？」

主要な街道から外れた農村に往来は少ない。突然の訪問に門番の男はいぶかし気に訊《たず》ねてきた。

「一晩を過ごさせてもらいたいのですが」

「それなら、村の中程に民宿をやっている家がある。ここから見える三角屋根が三つ繋がった家だ。そこに行くといい」

「ご親切にありがとうございます」

門番の男に頭を下げて村の中へ入っていく。冒険者プレートに刻まれたアジフの名にも義足にも、門番を務める村人は何の反応も示さなかった。この辺りまで噂は広がっていないのか、それとも酒場もない農村だからなのか。いずれにせよ変に騒がれる心配はなさそうだ。

教えられた家は、一見しただけではちょっと大きい普通の住居だった。扉を叩《たた》くと、中から中年の女性が顔をのぞかせる。

「突然すいません。こちらで泊めてもらえると、門番の人から聞いてきたのですが」

「おや、冒険者さんかい？　なんの準備もしてないから、食事は簡単な物になるよ。それでもかまわないなら銀貨三枚、厩《うまや》が銀貨一枚だよ」

牽き連れた馬を見て女性は厩の値段を追加した。飼い葉や寝藁《ねわら》、水の世話もある。妥当《だとう》な金額だろう。

「かまいません」

「なら、馬を厩に入れてから入っておいで」

厩にムルゼを入れて世話を済ませ、家の中に入る。中はちょっと広い普通の住宅といった内装だ。部屋へと案内されて荷物を置いて装備を外していると、扉がノックされた。

「もうすぐ夕食だよ」

ノックに返事をする前に扉の外から声がかかった。

「はーい、すぐ行きます」

返事をして食堂へと向かうと、夕飯は粥《かゆ》のような物と、黄色いソースのかかった肉と野菜の炒《いた》め物だった。空腹の胃が早く食べさせろと激しく主張する。

「おかわりはあるから、欲しかったら言っとくれよ」

「わかりました」

空になった器《うつわ》を差し出すと、民宿の女将《おかみ》さんは少し笑って言った。

「そうそう、若いんだからたくさん食べないとだめだよ」

粥をよそってくれる女将さんの言葉に違和感を覚える。この世界で若者と言われて思い浮《う》かぶのは、せいぜいが十代の後半までだと思う。二十歳ともなれば一人前扱いされる。二十二歳ならなおのこと。そういうつもりがあって、若返る年齢を二十二歳に留めたのだ。

「そんなに若くもないつもりなのですが」

「ほら、そんな事言うのが若い証拠《しょうこ》だよ」

女将さんはそう言ってケラケラ笑い続ける。これは何を言っても逆効果になりそうだ。確かに、自分もかつては二十二歳を若者扱いしていた。わからない話ではない。それからはだまって粥をかきこんだ。

食事を終えて湯をもらい部屋に戻り、ベッドに寝転《ねころ》んで天井《てんじょう》を見上げた。自分の年齢が変わっても、目に映る世界は変わらない。

女将さんはああ言っていたが、本当の年齢は女将さんの方が年下のはず。どこかに相手を年上だと思う気持ちが欠けていたのではないだろうか。

二十六歳の頃は、ここまで若いと言われる事はなかった。自分で鏡を見るだけではわからない印象の違いがあるのかもしれない。慣らしが要《い》るのは剣術だけではなさそうだ。

ベッドから体を起こして、机の上に置かれたランプを吹《ふ》き消す。部屋を暗闇《くらやみ》が包むが、暗視のスキルが部屋の様子を映し出す。

かつて暗闇は、夜に部屋の灯《あか》りを消せば簡単に手に入る身近な存在だった。それが暗視スキルを得て段々とめったに見ない存在になりつつある。

(何かを得て何かを失うか。ドワーフたちが闇《やみ》を奉《ほう》じるのもわかる気がするな)

暗闇に浮かび上がる天井を見つめて考え事にふける。幸いな事に暗視スキルがあっても、簡単に暗闇が手に入る方法がある。目を閉じればいいのだ。

ベッドに敷かれた薄い布を被《かぶ》って寝返りをうつ。目を閉じて得られた暗闇は、思考をゆっくりと飲み込んでいく。

頭を巡る考え事は穏《おだ》やかに速度を落とし、いつしか眠《ねむ》りへと沈み込んでいくのだった。

第22話　白蛇の鱗

街道《かいどう》を進む旅には、難所が付きものだ。それは魔物《まもの》がたくさん出現する森であったり、広い砂漠《さばく》だったり、アンデッドが徘徊《はいかい》する古戦場だったりする。

遠く見えるのは、その中でもありがちな物。

「山越《やまご》えかぁ」

馬上から思わずそう言わずにはいられないほどに、目の前の景色は雄大《ゆうだい》だった。初夏にもかかわらず山頂に白い雪を残す山が連なる光景は、山脈と表現するのにふさわしい。

旅の難所として名高いラナズ連峰《れんぽう》の景色を前にして、これからその山々を越《こ》えて進む実感は持てなかった。

「馬で山を越えたい。何かいい方法があったら教えてほしい」

ラナズ連峰のふもとの街ラナルルリアで訪《おとず》れた冒険者《ぼうけんしゃ》ギルド。とりあえず情報を集めるべくギルドの職員に訊《たず》ねた。

馬での一人旅は、便利な事ばかりではない。馬車で移動している間は、御者《ぎょしゃ》や乗客、護衛の冒険者などから様々な情報を集められた。それは地理、名産、現れる魔物、情勢と多岐《たき》に及《およ》ぶ。馬車の旅にもいいところはある。

一人旅となってしまい、足りなくなった情報は冒険者ギルドに頼《たよ》らざるを得ない。特に峠《とうげ》越えの道は、険しいだけではない。魔物も多く出現するし、周囲の樹高が低くなる峠付近では、Dランクの空を飛ぶ魔物『ハーピー』の群れが現れると聞く。単体でDランクの魔物が群れで現れるのに、一人《ソロ》で峠越えなんて自殺行為《こうい》でしかない。情報集めは必須《ひっす》だった。

「行商の商隊と一緒《いっしょ》に行くのがおすすめですよ。丁度、来週に出発する商隊の編成がありますので、そちらに交渉《こうしょう》してみてはどうでしょうか？」

「へぇ、詳《くわ》しく教えてもらえるかな」

ギルド職員から聞いた話では、三組の行商と護衛依頼《いらい》の冒険者が隊列を組んで、ラナズ連峰の中でも標高の低い地点、パマル峠越えをするらしい。

その隊列が魔物を倒《たお》していく後ろを付いていけばいいかというと、そう上手《うま》くはいかない。一人だけ隊列から離《はな》れていては、空中から狙《ねら》うハーピーのいい獲物《えもの》でしかないからだ。付いていくなら、しっかりと許可をもらう必要がある。

その為《ため》にギルド職員から教えてもらった、商隊護衛のまとめをしているCランク冒険者パーティ〝白蛇《しろへび》の鱗《うろこ》〟の泊《と》まる宿へと足を向けた。

通常、冒険者ギルドが他の依頼の情報を、他の冒険者に渡《わた》す事はない。しかし、今回のように複数の依頼が重なり、人数が多い方が依頼の成功率が上がるような場合となれば話は別だ。教えられた〝雪解けレレリ亭《てい》〟はログハウスのように木で組まれた建物だった。

「泊まりですか？　お食事ですか？」

　中へ入ると、宿の女の子に聞かれた。そういえば、まだ宿をとってなかった。

「それは話の成り行き次第《しだい》なんだ。白蛇の鱗のロドズさんはいるかい？」

　そう言うと、食堂でテーブルを囲んでいた数人がこちらを向いた。

「俺《おれ》が白蛇の鱗のロドズだ。何か用か？」

　その中で、茶髪《ちゃぱつ》の大柄《おおがら》な男が立ち上がって声を上げる。この男が、パーティリーダーのロドズのようだ。

「パマル峠を越える商隊に、馬で参加させてもらいたい。Cランクのアジフ、一人だ」

　テーブルに近付き冒険者プレートを相手に差し出すと、プレートを確認《かくにん》したロドズは丸い目を大きく開いた。

「おっ！　ひょっとして、噂《うわさ》のワイバーンスレイヤーか？　意外と若いんだな。それで、どうなんだ。噂通りなら空の敵は得意なのか？」

「いや、残念ながら剣《けん》しか使えない。飛ばれたらお手上げだが、剣が届けばなんとかなるはずだ。それと、見習い司祭として回復なら力になれると思う」

　どうやらワイバーン討伐《とうばつ》の噂は及んでいるようだ。大枚をはたいて買ったマインブレイカーだが、届かなければただのミスリルの棒切れに過ぎない。対空戦力としてあてにされないように、出来ない事は出来ないと言っておかなければならない。

「剣だけならそんなものかもな。それでも自前の馬で、回復魔法の使い手なら歓迎《かんげい》できると思うぜ。

なぁ、みんな」

テーブルを囲む、白蛇の鱗メンバーと思われる人たちが頷《うなず》く。この場にいるのは普段着《ふだんぎ》を着た男が四人と女が一人。その中には少年が一人交じっている。

「グナット、メザルトさんを呼んできてくれ。さぁ、アジフ、突《つ》っ立ってないで座ってくれ」

獣人《じゆうじん》の男が席を離れて、宿の奥《おく》へ入っていく。勧《すす》められた席に座りしばらく待っていると、やがて宿の奥から中背の男性が姿を現した。

「どうも、行商人のメザルトです。我々と同道をご希望だとか」

「冒険者のアジフ、Cランクです。是非《ぜひ》お願いしたい」

紹介《しようかい》されたメザルトさんは、依頼主の行商人だった。薄《うす》い緑色の髪《かみ》と日に灼《や》けた肌《はだ》が印象的で、年齢《ねんれい》は三十歳《さい》は超《こ》えていそうだ。鋭《するど》い眼光は、冒険者と言われても違和《いわ》感はないだろう。

「我々としても、戦力の増加は望むところです。ですが、誰《だれ》でもという訳にはいきません。人選はロドズさんに任せています」

「メザルトさんも聞いているんじゃないか？　砂漠の国の飛龍《ひりゆう》と、少女を救った冒険者の話。このアジフがその冒険者だ。足は悪いが剣も回復魔法も使えるとか。商隊に加えない手はないと思うぜ」

「なんと、あの話の！　そうでしたか、それなら問題ありますまい。旅の間に是非お話を伺《うかが》いたいものですな」

ワイバーン討伐の噂も、良い方向に役に立つ事もある。白蛇の鱗のメンバーだと思われる少年も、目を輝《かがや》かせて話に耳を立てていた。

商隊に加わる条件、それぞれの役割など細かい条件について打ち合わせを行い、握手《あくしゅ》を交《か》わして交渉は成立した。

「アジフはどこの宿に泊まっているんだ？　連絡《れんらく》の為に教えておいてくれ」

「いや、まだ宿は決めてないんだ。部屋が空いているなら、この宿でもいいと思っている」

「そいつは話が早い。いちいち使いを出す手間も省けるってもんだ。部屋は空いてたはずだぜ。おーい、一人泊まりだそうだ」

ロドズが店の女の子に声をかけ、雪解けレレリ亭へ泊まる事になった。無事に商隊へ加われたし、宿を探す手間も省けた。メザルトさんが信頼《しんらい》を置いている様子からすると、白蛇の鱗は峠越えの経験は豊富そうに思える。宿に泊まっている間に情報収集ができればもうけものだ。


交渉は成立したが、すぐに出発する訳ではなかった。この街での行商が全《すべ》て終わってかららしい。商隊の依頼主の都合では仕方ない。待ち期間ができてしまったが、旅の間の予定のない日というのは、それはそれで貴重だ。装備や道具の手入れ、洗濯《せんたく》、稽古《けいこ》、買い物、やる事はたくさんある。

「せいっ、はっ！　……ふぅ」

その中でも日課としている剣の稽古をしていると、手を止めたタイミングで拍手《はくしゅ》をされたので顔を向ける。気配は感じていたので、見られているのはわかっていた。よくある事だし気にしていなかったが、拍手をされるとは思っていなかった。

「なかなか見事なものだ。噂はあてにならないが、剣は嘘《うそ》をつかない。義足でワイバーンを倒したってのは、デマじゃないみたいだな」

見ていたのは、白蛇の鱗のメンバーたちだった。同行する冒険者の腕《うで》が気になるのは、当然と言えば当然だ。声をかけてきたのはジロット。金髪《きんぱつ》を短く切った背の高い男でCランク冒険者だ。槍を使う身体《からだ》は、細身だが引き締《し》まっている。

「人に見せるほどのものでもないさ」

汗《あせ》を拭《ふ》きながら答える。

「そんな事ないって！　やっぱり剣はいいなぁ。俺も今からでも剣の稽古しようかなぁ」

興奮した様子で、剣を振《ふ》るマネを始めた赤い髪の少年はナロス。馬車の御者をしながら白蛇の鱗について回り、冒険者として鍛《きた》えてもらっているそうだ。

「ほう？　ナロス、せっかく槍の稽古を付けてやってるのにいい度胸だ。よし、今日の素振《すぶ》りは倍だな」

「いや、違《ちが》うってジロット！　槍もいいけど剣もいいってだけだよ！　許してよー」

ナロスはそのままジロットに引きずられていき、さっそく木槍で素振りを始めさせられていた。まだまだぎこちない所はあるが、なかなか様になっている。日頃《ひごろ》から修練を重ねているとわかる槍さばきだ。

「ナロスの自業自得《じごう》ね」

それを見て〝白蛇の鱗〟唯一《ゆいいつ》の女性が笑う。赤い髪をまとめて被《かぶ》っているふんわりとした帽子《ぼうし》は、神官職をあらわすものだ。闇《やみ》魔法の使い手の彼女《かのじょ》はレリアネ。ナロスとは姉弟《きょうだい》と聞いた。

「いい師匠《ししょう》じゃないか。仲がいいパーティだな」

一人旅の身としては、なんて事のないやり取りがまぶしく見える。デロムと組んだ、ガセハバルでの日々をふと思い出す。ガハハと笑う髭《ひげ》もじゃのドワーフと仲が良かったかと聞かれたら、『普通《ふつう》かな』と答えるだろう。

依頼以外ではほとんど別行動だったし、馴《な》れ合う間柄《あいだがら》ではなかった。そもそも、浴びるように酒を飲むドワーフに毎日付き合うのは、ヒューマンには難しい。解毒《げどく》の魔法を使えば無理ではないが、それが楽しいかどうかは別の話だ。

しかし、デロムとは仲の良さとは違う固い信頼関係があったと思っている。それぞれの目標に向けて、『こいつは頑張《がんば》るヤツだ』と信じられるだけの行動をお互《たが》いが示してきた。だからこそ、命がかかる場面で迷いなく背中を預けられたのだ。

「私たちは皆《みな》、パマル峠を越えたラナロンワアの街の出身なの。お互い小さい頃《ころ》から知ってるから」

「へぇ、年はバラバラに見えるのにな」

「神官になって、後から入れてもらったの。私はDランク。ナロスはFランクよ」

白蛇の鱗のメンバーの関係は、デロムとの関係とは成り立ちが違うかもしれない。けれど、幼い頃からの絆《きずな》は、それだけで信頼できる強い根拠《こんきょ》となる。多くの冒険者が同郷の仲間とパーティを組むのは、人の命が軽い世界においてそれだけ信頼関係を築くのが難しいからだ。

「すぐに追いついてやっからな！」「突きがぶれてるぞ！　気を逸《そ》らすな！」

素振りをしていたナロスが声を上げる。厳しく指導される槍さばきは、すでにFランクとしては十分な腕前《うでまえ》だ。このまま真面目《まじめ》に修練を続ければ、目標のDランクはいずれ到達《とうたつ》できるだろう。がんばれ、少年。

「さて、こっちも追いつかれないように、もう少し剣を振るか」

「ずいぶん熱心に剣を振るのね。司祭なのでしょう？」

神官のレリアネはややあきれ顔だ。神官の使う闇魔法は、戦闘《せんとう》を補助するものが多い。神官戦士だっているし、武器を使う神官も珍《めずら》しくないはずだが。

「一人旅は何だって出来ないとな。それに、これだって祈《いの》りと言えなくもない」

何しろあの神様には命を助けてもらった恩がある。少しはいい所を見せなきゃなるまい。

「そんなものかしら」

「人それぞれ、でいいと思うよ」

教会でも神殿《しんでん》でも、武器の修行《しゅぎょう》は神に捧《ささ》げるものとはされていない。しかし、魔物を討伐して人類の生活圏《せいかつけん》を広げるのは、神職にとって大切な役割の一つとされている。こちらの宗教にとって、大切なのは結果であって過程ではない。それは神が実在するが故《ゆえ》の意向なのだろう。

成り行きとはいえ司祭業をやってはいるからには、そちらも大切ではある。だが、神の意向というならば、自分にはもっと優先すべきことがある。何しろ直接言われたのだから。『異世界の人間が何を起こすのか、見てみたい』と。

何が起きるかなんて、自分ではわからない。けれど、その為に自分にできる事ならわかる気がする。それは……立ち止まらない事だ。

こうして第二の人生を好きに生きさせてもらっているからには、少しはその気持ちに応《こた》えたいと思っている。

あの神様は、今頃《いまごろ》どこかから覗《のぞ》き見しているのだろうか。

空を見上げてみたが、目に映るのは青い空と白い雲だけだった。


翌週の初めには、商隊の準備が調《ととの》い出発する日となった。行商人の幌馬車《ほろばしゃ》が三台、冒険者の馬車が二台、護衛冒険者が三パーティ十五人。同行者三人と行商人が四人。合計二十二人の大商隊だ。

先頭を行く馬車はDランクの地元冒険者〝ロドン警備隊〟。ラナルルリアの近くのロドン村の出身者で組まれた、地域特化のパーティだそうだ。

隊列の真ん中は、〝白蛇の鱗〟。後方はDランクパーティ〝北風の峰《みね》〟が対応する。自分を含《ふく》めたどこのパーティにも所属していない同行者は、商隊の真ん中に集められた。とはいっても、自分以外の二人は戦えない同行者だ。護衛の充実《じゅうじつ》した商隊は、乗合馬車よりも安全と見たのだろう。商隊にお金を支払《しはら》って同行する、ある意味お客さんだ。商隊は乗合馬車ではないので、乗客扱《あつか》いはしないが。

「頼りにしてるぜ、司祭さん」

そう言って肩《かた》を叩《たた》いたのは、白蛇の鱗の斥候《せっこう》でグナル。切れ長の目が細く深緑色の髪と、それと同じ色の犬耳としっぽが印象的な獣人だ。

「ああ、できるだけの事はやるよ」

とは言ったものの、こちらは基本的に同行を認めてもらっただけ。白蛇の鱗と違い護衛依頼を受けた訳ではない。戦いに協力すると約束はしているが、どこからも報酬《ほうしゅう》は出ない。それはこちらの目的は次の街までの移動で、冒険者の目的が商隊の護衛だからだ。

それぞれ目的は違っても、次の街ラナロンワアまで無事に辿《たど》り着くという目標は一緒。だから協力する訳だ。移動そのものが、こちらへの報酬といえる。


「出発！」

ロドズの号令がかかり、行商人たちの荷馬車が軋《きし》みをあげて動き出す。荷物を積んだ荷馬車の足は遅《おそ》く、徒歩でも十分に付いていける。先頭を行く冒険者の馬車や馬に乗った冒険者たちは、荷馬車の速度に合わせてゆっくりと歩を進めた。

移動初日は、峠のふもとを目指す川沿いに進む街道だ。空に浮《う》かぶ雲はまばらで、雨が降りそうな様子はない。川の反対側は森になっていて、時々魔物の気配はある。だが、さすがにこれだけの人数で移動していると、魔物も警戒《けいかい》して襲《おそ》って来ない。たまに森の中から、ダガーウルフやゴブリンが様子をうかがって顔を出すが、矢が放たれるとすぐに森へと引っ込《こ》んでいった。

護衛の冒険者の多くが弓を装備している。やはりハーピーへの備えなのだろう。標高の低いうちは滅多《めった》に降りてこないと聞いているが、上空に常に誰かしらが注意を払《はら》っている。

自分の頭上というのは、意識していても警戒し続けるのは難しい。気がつけば死角になってしまっている。Ｌｖ１の気配察知のスキルで感じる範囲《はんい》などというのは、空から襲い来る魔物にしてみれば至近距離《きょり》でしかないだろう。

それを自然にこなす冒険者たちの姿は、さすが峠越えに慣れていると感心させられた。

商隊が進む街道は、気にならない程《ほど》の緩《ゆる》やかな上りが続く。山が近い地域だからなのか、街道の横を流れる川は流れが速く水は青く澄《す》み切っていた。

「泳いだら気持ち良さそうだな」

季節はすでに夏が近い。馬の背に揺《ゆ》られているだけで、しっとりと汗が浮かび上がる。ふとつぶやいた言葉を、馬車の手綱《たづな》を握《にぎ》るナロスに聞きつけられた。

「やめときなよ。フラット・イーターに残った足も食べられちゃうよ」

「何だそれ、怖《こわ》い」

説明を聞くと、清流の水底に潜《ひそ》むトカゲの様な魔物らしい。川底に擬態《ぎたい》して見落としやすく、川で遊ぶ子供がよく被害《ひがい》に遭《あ》うそうだ。

「ピィ――――！」

山間《やまあい》ののどかな光景にのんびり気分で馬の背に揺られていると、魔物出現の合図の笛の音が空気を引き裂《さ》いた。

「ファングボアだ！」

「フゴーッ！」

隊列から声が上がり、森からファングボアが飛び出してきた。矢が放たれて突き刺《さ》さるが、ファングボアの肉は厚く止まる様子はない。森に沿って回り込み、進行方向に隊列の後方が引っかかりそうだ。

行商人の馬車に冒険者が集まり、守りを固める。その分後方の冒険者の馬車は手薄《てうす》になり、ファングボアの進路を阻《はば》む者はいなくなった。このままでは馬車を壊《こわ》されかねない。行ってしまうか。

「やっ！」

ムルゼの横腹を蹴《け》って、ファングボアに向かって行く。

「お、おい！」

グナルの声がかかるが、今更《いまさら》止まれない。駆《か》けながら両手を手綱から放し、剣を抜《ぬ》いて担《かつ》ぐ。あぶみだけで進路をファングボアの進行方向に合わせると、ムルゼはよく応えてくれた。

「せぁっ！」

少し遠めの間合いから、すれ違いざまに担いだ剣を横に薙《な》ぐ。両者の勢いの乗った剣は、しっかりと手応えを残してファングボアの横腹を斬り裂く。

「ブガァ――――！」

その一撃《いちげき》によろめいて、進路をずらし倒れ込むファングボア。そこにジロットが駆けつけて止《とど》めを刺した。

騎乗《きじよう》戦闘も少し慣れてきた気がする。相変わらず馬術や乗馬スキルが手に入る気配はないが、弓や槍と同じくスキルがないからといって、まったく出来ない訳ではない。ただ、地球の常識を無視するような挙動は出来そうにないというだけだ。

馬首を返して、ファングボアの解体を始めた隊列へと戻《もど》る。そこでグナルが尻尾《しっぽ》を逆立てながら詰《つ》め寄ってきた。

「な・ん・で、お前が真っ先に騎馬突撃《きばとつげき》してるんだ⁉」

「世話になった教会の、神父様の教えなんだ」

「あ？　どんな教えだ？　言ってみろよ」

ゼンリマ神父、あなたの教えを世に広める時が来たようです。

「『味方が怪我《けが》をする前に敵を倒すのも、ヒーラーの役目だ』ってな」

「それはもうヒーラーじゃねぇ！」

ゼンリマ神父、あなたの教えは世に受け入れられなかったようです。個人的には気に入っている教えなんだがなぁ。

戦闘をトータルで考えて最も怪我人《けがにん》の少ない選択肢《せんたくし》を取る。考え方としては間違っていないはずだ。予防医療《いりょう》ではなく、先制医療とでもいうべきかな。

結局、その日の襲撃《しゅうげき》らしい襲撃はそれっきりで、早めの時間にパマル峠のふもとの野営地へと辿り着く。夕飯のメインは、早速《さっそく》さばかれたファングボアだ。二十二人で分けても十分な量がある。新鮮《しんせん》な食料が手に入った商隊の空気は明るい。誰も好き好んで保存食を食べようとは思っていないからだ。

「アジフさんのおかげで良い夕食になりそうですよ。ありがとうございます」

「たまたま私が一撃を入れただけですよ。礼を言われるまでもありません」

焚《た》き火を眺《なが》めていると、メザルトさんが隣《となり》に来て腰《こし》を下ろした。早めに着いたとはいえ、渓谷《けいこく》の日没《にちぼつ》は早い。盛大《せいだい》に焚かれた火が暗くなった野営地を照らし出す。

暗闇《くらやみ》に焚かれた火は魔物からも目立つ。通常の依頼であればこれほど大きな火は焚かないが、これだけの人数がいればこちらの存在を見せつけたほうが効果的だ。

「いえいえ、馬車に被害が出なかったのは、アジフさんが前に出てくれたおかげです。さあ、どうぞ」

メザルトさんが差し出したコップからは、ふわりと香《かお》りが立った。お茶か。

「もらいます」

「ええ、どうぞ」

一口飲むと、爽《さわ》やかな香りが鼻に抜ける。お茶の善《よ》し悪《あ》しはわからないが、それでも良い茶葉なのだろうとは想像がつく。きっと冒険者が持ち歩く茶葉とは値段が違うだろう。

地方にもよるが茶葉の値段はピンキリで、安い物は庶民《しょみん》にも普及《ふきゅう》している。食堂や宿で出されるのも珍しくない。ラバハスク帝国《ていこく》の一帯で飲まれているお茶は、背の高い一年草から作られるのが一般《いっぱん》的だ。よく畑の脇《わき》で雑草のように植えられていて、そういった物は安く飲み慣れている。おそらくだが、この茶葉はちゃんと茶畑で作られた物なのだろう。

「良いお茶ですね。美味《おい》しいです」

「おや、アジフさんはお茶の味がわかりますか」

「わかりませんよ。なんとなく美味しいって思うくらいです」

地球で食文化に触《ふ》れているので、普通の冒険者より世の中に美味しい物があるのは知っている。しかし、お茶についてのおぼろげな知識など披露《ひろう》したところで、いらないボロを出すのが落ちだ。

「美味しいと思っていただけただけで、良い茶葉を使った甲斐《かい》があります。十分ですよ」

「それはどうも」

お茶の味などわかるかどうかも知れない冒険者に、わざわざ良いお茶を出すとは変わった人だ。冒険者にも野営でお茶を淹《い》れる者もいるが、自分は茶葉を持ち歩いていない。いつでも安全なコップ一杯《ぱい》分の水を作り出す、生活魔法のウォーターが便利だからだ。

「このお茶は、この先のラナズ連峰を越えたラロンナ地方の村々で作られているのです。帝国でも人気がありましてね。ラナルルリアまで持って行けば、良い値で売れるんですよ」

「それは……大事な商品をもらってしまって、よかったのですか?」

「ええ、私もこのお茶が好きでしてね。これは自分の分です。それに、文字通り売るほどありますから」

人間の往来を阻む山脈は、山の向こう側とこちら側で物の価値の違いを生む。行商人にとっては良い稼《かせ》ぎになり、だからこそこれだけの商隊を組めるのだろう。しかしそれは、常にパマル峠を越えなければならないという事でもある。その危険度は冒険者稼業《かぎょう》と大差ないはず。決して美味しい仕事などではないのは、想像するに難《かた》くない。

「アジフさん私はね、この仕事が好きなんです。ラナズの山々を越えた向こう側でもこちら側でも、それぞれに荷が届くのを楽しみに待ってくれています。荷馬車を迎えてくれる人々の笑顔《えがお》は、私たち行商人の誇《ほこ》りなのですよ」

焚き火を見つめながら語るメザルトさんの表情は、穏《おだ》やかなものだった。手に持ったコップの中のお茶は、薄く茶色に色付いている。コップを傾《かたむ》けて口に含むと、先ほどと同じように爽やかな香りと味が口に広がる。

「うん、やっぱり美味しい」

「でしょう？」

笑顔で言うとメザルトさんも笑顔で応え、そして笑いが広がった。

たった一杯のお茶だ。しかしこの一杯には、魔物のはびこる峠道を何度も越え続けた男の、仕事に対する誇りが込められている。それを知る前と後では、おのずと感じる価値も違うというもの。

「さあ、肉も焼ける頃です。食事にしましょう」

ひとしきり笑うと、メザルトさんが立ち上がった。食事の準備を進める一団へと向かうと、すでに気の早い冒険者が肉にがっついている。スープの鍋《なべ》からは美味しそうな匂《にお》いが漂《ただよ》っていて、空腹の胃がぎゅっと刺激《しげき》された。

さすがに酒を飲む者はいないが、日頃の野営とは違う賑《にぎ》やかな様子に、見張りに立つ冒険者たちが恨《うら》めし気な視線を送る。

「おい、その肉は俺が焼いたんだぞ」

「そんなのわかる訳ねぇ。名前でも書いとくんだな」

「なんだと⁉」

「お前等、騒《さわ》ぎすぎるなよ」

「へーい」「ああ、すまん」

ジロットとグナルが言い争い、ロドズがたしなめる。商隊にとって初日となる夜営は、結局朝まで魔物の襲撃もなく平和に過ぎていくのだった。

第23話　峠越え

翌朝、出発前にロドズが全員を集め、峠越《とうげご》えの注意点についての確認《かくにん》が行われていた。

「皆《みな》、いいか、これだけの商隊なら確かに魔物《まもの》には襲《おそ》われ難《にく》い。だが、逆に言えばそれだけ目立つって事でもある。他の魔物の襲撃《しゅうげき》も油断はできないし、ハーピーどもの襲撃は、高い確率であると思ってくれ」

商隊をまとめる白蛇《しろへび》の鱗《うろこ》のリーダー、ロドズが声を上げる。

「バラバラに来れば、なんとでもなる。危険なのは、群れがまとまっている時だ。その時は統率個体《クイーン》がいる可能性が高い。姿が見えなくても隊列を崩《くず》すんじゃねぇぞ！」

厳しい言葉に皆が頷《うなず》く。それぞれの表情には、昨日よりもはっきりとした緊張《きんちょう》が表れていた。

「この辺りの冒険者《ぼうけんしゃ》で、仲間がハーピーにやられていない奴《やつ》はいねぇ」

隣《となり》にいたグナルがぼそりと口にする。

「定期的に獲物《えもの》が通るパマル峠は、奴らにとって美味《おい》しい狩場《かりば》なのさ。だから、峠を縄張《なわば》りにするのは、ラナズ連峰の群れの中でも強い群れなんだ」

「つまり、ハーピーの中でも精鋭《せいえい》を相手にしなきゃならないわけか」

「そういう事だ。今日はおそらく怪我人《けがにん》が出る。昨日みたいにヒーラーが飛び出すんじゃねぇぞ」

鎧《よろい》の肩《かた》を〈コツン〉と叩《たた》かれた。

「わかってるさ」

「ほんとかよ」

昨日の突撃《とつげき》もあって、グナットは半信半疑だ。だが、さすがにパーティ戦を超《こ》える人数の集団戦で突出するつもりはない。大規模な戦いの経験は少ないが、それくらいはわかる。それにヒーラーとしてこれだけの規模に参加するのは初めてなので、多少の不安はある。慎重《しんちょう》に様子見から入るべきだろう。

それぞれの準備を終えると、商隊は隊列を組んで出発する。初めはゆるやかな曲線と上りが続く道も、峠を上るほどに曲がりも上り坂もきつくなっていく。

「ほら、がんばってくれ」

ムルゼの背を撫《な》でて励《はげ》ましながら前に進む。馬車を引く馬たちはさらにきつそうだ。隊列の速度は落ちて、歩くのと変わらない速度にまでなっている。この先は馬から下りて歩いた方がいいかもしれない。実際すでにそうしている冒険者もいる。

「休憩《きゅうけい》にするぞー！」

前方から声が上がり、湧《わ》き水のある広場で休憩になった。馬たちが水を飲む間、空を見上げる。ときおり鳥の姿は見えるが、ハーピーの気配はない。先行きの不安を示すように、空は灰色の雲が覆《おお》っていた。

「周りの木が高いうちは、あいつらはめったに襲って来ないぞ」

上ばかり見ていたら、グナルが教えてくれる。

「なあ、クイーンやハーピーの討伐依頼《とうばついらい》は出てないのか？」

「出ているけどなぁ。アイツらは山の上の方の断崖《だんがい》に住んでる。夜襲でもかければ一匹《ぴき》、二匹は倒《たお》せるだろうが、仲間がやられると逃《に》げちまう。苦労して山に登っても割に合わなくて、わざわざ討伐に行く冒険者がいねぇんだ。お前、受けるか？」

「遠慮《えんりょ》しとく」

「だろ？　みんな似たようなもんさ。繁殖期《はんしょくき》だけはアイツらも逃げないし、卵が高く売れるから討伐依頼が成立するがな。それでも、山に散らばったハーピーの数を減らせるほどじゃないし、クイーンの巣を見つけたなんて話は十年に一度あればいいほうだ」

「そうな「ピィー！」」

会話を遮《さえぎ》って、襲撃の合図の笛の音が響《ひび》き渡《わた》った。休憩して空気の緩《ゆる》んだ商隊に緊張が走る。

〈ガインッ〉

広場に響いた戦闘《せんとう》音の方を見ると、見えたのは高さで二メートルはあろうかという巨大《きょだい》なカマキリ。あれはキラーマンティスか！

両腕《りょううで》の鎌《かま》は鎧をも切り裂《さ》く鋭《するど》さで、しかも疾風《しっぷう》の如《ごと》き速さを誇《ほこ》る。ギチギチと鳴る牙《きば》は人の頭蓋《ずがい》を噛み砕《くだ》き、いざとなれば少しだが飛ぶ事もできる。森の殺し屋と名高いDランクの魔物。見るのは初めてだ。

その攻撃《こうげき》に、正面から一人で対応しているのは白蛇の鱗のリーダー、ロドズ。大きめの片手盾《たて》と、短く幅広《はばひろ》の片手剣《けん》で正面から相対している。

しかし、キラーマンティスの速く鋭い攻撃は、Cランク冒険者のロドズをもってしても一方的に守勢に回らされていた。

……だが、その割にはロドズの動きに余裕《よゆう》がある。どうやらロドズには攻《せ》めかかる気がそもそもないようだ。

短い剣はどうやら攻撃のための物ではなく、守備のための剣らしい。両腕から繰《く》り返される鋭い斬撃《ざんげき》は大きめの盾に受けられ、角度を変えた攻撃も取り回しのいい短い剣に弾《はじ》かれている。守りを重視した戦闘スタイルは、見ていて不安がない。堅実《けんじつ》そのものだ。集まる冒険者も下手に手だしする様子はなく、ロドズへの信頼《しんらい》が見て取れる。

そして、ロドズが正面で引き付けている間に、何人もの射手が側方から幾《いく》本もの矢を放つ。柔《やわ》らかい腹部を狙《ねら》った矢は次々と突《つ》き刺《さ》さり、キラーマンティスは苦しげに身をよじる。

しかし、それ以上の動作は正面のロドズが許さない。追い詰《つ》められたキラーマンティスは、ついに背中の甲殻《こうかく》を開いて飛んで逃げるべく翅《はね》を開いた。その飛ぼうとする隙《すき》を、目の前でロドズが逃《のが》すはずもない。それまで防戦にしか使っていなかった短い片手剣が一転して突き出され、上半身へと突き刺さる。

さらに甲殻が開いてむき出しになった背中にジロットの投げた槍が突き刺さった。よってたかって攻撃されて、もはやキラーマンティスが憐《あわ》れですらある。

それでも鎌を振《ふ》り回して抵抗《ていこう》を見せていたキラーマンティスだったが、間断なく曝《さら》される波状攻撃にとうとう地面に倒れて身を震《ふる》わせるのみとなった。そこに地面にはり付ける様に何本もの槍が止《とど》めを刺す。

まぁ、無難な結果だ。何しろ人間側の人数が圧倒的《あっとう》すぎる。無事に倒せたのはいいが、何を思ってこんな大勢のど真ん中へ、しかも単独で飛び込《こ》んで来たのかわからない。何か違和《いわ》感がある。

「嫌《いや》な感じだ」

ロドズも同感だったらしく、戻《もど》って来ると俺《おれ》が思っていたのと同じ事を口にした。

「ああ、何か変だったたな」

「キラーマンティスは凶暴《きょうぼう》だが、あそこまで無謀《むぼう》じゃない。いつもと違《ちが》うってのは、それだけで嫌なもんだ。警戒《けいかい》を厳しくした方がいいかもしれんな」

すでに休憩という雰囲気《ふんいき》ではない。キラーマンティスは高く売れる部位だけざっくりと解体されて馬車に積まれ、緊張した空気の中で出発となった。


峠を上り続け標高が高くなるほどに、森は見通しのよい林へと変わっていった。空気が徐々《じょじょ》に冷たくなり、まばらな林も低木へと入れ替《か》わっていく。

「ピッ」

するどく笛が鳴らされ、上空が指差される。空を見上げると、灰色の空を鳥とは違う影《かげ》が遥《はる》か上空を飛んでいる。あれがハーピーか。その影は二つ。二羽なのか、二匹なのか。どっちでもいいが。

商隊に緊張が走り、林から完全に抜《ぬ》ける頃《ころ》にレリアネが馬を寄せてきた。

「伝言よ。クイーンがいるみたい、注意して」

「もうわかったのか、ずいぶん早いな」

「上空にいるハーピーが襲ってこないのは見張りだからよ。群れで役割分担がされてるのは、統率個体がいる証拠《しょうこ》だわ」

簡単に説明を済ませると、同じ内容を隊列へ伝言して回っていった。伝言を聞いた商隊の動きが慌《あわ》ただしくなる。戦えない者も、馬車に積んであった木でできた盾を用意して身を隠《かく》す。

警戒を重ねる隊列の進行速度はさらに落ちる。すでに騎乗《きじょう》している者はいない。見上げる上空のハーピーはどこからともなく集まり、その数はすでに十匹を超えている。だが、まだ襲ってくる気配はない。それでもさらに数は増えて、やがて上空で渦《うず》を巻くように旋回《せんかい》を始めた。

だんだんと、見上げる首の角度がきつくなってくる。そして、ほぼ真下に差し掛《か》かろうかという頃、上空から何かが近くの草むらに落ちて〈ドッ〉と音がした。

「盾をかざせ！　岩落としだ！」

商隊のどこからともなく声が上がり、盾は持ってないので両手剣を頭上に構える。空爆《くうばく》とは恐《おそ》れ入る。

やがて上空のハーピーの群れから、ゴマ粒《つぶ》のようなものが撒《ま》かれるのが見えた。

その直後、〈ドドドッ〉っと連続する音と共に、オークの拳《こぶし》ほどもありそうな岩が降り注いだ。あちらこちらで、悲鳴と、激突音《げきとつ》と、馬のいななきが巻き起こる。

〈ギィンッ〉

ムルゼにも当たりそうだった岩を、斜《なな》めに構えた剣で軌道《きどう》を変えて受け流す。とても弾き返せる威力《いりょく》じゃない。

「一人やられたッ、回復を頼《たの》む！」「車輪が壊《こわ》されたぞ！」

「こっちも一人だっ！」

あちこちで声が上がり、すぐさま倒れている人に向かう。駆《か》け寄ると、足が変な方向を向いていた。

「ぐがぁーっ！」

迷わず足を掴《つか》んで向きを戻すと、怪我人が悲鳴を上げる。

「うるせぇ！　メー・レイ・モート・セイ　ヒール！」

骨折部分に手をかざして回復する。

「どうだ、立てるか？」

「ああ、助かった。ところで、あんた杖《つえ》は使わないのか？」

実は籠手《こて》が杖になってて……なんてのんきな話をしている場合ではない。

「まだ怪我人はいるかっ」

治療《ちりょう》の終えた怪我人は放っておいて、周囲に声をかける。

「馬がやられたっ」

「悪いが、それも後回しだ！」

周囲を見渡《みわた》すと、他の怪我人は他の回復術師が治したようだ。一台の馬車の車輪が壊れ、隊列は完全に止まってしまった。ここで見捨てて先に行く事はできない。上空に位置取る相手に先に行ったところで逃げ切れないし、戦力を分ける意味もない。

それに、商隊が壊滅《かいめつ》でもすれば話は別だが、護衛の冒険者も行商人も仲間同士の信頼が欠かせないのだ。そう簡単に馬車を捨てる選択《せんたく》はできない。


上空のハーピーたちは、獲物の様子をうかがうように、なおも渦を巻いて旋回を続けている。さすがに岩の次弾装填《じだんそうてん》はできないようだな。

空爆を終えたハーピーの渦は、やがて範囲《はんい》を狭《せば》めて縦に厚みを増していく。垂れ下がる渦の中心へと近づいた個体から、翼《つばさ》をたたんで地面に向かって急降下を始めた。

次々に降りるその様子は、地面に向かって穂先《ほさき》を伸《の》ばす細長い竜巻《たつまき》を彷彿《ほうふつ》とさせる。まっしぐらに地上へと落下するハーピーに、冒険者たちが放つ矢など当たらない。地上付近へと到達《とうたつ》したハーピーたちは、地面に激突する直前に翼を開いて減速した。そしてそのまま滑《すべ》るように襲撃体勢へと移る。その瞬間《しゅんかん》に、ロドズから合図が出された。

「一組放てー！」

狙い澄《す》まされたそのタイミングは、ハーピーとの戦いの年季を感じさせる。あらかじめ組分けされていた射手から、次々に矢が飛んだ。

「ケエエエ――――！」

十分に引き付けられ放たれた矢は、先頭のハーピーへと突き刺さる。人の顔をした口から甲高《かんだか》い悲鳴が上がり、地面へと墜落《ついらく》した。

初めて間近に見たハーピーは、伝え聞く通り女の顔に腕は翼で脚にはかぎ爪《づめ》。醜《みにく》く歪《ゆが》んだ表情からは、殺意以外はくみ取れない。小柄《こがら》な人ほどの体は羽毛《うもう》に覆われ、その存在はあまりにも魔物そのものだ。

「二組放てー！　以降順次！」

続々と降下してくるハーピーに、合図が間に合わない。それでも、続けて放たれる矢は続々と命中する。墜落、あるいは傷を負って飛び去るハーピーたち。

これならいけるかも、そう思えたのは一時だけだった。押《お》し寄せる数に、ついに一匹のハーピーが矢をくぐり抜けて商隊へと迫《せま》る。剣を構えて迎《むか》え撃《う》つ体勢を取り、戦えない者たちも盾を構えた。

だが、そのままハーピーは突っ込んで来ず、突然《とつぜん》に空中で翼を広げて一瞬、滞空《たいくう》して口を開いた。

「怪音波《ノイズ》だっ！　耳を……」

「ナ゛――・ー・ーナ゛ー・――」

誰《だれ》かが声を上げるも間に合わない。音とも言えない音が商隊へと降り注ぎ、思わず剣を取り落としてしゃがみ込み耳を塞《ふさ》いだ。

「ぐぅっ」

頭を割るように響くその音は、不快そのものだ。近くにいた人々も、弓を手放して耳を押さえる。

だが、どうやら効果範囲があるようで、離《はな》れた場所の人々は無事なようだ。

怪音波の範囲から逃れた射手により放たれた矢が、不快な音を軽快な音で引き裂く。怪音波を発していたハーピーは額に矢が突き刺さり、怪音波がピタリと止まった。

「ふ、ふぅ」

顔を上げると、矢を放ち終え弓を手にするグナットと、そこに襲い掛かるハーピーが見えた。

「グナル！」

思わず声を上げたが、グナルにかぎ爪が襲いかかる直前、ロドズの盾が割り込んで脚を弾いた。かぎ爪での一撃を弾かれたハーピーは、再び上昇《じょうしょう》していく。

しかし、急降下したのはその一匹だけではなかった。怪音波によって作られた矢の途切《とぎ》れを突いて、続々と商隊へとハーピーが襲い掛かる。

「ぐあぁぁー！」「ケェエー！」

「く、来るなー！」

商隊の隊列は混乱し、空から飛来する魔物に対して、もはや前衛も後衛もなく入り乱れた。

「せやぁっ」

空中の相手に向けて剣を振るうが、〝ひらり〟とかわされ、上空へと逃げられる。やはり、剣では空を飛ぶ相手に対しては苦しい。だが、今は少しでも商隊に取りつかせないようにしなくては。

「ひぃぃーっ！」

近くの行商人が襲われ、馬車の上で木製の盾に身を隠し必死に耐《た》えている。ハーピーはそこに執拗《しつよう》にかぎ爪で蹴《け》りつけていた。

それ以上やらせるかっ！　御者席《ぎょしゃせき》へ向けて大きく踏《ふ》み出す。上方に向けて剣を突き出すと、脚とかぎ爪の間に〈ガキッ〉と挟《はさ》まった。

「おらぁぁー！」

そのまま剣を振り回し、思いの外軽く感じるハーピーを地面に叩きつける。

「キュエッ」

背中から落ち、声を吐《は》き出すハーピー。地面に落とされ、今までとは逆にこちらを見上げる事になる。その明るい黄色の瞳《ひとみ》は、恐怖《きょうふ》に濁《にご》っていた。胸元《むなもと》になんの容赦《ようしゃ》もなく剣を突き刺すと、ビクリと体を震わせ口から血をたらしてハーピーは絶命する。

人の女の顔をしていても、間違える事はできない。狩《か》っているのはコイツ等で、狩られているのはこちら側なのだ。

「キィィィ！」

仲間をやられて怒《おこ》ったのか、続けて上空からかぎ爪が襲い掛かり、剣を振《ふ》るうと上空へ逃げて行く。さっきの様に近くに滞空してくれれば、倒しようもあるのだが。

こうも攻撃が続いては、味方の回復もできない。ライトの生活魔法を試《ため》してみるか。剣を肩に担《かつ》いで片手を放し、空いた手を上にかざす。

「光よ、ライト」

光球が頭上に浮《う》かんだ。生活魔法は、何故《なぜ》か杖からは出せない。詠唱《えいしょう》や祈祷《きとう》スキルがなくても使えるあたり、魔術とは別系統で考えたほうがいいのだろう。出す時に手をかざさなければならないので、両手剣ではかなり不便だ。

浮かべたライトの光球は、素早《すばや》く動かせない。手をかざせばゆっくり動かせる程度だ。しかし、自分が動けばついて来るので、走り回って光球を地表付近にいるハーピーへ近付けて回る。

「クエ？　ケエエー！」

光球が近づくと驚《おどろ》いて上空へ飛び上がるハーピーたち。よし、効いた。

そこを、弓を取り直した冒険者たちが狙い撃つ。援護《えんご》を受けた冒険者は落ち着きを取り戻し、それが伝わって隊列の混乱は収まっていった。

落ち着いた冒険者たちにより、地上付近のハーピーが墜《お》とされ、残ったハーピーたちは矢から逃れて更《さら》に上空へと退避《たいひ》した。最初の戦闘が収まり、商隊はひとまずの落ち着きを取り戻す。

「回復来てくれっ！」

その間隙《かんげき》を縫《ぬ》って、声がかけられる。すぐさま光球を消して、返事のあった方向へ向かう。いつまでも照らしていたら、的にされてしまう。

「こっちだ！　早く！」

怪我人は、かぎ爪にやられて血を流す人が多かった。三人の回復術師で治療するが、中には助けられなかった冒険者もいて、重い空気が一帯を包む。動かなくなった仲間を囲む冒険者に向けて、ロドズが声を上げた。

「今は下を向いてる場合じゃねぇ！　上から目をそらすな！」

そう言って上を指差す。言われて見上げると、状況《じょうきょう》は確かに厳しさを増していた。数を減らしたハーピーの群れに、山脈のあちらこちらからハーピーが飛んできて加わっているのが見えたからだ。

「最悪なクイーンを引いちまった。群れの統率《とうそつ》が完璧《かんぺき》なうえに、他の群れまでまとめてやがる」

ロドズはそこから声を張り上げる。

「おいっ！　全員聞け！　荷馬車で砦《とりで》を作るぞ！　散らばれば的にされる。密集陣形《じんけい》をとる！」

指示を聞いた冒険者たちは、動けない荷馬車の周辺に馬を外した馬車を集め、その中に馬と行商人が集められる。仲間の死を看取った冒険者も、亡骸《なきがら》を隅《すみ》に置いて槍を手に立ち上がった。

死を悼《いた》む気持ちはある。だが、今はまず生き残る事を考えなきゃならない。

「売り物ですが、使ってください。魔力ポーションです」

「いいんですか？」

「よくはありませんが、仕方ありません」

緊張で空気を支配する中、メザルトさんが積荷から魔力ポーションを取り出して差し出す。その表情は厳しい。魔力ポーションは材料が希少で、値段も普通《ふつう》のポーションとは比べものにならない。気軽に出した物ではないだろう。

しかし、すでに怪我人の治療で魔力が厳しい現状では、遠慮している余裕はない。渡された一瓶《ひとびん》は、神官のレリアネが預かる事になった。

他の行商人も隙を見て積荷からポーションを出し、周囲に配って回る。必死に動く冒険者によって馬車の配置が終わり、密集陣形が整って防御態勢《ぼうぎょ》が形になった。しかし、態勢が整ったのはこちらだけではなかった様だ。

「来るぞ！」

言われて見上げた空には、数を増したハーピーの群れが渦巻《うずま》く。その数は、すでに以前の倍ほどにはなっているだろうか。それは、もはや数えるのも困難なほどだった。

「盾をかざせー！」

その声で、盾が一斉《いっせい》に頭上にかざされる。二度目の対応ともあって、みんな対応が早い。数瞬後に前回よりもまばらに岩が落下して来た。さすがに全個体で岩を再度拾ってくるヒマはなかったようだ。

それに対して、こちらは密集陣形を活《い》かし盾を連ねて掲《かか》げる。ばらけて降り注ぐ岩は重ねた盾に弾かれ、前回の空爆よりも被害《ひがい》は格段に少ない。全く被害がなかったとは言えないが、回復できる範囲内だ。

落下する岩が止《や》み、密集陣形をとったまま恐る恐る空を見上げる。盾の隙間《すきま》から垣間《かいま》見える空には、再び墜ちつつあるハーピーの竜巻の姿があった。

「いかん！　ばらけろ！　矢の射線を通せ！」

ロドズの必死の声が響く。盾を重ねて防御していた人々は、互《たが》いにもつれ合い混乱が起こる。襲来するハーピーに向けて放たれる矢は、混乱する状況によって先ほどよりも数が少なかった。

「ナ――・ー」

「ぐぁぁー!」「ぎゃぁあ」

十分な迎撃《げいげき》ができず、数匹のハーピーの接近を許す。散らばりきれない密集陣形に向けて再び怪音波が放たれ、範囲の多くの人が巻き込まれた。

「ふんっ」

陣形の端《はし》にいて効果の直撃を受けなかったジロットが、足元に転がる盾を掴んで怪音波を放つハーピーへと投げた。回転をしながら宙を飛ぶ盾は、直撃こそしなかったが翼をかすめて体勢を崩す。

「ケ、クエッ」

慌ててはばたき、怪音波が途切れる。体勢を立て直した射手から矢が放たれ、慌てて放った矢は命中はしなかったものの、ハーピーを追い返す事に成功する。

「キエエエー!」

しかしその背後からは、次々とハーピーが舞《ま》い降りてきていた。荷馬車で囲んだ砦の中からも矢が放たれるものの、ハーピーの襲撃は間隙がない。続々と荷馬車に、構える盾に攻撃が加えられる。

ハーピー一匹一匹の攻撃は、基本的に一撃離脱《りだつ》だ。上空から勢いをつけて飛来し、一撃を加えて戻って行く。それが代わる代わるに繰り返される。ときおり欲を出して、地表付近で攻撃を続ける個体はねらい目だ。盾の隙間から槍や剣が差し出され、傷を負って倒されていく。

今、また一匹のハーピーが、ジロットの槍によって脚を貫《つらぬ》かれた。だが、そのハーピーは脚を槍に刺されたにもかかわらず、その場で羽ばたき滞空して口を開いた。

「ナ゛ーーー・ー」

再び放たれた怪音波が戦場に響く。ジロットが即座《そくざ》に叩き落としたが、一瞬守備隊形が乱れた。その間隙を突いて新たなハーピーが突っ込んで来る。一匹一匹は個別に襲ってきて集団攻撃はしてこないが、それぞれが連携《れんけい》を取ってくる。ただの魔物の集まりではなく、群れとして統率されているのだろう。これがクイーンによる統率の効果なのだろうか。

商隊の射手たちは耳栓《みみせん》を装着して怪音波に備え始めた。連携は取れなくなるが、戦列の乱れは収まっていく。

そこから荷馬車の砦に閉じこもる商隊と一撃離脱を繰り返すハーピーたちとの戦いは、泥沼《どろぬま》の持久戦の様相を見せ始めるのだった。


勢いを乗せた強力なかぎ爪による攻撃は、荷馬車の隙間から木製の盾を容易《ようい》にへし割る。荷台の幌《ほろ》もあっという間に引き裂かれ、馬車の壁はどんどん減っていく。防御が崩れればその分怪我人も増える。度重《たびかさ》なる回復に追われて魔力は見る間に減っていった。

対してハーピーたちも、無限に攻撃できるわけではない。魔物とはいえ生き物。疲《つか》れが見え始めていた。

急降下による一撃を加え離脱しようとした一匹のハーピーが、上昇にもたつき羽ばたきを繰り返した。

「せぇいッ！」

隙を逃さず突きを放ち、かぎ爪の付いた脚へと突き刺す。

「ケェェ――――！」

そのまま地面に引きずり下ろすと、周囲の冒険者によって止《とど》めが刺される。ここだけではなく、同じような場面があちこちで増えていた。

「奴らも疲れている。このまま持ちこたえるぞ！」

「「「「おおー！」」」」

ロドズの声に応《こた》えて気勢が上がる。気のせいでなければ、ハーピーたちが怯《ひる》み勢いが弱まった気がした。

「キュアアアアァァァァ――――!!」

その時、戦場を切り裂く音が鳴り響く。それまでのハーピーたちの鳴き声とは一線を画す音量で放たれた音に、敵味方関係なく戦場が一瞬凍《こお》り付いた。

音の発生源を見上げれば、そこに見えたのは、他のハーピーの倍はあろうかという体躯《たいく》。間違いない、アレだ。

「クイーンだ！　狙えー!!」

誰ともなく発せられた合図に、我に返ったように矢が放たれる。だが、ハーピー・クイーンを狙ったその矢は、手前から不自然な軌道を描《えが》いて逸《そ》れていった。

「なんだ⁉　あれは」

「風の守りだ。風を纏《まと》ってやがる」

思わず口にした驚きに、近くにいたグナルが答えた。そして、我に返ったのはこちらだけではなかった。クイーンに矢が集まった隙をついて、ハーピーたちの攻撃が再開された。

上空を悠然《ゆうぜん》と舞うクイーンに背中を押される様に、勢いを増すハーピーたち。そのクイーンに向けて、魔術師から火球《ファイアーボール》が放たれた。火球は風の守りを突き抜けてクイーンに迫る。しかしクイーンは、〈ヒラリ〉と軽くかわして上空に舞い上がった。火魔術なら風を突破《とっぱ》できるようだが、当たらなければどうしようもない。

「アイツの魔術に合わせるぞ！」

次々と襲い来るハーピーを防ぐ中、グナルが声を上げる。

「当たらないだろ！」

剣を振って追い払《はら》いつつ、叫《さけ》び返す。するとグナットは、鎧を寄せてきた。

「さっきの火球は牽制《けんせい》だ。あの魔術師は火の槍《ファイヤージャベリン》が使える。動きを止めればチャンスはある。わかったな！」

そう言い残して持ち場へ戻るが、わかってない。動きを止めろって言われても、相手は剣の届かない上空を優雅《ゆうが》に飛んでいる。どうしろっていうのか。

その間にも攻撃は苛烈《かれつ》さを増していく。既《すで》に荷馬車の幌は跡形《あとかた》もなく切り裂かれ、荷台はむき出しになっていた。物陰《ものかげ》に隠れ盾をかざす防衛線に対して、邪魔《じゃま》な荷馬車を蹴散《けち》らすようにかぎ爪による攻撃が加えられる。

その度に積荷が散乱し、荷馬車は嫌な音を立てて削《けず》られていく。戦場に散らばった商品は、戦闘の中で踏み潰《つぶ》されて血泥《ちどろ》にまみれる。

一つ一つ、行商人たちの誇りが込められた、峠の向こうの人々を笑顔《えがお》にするかもしれなかった品々。

「生きて……帰ろう！」

「当然だ！」「死んでたまるかよ」

メザルトさんが似合わぬ気勢をあげ、行商人たちが応える。悔《くや》しくないはずがない。ハーピーを睨《にら》む目は怒《いか》りに満ちている。

けれど、この戦場で怒りに飲まれれば、それは死に直結する。だからこそメザルトさんは声を上げ、行商人たちは悔しさを噛《か》み締《し》めて盾を手にするのだ。

「くそっ、ダメだ！」

それでもハーピーたちの攻撃は容赦なく続く。そしてついに〈バキッ〉と致命《ちめい》的な音を立てて、一台の荷馬車が崩れ落ちた。

「クエエー！」

崩れた荷馬車の壁《かべ》の隙間を狙ってハーピーが集まる。そこに割って入ったのは、盾を構えたロドズだった。かぎ爪を盾で払い、短く幅広な片手剣で浅くとも確実に傷を与《あた》え追い払う。長年ハーピーと戦い続けた男の堅実な技術が、崩れかけた戦線を立て直す。

「回復をくれッ！」

「ルー・メス・ロット・リム　ダークヒール！」

それでも負担の大きい場所で戦い続ければ、傷も増える。レリアネの回復魔法がそれを癒《い》やす。こちらも回復を続けて魔力がすでに心許《こころもと》ない。ならば、と剣をかざして前に出た。

「アジフっ！」

「援護する！」

残った魔力は、今までの経験からするとあと回復二回といったところか。このまま守っていても、魔力が尽《つ》きるのは時間の問題。それならいっそ、前に出て少しでも怪我人を減らす。それがヒーラーの役目というものだ。

「せぇいっ！」

迫るかぎ爪に剣を叩きつける。あわよくば地面に叩き落とすつもりだったが、かぎ爪に弾かれて逃げられてしまった。かぎ爪が思いの外硬《かた》い。手応えからして、おそらく全力で魔力を込めれば斬《き》れそうだが、残り少ない魔力でそんな事をしていればあっという間にガス欠だ。

荷馬車の列にできた隙間に、攻撃が集まり出す。ロドズと並んで次から次へ襲ってくるハーピーを弾き返し続けるが、正直キツイ。

ハーピーたちも徐々に数を減らしているが、まだまだその数は脅威《きょうい》以外の何物でもない。これではきりがない。さらに後方の射手から問題が出始める。

「矢が尽きた！」「こっちもだ！」

背後から聞こえてきたのは、悪い知らせだった。矢の攻撃が薄《うす》くなるにつれて、上空からの襲撃は勢いを増す。荷馬車の切れ目だけではなく、隙あらばあちこちから襲って来るようになった。このままではジリジリと追い込まれてしまう。

上空をにらみ付けると、ハーピークイーンが群れから離れ円を描いている。その視線が観察する様にこちらを見ているのが、地上からも見て取れた。


「アジフ！　代われ！」

ジロットから声がかかり、前衛を交代する。槍で正面を守るのは辛《つら》いかと思ったのだが、巧《たく》みな槍さばきでかぎ爪をかわしている。あれならまかせても大丈夫《だいじょうぶ》そうだ。

「あの光球をもう一度頼む」

後ろに下がり水を飲むと、グナルが話しかけてきた。

「あれはこけおどしに過ぎない。何度も通用する手じゃないぞ。逆に的にされてしまう」

「攻撃を集められるならそれでいい、ただし、今度はさっきより低く頼む」

目立つことで攻撃の的を絞《しぼ》ろうというのか。正面に立つことになる。危険は大きいがやってみるか。

「わかった」

危なかったら消せばいい話だ。手を正面に向けて光球を作り出す。

「ロドズ、交代だ！」

グナルの合図で、再び前に出る。光球が近付いたハーピーたちは、驚いて散っていく。だが、しばらく何も起こらないのを見て、すぐに脅威ではないと気付かれてしまったようだ。

上空からの落下が再開され、ハーピーは光球を掲げるこっちに向けて襲い掛かって来た。やはり来たか。いいだろう、ここで押さえきってやる。

気合いを入れ直し、マインブレイカーになけなしの魔力を流す。上空から突っ込んできたハーピーは剣を構える前方で光球を通り過ぎ、勢いのまま地面にかぎ爪を突き刺した。

「え⁉」

一瞬、あっけに取られて動きが遅《おく》れたが、隣にいたジロットが地面に近付いたハーピーに槍を突き刺す。

光球は魔力でできているので、通り過ぎた程度で消えはしない。直接当たったり怪音波でも放たれれば、すぐに消えてしまうだろうが。

その後も襲ってくるハーピーの攻撃は、正確さを欠いていた。初撃のかぎ爪をかわせば、斬るのは容易だ。

「はぁっ」

見当違いの場所に突っ込むハーピーに対し、飛び上がらせないように翼を斬り付ける。飛行能力を奪《うば》えば、恐ろしい相手ではない。

「ケェッ」

翼を斬られ地面を転がるハーピーが、冒険者たちによって止めを刺されていく。周囲に三、四匹と死体が積み上がっていった。少しずつだが、確実に被害を与えている。これならいけるかも、そう思った時ひと際《きわ》大きな影が上空に現れた。

ハーピー・クイーンが羽を広げ滞空し、口を開く。怪音波《ノイズ》の体勢か、マズイ！　そうはさせないと矢が放たれるが、風の守りに阻《はば》まれる。魔術師の詠唱も間に合わない。

「ラ゛ァ――・ラ゛ァ――」

クイーンの放った怪音波は、もはや怪音波ではなかった。衝撃波《ショックウェーブ》とも言うべきそれは、物理的な衝撃《しょうげき》を伴《ともな》って商隊に襲いかかり、人を、荷馬車を、馬を吹《ふ》き飛ばす。

全《すべ》てが折り重なるように倒れ、悲鳴と怒号《どごう》と馬のいななきが戦場に響きわたる。人が集まっている所に範囲攻撃とか最悪だ。かといって散開しても各個撃破されるだけ。幸いだったのは、範囲は広いが威力はそれほどなかったこと、そしてハーピーたちも衝撃波を避《さ》けて一斉に上空へ戻ったことだった。

耳鳴りと頭痛がするが、すぐさま立ち上がって剣を拾いあげる。そのまま肩に担いで走り、崩れた荷馬車の壁を乗り越えて防御ラインの前に出る。

「おいっ！」

誰かの声がしたが、そのまま走る。そして上空のクイーンと商隊との角度が変わったところで、クイーンに向けて手をかざし唱えた。

「光よ、ライト！」

衝撃波で消し飛ばされた光球を出す。もちろんクイーンの高さまでは届かない。けれど再び現れた光球に、こちらを向いたクイーンの顔には苛立《いらだ》ちが見て取れた。やっぱりか、狙われている。それなら防御陣の中にいるよりも、外に出て狙いを集団から逸らすべきだ。ハーピークイーンは再び接近し、翼を広げて口を開く。

義足を地面に突き立てる。腹に力を入れて歯を喰《く》いしばる。来やがれっ！

「ラ゛ァ――――・ラ゛ァ――――」

衝撃波が再び襲い、光球もろとも吹き飛ばされた。倒されて地面を転がるが、今度は覚悟《かくご》して受けた。きつく握《にぎ》った剣は落としてないし、背後には商隊もいない。

「メー・レイ・モート・セイ　ヒール！」

ハーピーの放つ怪音波と違い、衝撃波は物理的な攻撃力があった。だからこそ、集団の被害を見てある程度の攻撃範囲が見えたのだ。そして、再び衝撃波が放たれ、上空のハーピーたちの攻撃の波が途切れていた。

「光よ、ライト」

しつこく光球を出して挑発《ちょうはつ》する。さぁ、どうするクイーン。我慢《がまん》比べか？

「キュアァァ――――！」

怒りを感じさせる一声を上げて、こちらへ向かって飛んで来る。今度はあきらかに光球を見ていない、術者を狙いに来たか。直接攻撃に備えて剣に魔力を流し、斜《なな》めに掲げ上段に構える。上段を防御《ぼうぎょ》に使うのは初めてだ。

かかって来いと待ち受けたが、クイーンは剣などまったく届かない手前の上空で止まり、空中で片翼《かたよく》を振るった。なんだかわからないが、念の為《ため》剣を中段に構える。その目の前にロドズが飛び込んできた。

直後、風を切る音がした。見えない何かと、盾に身を隠すロドズがぶつかり、ロドズの身体《からだ》が後ろにずれる。なんとか倒れずにいるが、壊れた鎧の隙間から流れる血が見えた。

「メー・レイ・モート・セイ　ヒール！」

何が起きたのかはわからないが、ともかく回復だ。

「風の刃《ウインドカッター》だ、気を付けろ！」

血を流したまま前を向き上空を飛ぶクイーンから目線を外さず、ロドズが口を動かす。あれが風の刃か、気を付けろって言われても音しかしないのだが。光球も風の刃で消し飛ばされていた。

「もう魔力がない、回復は無理だからな」

かばってくれた礼など言っているヒマはないし、ロドズだって望んでいないはずだ。魔力不足の倦怠感《けんたいかん》を気合いでねじ伏《ふ》せる。

「あと一撃でいい、耐えろ！　来るぞ！」

円を描いて飛んでいたクイーンが、こちらへ向かって来る。そして再び手前の上空で止まり、空中で片翼を振るう。当てずっぽうで横に跳《と》びながら、剣で身体を守る。剣に重みがかかるのを感じ、さらに地面を蹴った。顔面から地面に飛び込み、草と土の味が口に広がる。

「ぺっ」

口の中の土を吐き出した。風の刃はその名の通り線の攻撃らしい。相手が上空にいる限り、攻撃は自分と相手との直線方向に限定される。攻撃の動作のタイミングを見誤らなければ、見えない刃《やいば》を見切るのはできそうに思えた。

その時、上空で止まったクイーンに向けて、荷馬車の砦から火の槍が放たれた。相手の風の刃の届く距離《きょり》は、こちらの魔法が届く距離でもある。しかも上空を飛び回っている時と違い、風の刃を放つ為に滞空したこの一瞬は絶好の的だ。

「キュアァァ――――‼」

直撃し苦痛の叫びをあげるクイーンに、闇球《ダークボール》が、土の矢《アースアロー》が、冒険者たちのありったけの魔法が追い打ちをかける。クイーンもさすがに耐えきれず、バランスを崩し地表へと落下した。

「今だ！　突っ込めー‼」

荷馬車の砦から声が上がり、冒険者たちが崩れた荷馬車を乗り越えてクイーンへと向かう。だが、上空で手をこまねいていたハーピーたちが、そこに割り込んで突撃をかけた。

両者が激突し、弾かれて宙を舞う冒険者と、地に叩きつけられるハーピー。ハーピーたちも今度は上空へ逃げず、地表付近に留《とど》まってクイーンを守る。ときおり怪音波《ノイズ》が戦場に響き、すぐさま叩き落とされる。クイーンを背後にして、羽と刃が飛び交《か》う乱戦が始まっていた。

「立てるか？　行くぞ！」

ロドズに腕を引かれて立ち上がる。身体に傷はない。

「ああ、今しかない」

剣を拾ってクイーンへ向かう。冒険者とハーピーがぶつかる反対側のこちらには、クイーンまで遮る者はいない。クイーンは地面から身を起こし、翼を広げようとしている。飛ぶつもりなのだろう。

「させねぇぞ！」

ロドズが叫び突っ込んで行く。その前に、上空から二匹のハーピーが降下して立ちふさがった。かぎ爪がロドズに向けて振るわれ、ロドズはそれを避けもせず盾で受ける。さらに、そのままもう一匹の脚に片手剣を突き刺し、二匹共を巻き込んで倒れ叫ぶ。

「行けーっ‼」

そんな事言われちゃ行くしかないだろ‼

地面でハーピーともみ合うロドズの脇《わき》を抜けて、翼を広げるクイーンに迫る。ヒザが曲がり、クイーンの身体が沈《しず》む。一回、〈バサッ〉と翼を羽ばたいた。

その一回の羽ばたきで、クイーンの身体がふわりと浮く。めいっぱい踏み込んで義足のバネを縮めると、バネが悲鳴のようにきしむ。耐えてくれ！

「りゃぁぁぁぁっ！」

バネを開放した勢いを乗せて踏み切り、飛び込みつつ上段から振り下ろした。伸ばした剣先が羽ばたこうとする翼の先を捉《とら》え、ぶわりと羽根が舞い散る。

「ギュアッ！」

翼を斬られ、バランスを崩しながらも、なおも飛ぼうと羽ばたくクイーン。着地した脚を支えにくるりと回り、振り下ろした剣を切り返してそのまま斬り上げる。ひときわ大きいかぎ爪が大きく開き、剣を迎え撃った。

　とっさに力を抜き、かぎ爪を軽く弾く。危ないところだった。クイーンの奴、剣を踏み台にして飛ぼうとしやがった。

　軽く弾いた剣は切り返しも早い。すぐさま剣を上に回し、踏み込んで振り下ろす。速い斬り下ろし、これなら飛べないだろ！

　しかしクイーンは、今度は上ではなく後ろに羽ばたいた。一回の羽ばたきで後ろに退がり、振り下ろされた剣をギリギリでかわす。至近距離、空振った体勢でクイーンと目が合う。ギラリと光る目は、追い詰められた者の目ではなかった。ふわり、と柔らかく羽ばたいた翼を広げると、鋭い牙のある口を開いた。あの衝撃波か！

「ラ、ァ――――」

　衝撃波が発せられる直前に、とっさに倒れつつ前に突っ込む。かぎ爪が鎧をかすめて体勢が崩れる。衝撃波は口から前方に向かって放たれる。真下は死角になると思ったのは予想通りだが、クイーンの足元はあまりにも場所が悪い。踏みつけてくるかぎ爪の間に、やっとの思いで剣を挟み込む。

「ぐはっ」

　剣で押さえたのとは反対側の脚で蹴られ、地面を転がる。すぐに片膝《かたひざ》で身体を起こして、剣を横に払う。腕や肩に鋭い痛みがあるが、傷はたいした事はない。

　クイーンは翼を広げたまま、地面に脚をついた。どうやら、あの衝撃波を発する時は羽ばたけないらしい。なんとか離陸《りりく》は阻止《そし》できたようだが、それで勝負がついたわけではない。

よくみれば、クイーンの身体は魔術を喰らって傷だらけだ。火の槍を喰らって焦《こ》げているし、翼からは血を流している。しかし、その黄色の目に諦《あきら》めの色は一切《いっさい》見えない。

魔物としては、特に大きい部類でもない。硬い甲殻を持っている訳でも、力が強い訳でもない。それでも少しのやり取りで確信した。

『コイツは手強《てごわ》い』

厳しい戦いの予感に、マインブレイカーをきつく握り直した。

◆◆◆◆

獣人《じゅうじん》の耳は音をよく拾う様にできている。

そこにハーピークイーンの衝撃波を喰らったのだからたまらない。混乱する周囲の中でなんとか立ち上がったものの、目はチカチカするし頭はガンガンする。

頭を押さえてフラフラしていると、アジフの奴が荷馬車の囲いから飛び出して行くのが見えた。

「おいっ！」

声をかけるが、止まりゃしねぇ。飛び出すなって言ったのに聞かねぇ奴だ。クイーンの気を引いてくれるのは助かるが、あれじゃ的にされちまうだけだ。どうしてくれてやるかと躊躇《ちゅうちょ》する。そこにロドズが話しかけて来た。

「グナル、聞いてくれ。俺はアジフの援護に行ってくる。必ずクイーンの動きが止まる瞬間があるはずだ。それを魔術師に伝えて火の槍《ファイヤージャベリン》を打ち込んでくれ」

「いや、待てって！」

言うだけ言って、飛び出していきやがった。勝手な事言いやがるが、そういえば自分もアジフに、「クイーンの動きを止めろ」とか言った気がしなくもない。

〝北風の峰《みね》〟と〝ロドン警備隊〟の魔術師を捕《つか》まえて、ハーピー・クイーンを指差した。

「クイーンを狙うぞ！　詠唱は合図する、火の槍に続いて合わせろ！」

二人の魔術師が真剣《しんけん》な顔でうなずく。クイーンを狙うって事は、今も襲われ続けている仲間を助けないって事だ。いちかばちか、失敗はできない。二人ともその意味をわかってくれている。

その時上空でクイーンが止まり、翼を振るったのが見えた。すぐに手を横にして、魔術師の二人を止める。まだだ、機会ではあったが、今からでは詠唱が間に合わない。何かの攻撃をロドズが受けるのが見えた。あれは風の刃《ウィンドカッター》か！

風の刃を受けても、ロドズは倒れない。さすがリーダー、頼《たよ》りになるぜ。それを見たクイーンが、再度攻撃する軌道に入った。攻撃する気だな、今度こそ狙い目だ。

「詠唱始めろ！」

三人が詠唱を始める。

ん？　三人だと？　思わず振り向けば、レリアネまで唱えてやがる。お前の魔力は回復の為に……いや、クイーンは既に攻撃体勢に入っている。もう言ってるヒマはない。クイーンは上空で動きを止めて翼を広げた。今だ！

「撃てー‼」

「ファイヤージャベリン！」「ダークボール！」

「アースアローー！」

完成した魔術から順にクイーンを目指し飛んで行く。意識を二人に向けていたクイーンは、気付かないまま二発目の風の刃を放った。

そこに、まず火の槍が当たり、クイーンが苦痛の叫びをあげる。そこに闇玉と土の矢が追い打ちをかけた。三つの魔法の直撃をくらい、クイーンが地に墜ちる。ここしかねぇ！

「今だ！　突っ込めー‼」

言いつつ、荷馬車を越えてクイーンを目指す。だが、そうはさせないと、上空からハーピー共の突撃が激しさを増す。今までのような、一撃を加えて離脱する攻撃じゃねぇ。身体ごとぶつけ立ちふさがるハーピー共と、クイーンを目指す冒険者が激突する。

「がはっ！」

最前線で突っ込み、激突に巻き込まれて吹っ飛ばされる。手元にあるのは二本の短剣《ダガー》と矢の尽きた弓。こんなんでどうしろっていうんだ。そもそも斥候《せっこう》の俺が、なんで先頭で突っ込んでるんだ。くそっ！　アジフ《ヒーラー》のこと全然言えねぇじゃねぇか。

倒れて、起き上がるところに、ハーピーが襲い掛かって来た。邪魔だっ！　来るんじゃねぇっ！

迫るかぎ爪を、横からジロットが繰り出した槍が弾いた。なんとか立ち上がり、短剣を振るってハーピーの翼を斬り裂く。

「ケェェェ――――！」

ハーピーが苦痛の叫びをあげ、胸元にジロットの槍が突き刺さった。

「助かったぜ」

「らしくないぞ」

ジロットが槍を抜きつつ言って、ハーピーへ向かって行く。うるせぇ、わかってらぁ。

「バカねぇ。ルー・メス・ロット・リム　ダークヒール！」

「レリアネ！　回復はありがたいが、お前こそ魔力は大丈夫なのかよ？　闇球《ダークボール》なんぞ撃ちやがって」

「今は全部を出す時なの。その為にこれを託《たく》されたのよ」

レリアネが取り出したのは、魔力ポーション。メザルトさんから渡されたヤツか。この依頼の報《ほう》酬《しゅう》では買えそうもないそいつを、レリアネは迷いなく封《ふう》を開けて一気に飲みきった。

「ここから正念場よ。わかってるんでしょうね」

「はっ！　言われなくても」

レリアネが浮かべる笑みは、普段《ふだん》の柔らかいモンじゃなかった。誰かが死ぬかもしれねぇ戦場へ向かう、覚悟を決めた笑みだ。踵《きびす》を返し、ハーピーと冒険者がぶつかる正面へ向かうレリアネ。けど、今のオレにするべきなのは、その後を追う事じゃねぇ。

アイツの言う通り、今は全部を出す時だ。オレの全部ってなんだ？　正面からハーピー共との戦闘に加わるのか？　いや、そうじゃないだろ。オレの役割は斥候。斥候の戦場は正面じゃない。ならば、と一旦《いったん》後方に下がって、火魔術を使う魔術師へ話しかけた。

「おい、まだ槍《ジャベリン》は撃てるか？」

「他の魔術が使えなくなるが、あと一発なら」

「上出来だ。他の雑魚《ざこ》はいい。クイーンを狙ってくれ」

「無理だ！　こんなにハーピー共に飛ばれたら狙えないし、射線が通らない！」

ロドズとアジフが、クイーンを相手にしているはずだ。アイツらの所まで届かせてみせる。そう覚悟を決めて、魔術師に言った。

「オレが必ず通す。射線が開けたら撃ってくれ。頼むぞ」

「わ、わかった」

こっちの決意に負けて、魔術師が首を縦に振った。よし、これで後は道を拓《ひら》くだけだ。踵《きびす》を返して、荷馬車の切れ目へと向かう。ただし、あんな無様はもう見せねぇ。正面から突っ込んでもお荷物になるだけだ。

〈ヒュン〉

「グケッ」

突っ込んで来るハーピーの顔面に石を投げて気を散らす。

「ふっ！」

「クエー！」

冒険者を襲うハーピーの横腹にナイフを飛ばし。

「おらっ！」

「キュエェッ」

地面に墜ちたハーピーに止めを刺す。正面に立つ連中が前方に集中できるように、横から後ろから隙をついて援護をかける。それでも全員の援護が出来るわけじゃない。翼を広げるハーピー共の隙間から、ちらちらと見えるクイーンと戦うロドズとアジフ。その戦場の方向へ向かって行く。

クイーン方向の一番前まで辿《たど》り着くと、一人で三匹ものハーピーを相手に、鬼《おに》の形相で槍を振るうジロットの姿もあった。頭から、手足からも血を流し、それでも交互《こうご》に襲うハーピーの攻撃を必死にさばいている。戦闘の激しさに、レリアネも近寄れず回復もできていない。

最後のナイフを投げ一匹の肩に刺さるが、奴らも必死だ。構わず攻撃を続ける。だが、もう投げる物がない。

冷静にって言ったたって、結局こうなるのか。ああ、もう、ジロットの言った通りだ。全然、これっぽっちもオレらしくねぇ。

「だりゃあぁぁぁ！」

空中からジロットを囲む、その中の一匹の脚に短剣を振りかざして飛び掛かった。ハーピーの脚に突き刺すが、刃が短すぎる。致命傷《ちめいしょう》にはほど遠いし、間合いが近すぎる。かぎ爪が突き出されて、鎧を削り肉に喰い込む。

「クエェー！」

そんなもん構うものか！　暴れるハーピーにしがみつき、もつれ込んでハーピーと共に地面に落ちる。そこに、もう一匹のハーピーのかぎ爪が襲い掛かって来た。ダメだ、避けられねぇ。

「やあぁぁぁー‼」

諦めが脳裏《のうり》をよぎった時、戦場に似合わない若い声が響き、赤い髪《かみ》が襲い来るハーピーに向けて槍ごと突っ込んだ。

ナロスか⁉　無茶しやがって！

意表を突かれたのはオレだけではない。ハーピーも不意を付かれて腹部に槍が刺さり、ナロスと共に地に墜ちた。その背後に見えたのは、もう一匹のハーピーをジロットの槍が貫く光景。三匹ものハーピーが一気に倒され、戦場にできた空白から灰色の空が見えた。

「撃て――‼」

めいっぱい叫ぶ。しかし、狙いを付けて詠唱が終わるまで、この空白を保たなきゃならない。地面で絡《から》み合うハーピーを押さえにかかる、上を見ている余裕はない。

それでも、暴れるハーピーを必死に押さえつけていると、明るい何かが頭上を通過し、ハーピーの瞳に光が反射するのが見えた。

頼むぜ、届いてくれよ。アイツらのところまで‼

◆◆◆◆

翼を大きく広げ、ヒザを軽く曲げるハーピー・クイーン。それに対して上段に剣を構える。クイーンは飛び立つ隙を、こちらは斬りかかる隙をお互いにうかがっている。地面に降りたクイーンは、接近戦で最大の武器のかぎ爪が使えない。地上はこちらの領域だ。

後は見えない風の刃と、範囲攻撃の衝撃波に注意すればいい。……のだが、その二つに有効な対策がない。いつでも避けられるように備えれば、大きな動きはできない。摺《す》り足でジリジリと近付いていく。

「クケェェー！」

そこへ二匹のハーピーがクイーンの援護に飛び込んでくるのが見えた。それでも構えは解けない。動けば隙になるからだ。上段に構えたままクイーンに向かってじりっと近づいた。

このままだとハーピーの攻撃を喰らうかもしれないが、抑えなければならないのはクイーンだ。このまま風の刃か衝撃波を発すれば、援護に来たハーピーは巻き添《ぞ》えになる。かといって飛び立とうとすれば隙を突ける。ハーピーの攻撃をくらう覚悟さえすれば、悪い状況ではない。

そう思ったのだが、クイーンは援護のハーピーたちの事など気にもせず口を開いた。衝撃波を放つ気か！　上段に構えた剣を下ろし、脇を閉じて小さく構える。

「ラ゛ァ――――・ラ゛ァ――――」

音が発せられるとほぼ同時に、クイーンの正面から横っ飛びに回避《かいひ》する。

「「クェェッ!」」

二匹のハーピーともども弾き飛ばされ、身体を衝撃が襲う。しかし、回避した分範囲の直撃ではないうえに、衝撃波はクイーンの攻撃では最も威力が少ない。わかって備えていれば十分耐えられる。

地面を転がってすぐさま立ち上がり、義足で地面を蹴ってクイーンへ向かう。間を空けては飛ばれてしまうからだ。そこに向けてクイーンが両方の翼を振るった。羽ばたきか？　いや、飛び立とうとはしていない。

空気の揺《ゆ》らぎにはっと気付いて、剣と小盾付きの籠手を目の前に交差させる。次の瞬間、二つの衝撃が、剣と身体を襲った。

「ぐはっ」

吹き飛ばされ、地面を転がり、うつ伏《ぶ》せに地面に倒れた。芯《しん》まで響く衝撃に、すぐには起き上がれない。地面を這《は》ったまま手を握りしめる。足を曲げる。ちゃんと動くな。

剣を盾にして身体を守ったので、致命的な傷はないようだ。ただ、ちょっとだけ腕と肩と太ももの傷が痛いようだが。

両翼から風の刃を放って来るとは、想像していなかった。地上にいれば両翼が使えるのか。地上にいればこちらが有利と油断していた。

なんとか四つん這いになり確認すると、左側の鎧が裂け、傷は浅く……はなく血が流れているが、それほど深くもない。十分動ける。そして、これだけ巨大な隙をさらしているのに襲って来ないってことは、クイーンは飛び立ってしまったのか。

「キュアァ――――！」

どこかいら立ちを感じさせるような、クイーンの鳴き声が聞こえたのは……あれ？　意外に近い？

〝ばっ〟と顔をあげる。

目に入ったのは、変わらずに地面にいるクイーンと、その正面で対峙《たいじ》するロドズだった。来てくれていたか！

「生きてるか？」

前を向いたままロドズがたずねる。

「健康そのものだね」

剣を地面に突き立てる。それを杖に寄りかかって、なんとか立ち上がった。

血を流す傷口は熱く、今は痛いかどうかわからない。すでに魔力も底を尽きかけている。剣に流す魔力もなく、重いマインブレイカーを握ると血がつたって滑る。きつく握って、肩に担いだ。

「お前、長生きするぜ」

「そうだろうとも」

とびっきりな！

軋《きし》む身体を一歩ずつ踏み出してクイーンの横に回ろうとする。光球を作る魔力すら、今は惜《お》しい。

クイーンもそうはさせまいと向きを変えようとするが、正面のロドズが牽制し、それを許さない。

二方向から詰められれば、クイーンに残された選択肢《せんたくし》は多くない。両方の翼を大きく広げた。やはり風の刃か！

三回も見ればわかる。あれは羽を振るった前方にしか放てない。刃の圏外《けんがい》へ入るべく、クイーンの横に向けて大きく地面を蹴った。正面にいたロドズは、盾に身を隠してこちらと反対側の翼に突っ込む。その体勢に一撃もらってでも翼を潰す覚悟を見た。

だが、そんな覚悟をあざ笑うかのように、クイーンは翼を広げたまま振るわなかった。脚だけで〝ぴょん〟と跳び上がると、かぎ爪をロドズの盾にかける。そして広げた翼を〈バサッ〉と羽ばたいた。

ロドズの盾を支点にして、クイーンの上半身が宙に浮かび上がる。フェイントでこっちの動きを誘《さそ》いやがった！　本当に魔物か⁉

慌ててクイーンに詰めよる。その間に、クイーンはロドズの盾を足場に飛び立とうとした。と、その瞬間に、ロドズがしゃがみ込む。

「キュエッ」

足場にするつもりだったロドズにしゃがまれて、空振りした脚を伸ばし空中でばたついてバランスを取る。翼に与えた傷も効いているのか、もがくようにもたついた。その隙にロドズは、しゃがみ込んだ体勢から跳び上がる。

「どりゃッ！」

短い片手剣が、クイーンの伸ばした脚に突き刺さった。

「キュアァァッー‼」

苦痛の叫びを上げつつも、見境もなく羽ばたくクイーン。剣を片手で突き刺したロドズは地面に転がり避ける。そこに空間が開いた。行ける！

「せえぇぇいっ！」

義足を踏み込み、両者の間合いに飛び込む。魔力を流さないマインブレイカーは重い。それでも担ぎ上げた剣を、踏み込んだ勢いを乗せて背負うように振り下ろす。

必殺の間合いから放つ一撃に、クイーンが翼を羽ばたいて進んだのは、後ろではなく前。自分から突っ込んで来やがった‼

「キュァッ！」

息を吐き出すようにクイーンが鳴く。マインブレイカーの剣身が羽毛に埋《う》まり、わずかに切れ込み血が流れる。あまりにも浅い――

後ろに避ければ、そのまま叩き斬れる間合いだった。避けられないと見るなり、身体を差し出して前に詰めてきやがった。そのせいで、剣は振りきる手前で止められ、両手剣の重さも活かせない。絶好の間合いから放った一撃は、ほとんどの勢いを止められてしまった。

「くっ」

そこから剣を押し込むが、剣身が羽毛を滑る。空中にいるクイーンの身体が後ろにずれるだけだ。

クイーンの口の端がわずかに上がったような気がした。翼が一回羽ばたき、身体が上へ浮く。せめてもの抵抗に剣で追いかけるが、掲げる剣先が離れ腹部までずり落ちる。飛ばれる、そう思った。

その時、浮き上がったクイーンの、脚の間から光が目に入る。灰色の空を切り裂いて飛んで来る。その光は火、槍の様に細長い。

〈ドンッ〉

衝撃と共に、クイーンの背中に炎《ほのお》が舞った。

クイーンが衝撃に押され、マインブレイカーの剣先が腹部の皮膚《ひふ》を破る。何が？　なんて考えるまでもない。魔術師の援護だ！　ここしかない！　この援護、応えてみせる‼

「おらぁぁぁ――‼」

残された魔力を全てマインブレイカーに流し、掲げた剣を押し込む。〝ズブリ〟と剣先がクイーンの腹部に埋まっていく。

「キュアアアァァァァ――‼」

クイーンの絶叫《ぜっきょう》が響き渡る。

背後の衝撃と押し付ける剣先が肉を貫き、骨を砕いた先に達した。手応えでそう感じた時、全ての魔力を使い果たし、意識は暗闇《くらやみ》へ落ちていった。

第24話　戦いのあと

何かの音と、誰《だれ》かの声がする。

（ん……なんだっけ）

ゆっくりと意識は覚醒《かくせい》し、ある時点から急速に目が覚めた。飛び起きて、すぐに周囲を確認《かくにん》する。灰色の空と、何やら動き回る人々。自分の身体《からだ》を確認するが、傷は残っていなかった。どうやら治《ち》療《りょう》されたらしい。

「お、やっとお目覚めか」

話しかけてきたのは、グナルだった。

「クイーンは？　ハーピーはどうなったんだ？」

「クイーンはお前の一撃《いちげき》で倒《たお》れたよ。ほれ」

指差された方向には、横たえられたハーピー・クイーンの亡骸《なきがら》があった。ひとまずは胸をなで下ろす。

「クイーンがやられた後も、ハーピー共は攻撃《こうげき》してきたけどな。すぐにバラバラになって、しまいにはハーピー同士で争いも始まって散っていったよ」

「それで、今はどういう状態なんだ？」

「まぁ、そう慌《あわ》てんな、ちゃんと説明するから。今は、壊《こわ》された荷馬車の修理中だ。今日はここで泊《と》まりだな」

「ここでか？　危なくはないか？」

「クイーンをやられたんだ。当分は奴《やつ》らも襲《おそ》ってこられまいよ。それに、キラーマンティスがいただろ？　アイツはきっとハーピーの縄張《なわば》りから追われた奴だ。峠《とうげ》の外側にはあんな奴がまだいそうでな。逆に言えば、縄張りの一帯は空白地帯になってると思うぜ。今は動く方が逆に危険だって話になってな」

「そうか～」

気が抜《ぬ》けてもう一度横になって、またすぐに身体を起こした。

「被害《ひがい》は？　怪我人《けがにん》はいるか？」

「ロドン警備隊が二人、北風の峰《みね》が一人やられた。怪我人の治療はもう済んでるぞ。あとは馬の治療がまだだが、ヒーラーの魔力《まりょく》が足りなくてな」

「三人か、かなりやられたな。ムル……俺《おれ》の馬は無事か？」

「馬は五頭やられたが、お前の馬かどうかはわからねぇ。見に行くか？」

「頼《たの》む！」

跳《は》ね起きて馬がまとめられた場所に行くと、そこには怪我一つないムルゼの姿があった。

「よかったなぁ、ムルゼ」

「ブルル」

撫《な》でてやると、機嫌《きげん》よさそうにした。あの乱戦の中で、よくぞ無事でいてくれたものだ。

「魔力があったら、怪我した馬を治してやってくれないか」

「ああ……二回は行けるな」

既《すで》に落ち着きを取り戻《もど》して、水を飲んだりしている馬を見て回る。皆《みな》、多かれ少なかれ怪我をしていた。傷の大きい馬に回復魔法をかけると、心なしか嬉《うれ》しそうにしている気がした。いや、ムルゼの奴、ホントよく無事だったな。

そこで、ふ、と思い出してグナルに問いかける。

「そう言えば、ハーピーにライトの光球はなんで効いたんだ？」

「さぁな。だが、夕方にライトの光球を使ってたらハーピーに襲われたって話は聞いた事があってな。光球にハーピーが驚《おどろ》くのを見て思い出したのさ。狙《ねら》いが集まればいい程度に思ったが、予想以上の効果だったな」

「わからないで言ってたのかよ！」

「ああ、正直わからん。だが、アイツら光に敏感《びんかん》なんだ。光る物を身に着けてたら、遠くからでも狙われる。たぶん、敏感すぎて、光に突《つ》っ込《こ》んだ時に目がくらんだんじゃねぇかと思うぜ」

カラスみたいな連中だな。魔物とはいえやっぱり鳥なのだろうか。

「まぁ、わからないなりに、ハーピーの対策が一つ増えたのは良かったたな」

「ハーピーに集中的に狙われても平気な司祭がいれば、だがな。いや……大盾《タワーシールド》と全身鎧《フルプレートメイル》を装備させて、馬車の荷台に座らせて置くのもいいかも……」

グナットは考え込んでしまった。ハーピーによってたかって襲われる司祭を想像してしまう。ひょっとして、不幸な司祭を作り出す手助けをしてしまったのだろうか。

「ウチの回復術師はレリアネだ。そんなまねはやらせんからな。あと、高価な全身鎧と貴重な回復術師をそんな事に使えるパーティがいればいいがな」

ロドズが来てグナットに釘《くぎ》をさす。白蛇《しろへび》の鱗《うろこ》メンバーも一緒《いっしょ》に来た。

「アジフ、今回の戦いではお前の働きに助けられた。パーティの、いや商隊のリーダーとして礼を言う。ありがとう」

そう言って、手を握《にぎ》られる。

「よせよ、お互《たが》い様だったろ。命を懸《か》けて戦ったのは皆一緒だ。実際、犠牲者《ぎせいしゃ》だって出たんだ」

「だからこそだ。あそこでクイーンを逃《に》がす訳にはいかなかった」

確かに、あそこで逃げられていたらお手上げだった。ハーピーを抑《おさ》えた冒険者《ぼうけんしゃ》、ポーションを差し出し必死に耐《た》えた行商人たち、何度も助けてくれたロドズ、援護《えんご》射撃をくれた魔術師。誰が欠けても届かなかったと思う。

「倒せたんだからそれで良かった、とは言えねぇけどな。三人やられたのはキツイ」

グナルの尻尾《しっぽ》が垂れる。

「ああ、だがこれで当分は、ハーピーの襲撃《しゅうげき》は弱まるはずだ。あれほどのクイーンはそうは現れないだろう。今回倒せなかったら、おそらく討伐《とうばつ》されるまで峠は封鎖《ふうさ》されていたな」

「え!? じゃあもう少し待ってれば誰かが倒してくれたかもしれないのか?」

「それは違《ちが》いますよ、アジフさん」

後ろからかけられた声に振《ふ》り返ると、そこにはメザルトさんの姿があった。

「まずはお礼をさせて下さい。アジフさんがこの商隊に加わってくれたのは、私たちにとって幸運でした。ありがとうございます」

差し出された手を握ると、両手でガシっと握り返される。

「ですが、アジフさん。誰か、ではありません。今、ここにいる皆さんがハーピー・クイーンを倒したのですよ」

握手《あくしゅ》を交《か》わした手は、強く握られたままだ。メザルトさんの目には、強い意志、いや覚悟《かくご》が宿っていた。

「それはわかっています。しかし、こうして犠牲者も出てしまいました。積荷の被害だって」

「確かに、人も物も被害は大きいです。ですが、このパマル峠を往来する者たちにとって、ハーピーとの、魔物との戦いは常につきまとう宿命の様なもの。誰かが魔物を倒してくれる日など、どれだけ待っても来ないのです」

「そうよ、それに実際に被害が出ないと、封鎖なんてされないんだからね。対応できるこの商隊でよかったって思うべきよ」

レリアネがメザルトさんの言葉を追って付け加える。メザルトさんはそれで我に返り、握りっぱなしだった手を放してくれた。確かにメザルトさんやレリアネの言う通りだ。もっと小さな商隊で、あんな群れに当たっていたらと思うとぞっとする。

「そうですね、確かに私たちでよかったのかもしれません」

「わかればいいのよ」

自分にとっては、旅の途中《とちゅう》だったかもしれない。けれど、足を踏《ふ》み入れたこの地は、魔物と人の生存競争が続く戦場。隣《となり》の他人は剣《けん》を並べる戦友。それはさっき味わったばかりの、生々しい記憶《きおく》だ。

「生き残った私たち、そしてハーピーを倒して下さった皆さんは、胸を張って山を下らなければなりません。苦難を乗り越《こ》え魔物を倒してきたと、これからパマル峠を越える人々に知ってもらわなくてはならないんです」

「これで終わりではないんですね」

「そうさ、だからラナロンワアに帰ったらぱーっとやらなきゃならねぇな！」

「あんたは飲みたいだけでしょ！」

少し重くなった空気を、グナルが笑い飛ばす。ハーピー・クイーンを倒してパマル峠に平和が訪《おとず》れる訳ではない。峠の頂上が空白地帯なのは、今だけだ。しばらくすれば、縄張りの一等地を巡《めぐ》って魔物同士の争いが始まるだろう。次に峠越《ご》えに挑《いど》む商隊は、その戦場に飛び込む事になる。

次に続く顔も知らない戦友に、新たな戦場に対する注意喚起《かんき》と、強力な魔物を倒した希望を伝えなくてはならない。それは生き残った者たちの役割なのだから。

荷馬車の修理を始めとして、野営地ですることは多かった。ハーピーの解体は、素材としては羽根と魔石くらいらしいのが救いだった。肉は美味《おい》しくないのだとか。オークもそうだったが、この世界の人々は二本足だろうと、顔が人だろうと魔物に対して容赦《ようしゃ》しない。戦う時はもちろん、倒した後もだ。解体作業は手慣れた地元の冒険者にお任せした。

荷馬車の修理は夜中までかかりつつも、翌朝には走れるまでに直っていた。壊れた一台を廃棄《はいき》して、材料を流用していたようだ。それでも夜中まで修理に追われた商隊の動きは鈍《にぶ》い。昨日よりゆっくりな朝の出発となった。

馬車を牽《ひ》く馬は数が足りなくなってしまっていた。仕方なく冒険者の馬が繋《つな》がれて、あぶれた冒険者は幌《ほろ》のなくなった荷台へと乗せられる。

「アジフさんにも見せたかったな〜。俺がハーピーを仕留めたところ。こう、槍でグサーっと」

「はいはい、グナルの危機に颯爽《さっそう》と現れたんだよな」

ナロスは昨日からこの話ばかりしている。グナルは最初こそ礼を言っていたが、何度も聞かされてうんざりしていた。今は苦虫を噛《か》み潰《つぶ》した様な顔で、聞こえない振りをしている。

「アジフ、あまりナロスを調子に乗せないでやってくれ」

ジロットが釘を刺しに、わざわざ馬を寄せて来た。ジロットも相当数のハーピーを仕留めたと聞いたが、特に自分の手柄《てがら》を語る事もなく平然としている。

「ああ、すまなかった。つい面白《おもしろ》くてな」

「ちょっと？　アジフさん⁉」

「自慢《じまん》は慢心《まんしん》を呼ぶ。お前より強かった冒険者が三人、ハーピーの犠牲《ぎせい》になってるって忘れるなよ」

「……うす」

引き締《し》めた顔は真剣で、少しだけ大人びて見えた。

進み始めた隊列に合わせて、馬を進めていく。パマル峠頂上までの距離《きょり》はほとんどない。商隊の誰もがちらちらと上を見上げるが、ハーピーの姿は見当たらない。

見えるのは、昨日とは打って変わったような、青い空と白い雲だけだった。

第25話　冒険者の魂に

「皆《みな》のおかげでクイーンを倒《たお》して帰って来れた！　だが、無事にではなかった。犠牲《ぎせい》となった者の為《ため》にも今夜は飲もう。アイツらの思い出と、ハーピー共を倒した話を肴《さかな》に飲もうじゃないか！　さあ杯《さかずき》を掲《かか》げろ、冒険者《ぼうけんしゃ》の魂《たましい》に‼」

「「「「冒険者の魂に‼」」」」

貸し切った酒場にロドズの声と、それに続き杯を献《けん》ずる声が響《ひび》く。

パマル峠《とうげ》の下りは、矢も少なく馬も人数が減ったこともあって楽ではなかった。それでも被害《ひがい》なくラナロンワアへと到着《とうちゃく》した商隊は、冒険者ギルドで受付と精算を終えて酒場へと繰《く》り出していた。

護衛冒険者の皆が参加し、酒場はほぼ満員。人数が多いので貸し切りだ。犠牲になった冒険者とは、ほぼ面識がないと言ってもいい。大人しく白蛇《しろへび》の鱗《うろこ》のテーブルに交ざって酒を飲む。酒が進むほどに酒場は賑《にぎ》やかになっていった。

「アジフさん！　聞いてるんしゅか！」

誰《だれ》だ、ナロスに酒を飲ませた奴《やつ》は。もう呂律《ろれつ》が回ってないぞ。横を見るとレリアネがそれを見て笑い転げていた。コイツが犯人か。酔《よ》い殺しを発動してもいいのだが……今夜は止《や》めておくか。グイっとジョッキを傾《かたむ》けてエールを流し込《こ》む。

「ねぇ、アジフ。何か旅の話を聞かせてよ」

そのレリアネもワインを手にだいぶ酔っている。道中からハーピーの話はさんざんしてきたからな。違《ちが》う話が聞きたくなっても無理はないが。

「今日する話でもないんじゃないか？　それに、そうそう面白《おもしろ》い話なんてないぞ」

「私達、パマル峠を挟《はさ》んだ街より遠くに行く事は滅多《めった》にないわ。ここにいる冒険者はほとんどが同じよ。外の話を聞きたがってる。きっと、彼《かれ》らもそうだから」

彼らも、か。そう言われては断れないな。

移動範囲《はんい》が狭《せま》いのは珍《めずら》しい話ではない。危険な冒険者稼業《かぎょう》では、依頼《いらい》を探してあちらこちらを回らなくていいというのは多くの利点がある。仕事が確保できる冒険者ならば、だが。

「そうだな、じゃあホリア神国で、１００人以上の盗賊《とうぞく》団と戦った時の話でもしてみるか」

「「「おおっ」」」

他のメンバーも乗ってきた。中身はともかく、戦いとしては規模の大きな話ではあるからな。話をするうちに、他のパーティの何人かも聞きに来て、酒を飲みながらも話を進めていった。

「……で、街に凱旋《がいせん》して大歓迎《かんげい》されたのさ」

「「「おお～！」」」

よけいな話は省いたが、まぁまぁうけたようだ。

だが、予想外の事もあった。話を聞いていた他の冒険者たちが、何か真剣《しんけん》な顔をして集まって相談を始めたのだ。変な雰囲気《ふんいき》に、白蛇の鱗のメンバーと顔を見合わせて様子を見る。しばらくして、ロドン警備隊と北風の峰《みね》のメンバーが、揃《そろ》ってこちらのテーブルの前に詰《つ》め寄ってきた。

やっぱり、パマル峠と全然関係ない話をしたのがまずかったのだろうか。仲間から犠牲者が出たパーティのメンバーも、話を聞いている間は普通《ふつう》な様子だったのだが……

その中からロドン警備隊のリーダーが前に出て、テーブルの上に拳《こぶし》よりも一回り大きな魔石《ませき》を〈ゴトリ〉と置く。その魔石は今まで見たことがないほどに、あざやかな黄色にきらめいていた。ハーピークイーンの魔石だ。

「アジフ、この魔石を受け取ってほしい」

「それは受け取れない」

即答《そくとう》する。話し合いでクイーンの魔石は、売却《ばいきゃく》して犠牲になった冒険者のパーティで分ける事になっていた。そんなの受け取れるものか。

「アジフに持っていてほしいんだ。頼《たの》む」

こちらを見る目に、酔いが回った様子は見られない。真剣そのものだ。

「何故《なぜ》なんだ、わからないな。パーティで分けるって言ってたじゃないか。いらないって言うなら、犠牲になった者の遺族に分けたっていいだろうに」

「その分は俺《おれ》達で埋《う》め合わせるさ。どのみち、死んじまったあいつ等に平等に分けるなんてできっこねぇんだ。だからって俺たちで分けて、それでお終《しま》いになんてできやしねぇ。俺たちがあいつ等に届けられる訳じゃねぇんだ！」

叩《たた》きつけた拳が、テーブルを揺《ゆ》らす。それで売らずに持っていたのか。

「だからって俺に渡《わた》さなくてもいいだろ」

「聞いてくれ、アジフ。俺たちはラナロンワアとラナルルリアで依頼を受けるだけの地元の冒険者だ。いつもと同じ依頼を受けて、いつもと同じ様に達成する。そりゃ、危険な事もあるが、冒険《ぼうけん》とは言えない様な毎日さ。それでも！」

テーブルの上のジョッキをあおって続ける。

「俺たちは冒険者だ！　お前みたいに、どこかの街の噂《うわさ》になる様な、そんな活躍《かつやく》を夢見て来たんだ！　それが、めったにない厳しい状況《じょうきょう》であいつ等は戦って、それでも、力及《およ》ばず死んじまった……」

テーブルの上の拳に涙《なみだ》が落ちる。

「だから、せめて！　この街で生きる俺たちに代わって、あいつ等が最後に生きたパマル峠の戦いを他の街で話してくれ！　今日みたいに！　この魔石を持って……頼むよ……」

それっきり、テーブルに顔をうずめてしまった。他のメンバーも拳を握《にぎ》りしめる者、真剣な表情でこちらを見る者、様々だ。

「やれやれ、吟遊詩人《ぎんゆうしじん》でもないいんだがなぁ」

ため息をつきつつ、テーブルの上の魔石に手をのばした。皆で力を合わせた戦いだった。大勢でハーピークイーンを倒したって言っても、吟遊詩人には受けが悪いかもしれないからな。

「アジフ！」

突っ伏《つぷ》した顔を上げるロドン警備隊のリーダー。暑苦しい顔が余計にヒドイことになってやがる。

「売れもしない魔石を押《お》し付けやがって。こんなのただの荷物じゃねえか」

手にした魔石を眺《なが》める。その黄色の輝《かがや》きにクイーンの瞳《ひとみ》を思い出した。

「機会があるかどうか、約束はできない。それでも、また今日みたいな日があれば必ず話すよ。あの、パマル峠でのハーピーとの戦いを」

「「「アジフ！」」」

「さぁ、それ以上しけた面並《ツラ》べるな、酔いが覚めるだろ！　飲み直しだ！」

ジョッキに手を伸《の》ばす。

「ありがとう」

その横で隣《となり》にいたレリアネが、ぼそりとつぶやいたのが聞こえた。

下が向けなくなる、やめてくれっ。

ジョッキを握ってあおろうとすると、ロドズの手が肩《かた》に置かれて止められた。

「違うだろ、アジフ」

首を振《ふ》るロドズに言われて、周囲を見渡《みわた》す。皆、ジョッキを手にしていた。どいつもこいつもっ！

立ち上がって、ジョッキを高く掲げる。ここにいない、今日の主役たちに届けとばかりに。そして声を上げた。

「杯を掲げろ！　冒険者の魂に‼」

「「「「冒険者の魂に‼」」」」

掲げた杯に合わさった声が、ラナロンワアの夜に高く響いた。

鎧《よろい》の修理や馬の世話に時間を取られ、ラナロンワアでの滞在《たいざい》は一週間程《ほど》になった。その間に武器や道具、義足の手入れなどを済ませながらも、鍛錬《たんれん》を行って過ごす。白蛇の鱗の面々は装備を調《ととの》えた後、依頼をこなしながらまた商隊を募集《ぼしゅう》するそうだ。あれ以来、冒険者ギルドにパマル峠での被害は伝わってきていないので、大丈夫《だいじょうぶ》だとは思うが。

ここラナロンワアは南に向かえばラバハスク帝都《ていと》、東に向かえばルスナトス神国に向かう街道《かいどう》の分岐点《ぶんきてん》だ。ルスナトス神国は神殿《しんでん》勢力が強い国で、エルフの森と隣接《りんせつ》している。当面の目的地と言ってもいいルスナトス神国へ、出発する日の朝を迎《むか》えていた。

「今日からまた頼むぞ」

一週間ぶりに馬具を付けたムルゼの首を撫《な》でる。

「ブルッ」

まかせろとばかりに返事をするムルゼが心強い。修理した鎧の革紐《かわひも》を縛《しば》り直して、宿を出る。朝の空気はひんやりとしていて、肌《はだ》に気持ちよかった。ムルゼの手綱《たづな》を引いて、パマル峠から入って来たのとは逆の門へと向かう。

人通りの出始めた朝の通りを抜《ぬ》けて門に着くと、門の前にこちらに手を振るいくつかの人影《ひとかげ》が見えた。

「アジフ！」

待ち構えていたのは、白蛇の鱗の面々とメザルトさんだ。見送りに来てくれると聞いていた。

「みんな、わざわざありがとう」

「共に死線を潜《くぐ》ったのですから、当然ですよ」

メザルトさんが差し出した手を取り、両手を重ねて強く握る。行商人が街に着けば、そこからはまた新しい戦いが始まる。特に今回は、魔力ポーションを売る予定だった貴族に、ハーピークイーンの風切り羽を差し出して許してもらったと聞いている。忙《いそが》しい中わざわざ朝に時間を作って来てくれて、ありがたい限りだ。

「一緒《いっしょ》に戦った仲間の旅立ちだからな」

続くジロットはそう言ってくれたが、冒険者にとって出会いと別れは日常茶飯事《さはんじ》だ。それなのにこうして来てくれたのは、白蛇の鱗にとってもあの戦いが特別だったからなのだろう。

「ジロットと一緒に戦えてよかったよ」

固く握手《あくしゅ》をして、肩を叩き合う。

「私も短い間だったけど、一緒に旅ができて嬉《うれ》しかったわ」

「アジフさんは凄《すご》かったよ！」

レリアネとナロスは、こうして並ぶとやはり姉弟《きょうだい》なのだと思う。近くに肉親がいるというのは、それだけで心強いものだ。

「レリアネ、こちらこそありがとう。ナロスにも世話になった。二人とも元気でな」

レリアネは胸の前で両手を交《か》わし、こちらは両手を組む。神官と司祭の挨拶《あいさつ》をそれぞれにして、ナロスとは握手して肩を叩き合った。

「おい、アジフ。これ持ってけ」

グナルがそう言って渡してきたのは弁当だった。母親かっ！

「俺の母さんにアジフの事を話したら、渡してやれって言われてな」

母親だったよ！

「そ、そうか。ありがたく、ぷつ、くっ、アハハハハ」

「んだよっ。笑うんじゃねぇ！」

「ハァ、ハァ、ああ、すまん。いや、まさか弁当とは、不意打ちでな」

「うるせえなっ。わかってんだよ！　いらねぇんなら返せ！」

弁当に伸ばしてきた手を〈ヒョイ〉っとかわす。

「ありがたくもらうよ、グナル。最高の土産《みやげ》だ」

「ったく。そうならそうと、最初からそう言いやがれ」

改めて固く握手を交わす。

「つまらねぇ所で死ぬんじゃねぇぞ」

「そっちこそ。またクイーンが出てもやられるなよ」

お互《たが》いの肩に拳をぶつけ合った。

「アジフ、俺たちは冒険者だ。道が交わればまた会う事もあるさ」

ロドズが言う。正直、この先年齢《ねんれい》がどうなるか分からない。会えるかどうかはわからないが、またコイツらと会いたいって気持ちに嘘《うそ》はない。

「そうだな、そうであればいいと俺も思うよ」

これまで、リバースエイジは若返る事だけを考えてきた。スキルレベルはもう十分上がっている。選択肢《せんたくし》はもう十分に広がった。これからは、有効な使い方を考えなくてはならないだろう。ロドズとも握手を交わし、肩を叩き合う。

「皆、達者で」

「「「「アジフの旅の無事を」」」」

踵《きびす》を返して門へと向かった。冒険者にとって、別れは特別な出来事ではない。これぐらいあっさりしてていい。

門をくぐって振り返ると、こちらに手を振る皆が目に入った。拳を突き上げてそれに応《こた》え、前を向いてムルゼに飛び乗った。気持ちのいい連中だったな。

「さぁ、行こうか」

ムルゼの足を進めて街道を進む。もう一度、今度は後ろを見ないで手を上げた。

ラナロンワアの街から離《はな》れるほどに、周囲は林へと姿を変える。均等に並ぶ木の間隔《かんかく》、不自然に真っすぐな立ち姿は、この辺りが林業が盛んだからだ。この辺りの建物は木造建築が多く、材木の需要《じゆよう》は多い。材木林は見渡す限り続いていた。

昼前まで馬を進めると、街道の先から炊事《すいじ》の煙《けむり》が上がっているのが見える。丁度いいので近づいて行くと、街道脇《わき》の広場で食事の準備をしていた。一緒に食事させてもらえるだろうか。

「お邪魔《じやま》してもいいか？」

馬上から声をかけさせてもらった。

「空いてる場所ならかまわんよ」

気軽に返事をしてくれたのは、木こりの恰好《かっこう》をした男だった。周りに数人いる男たちも、似たような服装だ。

「どうした、きょろきょろして」

「護衛はいないのか？」

「ああ、この辺りは領兵が巡回《じゅんかい》している。魔物は滅多に出ないよ」

おお、領兵も大変だ。おかげでこうやって、安全な旅路のおこぼれにあずかれるのだが。領兵の巡回は、街の生活圏《せいかつけん》や主要街道がほとんどだ。魔物の生息域まで領兵が回ることはほぼない。この辺りの林も生活圏内《けんない》と認識《にんしき》されているのだろう。馬を繋《つな》いで水を飲ませてやり、空いた場所に腰《こし》を掛《か》けた。荷物から取り出したのは、グナルからもらった弁当だ。

弁当は、この辺りでよく見るスタイルの、大きな緑の葉っぱで包まれていた。なんでも、香《かお》りが良くて長持ちするのだとか。編み込まれた葉っぱを解くと、中から汁《しる》が少しこぼれた。

「おっと」

あわてて手を浮《う》かせて、いったん草の上に弁当を置いた。まったく、たのむぜグナルのお母さん。ハっと気付いて荷物の中を確認《かくにん》すると、荷物の中にはこぼれていなかった。よかった、この葉っぱ、なかなか優秀《ゆうしゅう》だな。

弁当の中に入っていたのは、パンと漬《つ》け焼きの肉と、焼いて皮をむいたらしい小さな芋《いも》がいくつか。家庭的とも言えるし、普通とも言える。

この付近は米っぽいクルンがよく食べられているが、汁物《しるもの》と一緒に食べることが多く持ち歩き向きではない。持ち運びに便利な米粉のパンは、弁当向きなのかもしれない。

おそらく肉の汁が染《し》み出したのだろう。パンを取ると、汁がすこし染み込んでべっちゃりとしている。

パンを手に取る時に編み込まれた葉っぱが揺れ、その隙間《すきま》から二つ折りにされた紙が落ちた。

なんだろうと思って拾い、肉汁《にくじゅう》が少しついた紙を開いてみる。

『息子《むすこ》と一緒に戦ってくれて、ありがとうございました』

中の紙には、一行だけそう書いてあった。


空を見上げ、パンを口に入れる。

若返りを繰り返す旅は一方通行で、再び皆に会えるかどうかはわからない。けれど、そこで出会った人々、そして出会わなかった人でさえも過去ではない。確かに同じ時を生きて、笑って、泣いて、生きているのだと、このお弁当が教えてくれている。

「一人で生きてきたわけじゃない、か」

つぶやいた言葉を風が運ぶ。ふやけたパン、冷めて硬《かた》くなった肉、少しパサついた芋の入った弁当。それは、とても温かい昼食の時間を与《あた》えてくれたのだった。

あとがき

少し、昔語りに付き合っていただければと思います。

以前は頭の片隅《かたすみ》に埋《う》もれる記憶《きおく》でした。ですが、異世界物を書くようになってよく思い出す話です。

私は、発展途上国《はってんとじょうこく》の農村に滞在《たいざい》した経験があります。当時の話ですが、ネットはおろか携帯《けいたい》の電波も繋《つな》がらない。村の数軒に電話があるだけ。英語は通じず、会話は身振《みぶ》り手振《てぶ》り。トイレットペーパーなんてものはなく、家畜《かちく》を使って畑を耕し、蟻《あり》の歩き回る食事を素手《すで》で食べ、森に入れば毒虫や毒蛇《どくへび》が這《は》い回り、見知らぬ野生動物が闊歩《かっぽ》する。剣《けん》も魔法《まほう》もありませんが、そこは私にとってまさに異世界でした。

そう聞くと、なんだか過酷《かこく》そうに聞こえるかもしれません。ですが、全然そんな事はありませんでした。

……食事が合わなくて帰国した仲間もいましたので、全然は言い過ぎかもしれませんが。

現地の人たちも同じ人間です。それが毎日を快適に送っているのですから、慣れてしまえばそれまでです。自分でも『あんがい何とでもなるなぁ』と思ったものです。

あまり詳《くわ》しく話すと身元がバレてしまうかもしれませんので、これくらいにして小説の話に戻《もど》ります。

私自身、異世界小説は大好物です。そんな私が、異世界小説を読んで当時を思い出したかというと、そんな事は全くありません。

ですが、いざ自分が書くとなると不思議なもので『あの時はどうだっけかな』なんて思い出したりするようになりました。

私自身は、現地で女の子を追っかけ回したりしていて、地道な努力なんて記憶にありません。何もかもがアジフとは似ても似つかないと言っていいでしょう。

ですが、私自身の過去の経験がアジフの行動に影響《えいきよう》を与《あた》えているのは、紛《まぎ》れもない事実です。あまり地球的になりすぎないように気は配っているつもりですが、ファンタジーに慣れ親しんだ読者の方であれば、『ん?』と首をかしげるシーンがあるかもしれません。それが突然《とつぜん》あとがきで過去をカミングアウトした理由です。

今まで『書いている時に何を考えているか』などは多分にメタな内容を含《ふく》みますので、特に発言はしてきませんでした。ですが、せっかく書籍《しよせき》を購入《こうにゆう》いただいた読者の方々が、もし気持ちよく読める一助になるのであればと思い立ち、あとがきの場を借りてお伝えしてみようと思った次第《しだい》です。

最後になりますが、書籍を購入して下さりここまで読んで下さった読者の方々、相変わらず美麗《びれい》なイラストを書いて下さったイラストレーターの又市《またいち》マタロー様、出版に携《たずさ》わって下さった全《すべ》ての方々に深くお礼を申し上げさせていただきます。

なまず太郎

DRAGON NOVELS
ドラゴンノベルス

おっさん冒険者の異世界放浪記3
若返りスキルで地道に生き延びる

2023年4月5日　初版発行

著　　者　なまず太郎《たろう》

発 行 者　山下直久

発　　行　株式会社 KADOKAWA
〒102-8177　東京都千代田区富士見 2-13-3
電話 0570-002-301（ナビダイヤル）

編　　集　ゲーム・企画書籍編集部

装　　丁　杉本臣希

D　T　P　株式会社スタジオ205 プラス

印 刷 所　大日本印刷株式会社

製 本 所　大日本印刷株式会社

DRAGON NOVELS ロゴデザイン　久留一郎デザイン室+YAZIRI

●お問い合わせ
https://www.kadokawa.co.jp/（「お問い合わせ」へお進みください）
※内容によっては、お答えできない場合があります。
※サポートは日本国内のみとさせていただきます。
※ Japanese text only

定価（または価格）はカバーに表示してあります。

ISBN978-4-04-074933-4　C0093

ホラ吹きと仇名された男は、迷宮街で半引退生活を送る

中文字
イラスト／布施龍太

孤高の男、世界を、人を識る。迷宮と歩む街で過ごす半引退者の新たな日常

最深層不明の迷宮に挑み十数年。単独行(ソロ)で前人未到の31層まで辿り着いた男は思う。これ以上続けても強くはなれないと。諦観と共に周囲を見て、迷宮と共に成長を続ける街の事すら知らないと理解する。——最深への、最強への道は一休み。見知らぬ景色、うまい飯。新たな出会いにちょっとのトラブル。半引退を決めた最強の新たな「迷宮街」の探検譚が始まる。

シリーズ1〜3巻発売中

KADOKAWA

黒猫ニャンゴの冒険

レア属性を引き当てたので、気ままな冒険者を目指します

篠浦知螺

イラスト／四志丸

猫になって、異世界。
かわいいだけじゃない冒険が始まる！

異世界に転生した少年は冒険者を志すが、体は最弱種族の猫人で、手にした魔法は“空っぽ”とバカにされる空属性だった。しかし少年は大きなハンデをものともせず、創意工夫で空魔法を武器や防具を生み出せて、空も歩ける魔法へと変えていく。周囲の優しさに支えられ成長し、そして空属性の真価に気付いた時、最強の猫人冒険者としての旅が始まる！

ドラゴンエイジ（コミックウォーカー）にてコミック連載中

田中家、転生する。

猪口
イラスト／kaworu

家族いっしょに異世界転生。
平凡一家の異世界無双が始まる!?

平凡を愛する田中家はある日地震で全滅。異世界の貴族一家に転生していた。飼い猫達も巨大モフモフになって転生し一家勢揃い！　ただし領地は端の辺境。魔物は出るし王族とのお茶会もあるし大変な世界だけど、猫達との日々を守るために一家は奮闘！　のんびりだけど確かに周囲を変えていき、日々はどんどん楽しくなって――。一家無双の転生譚、始まります！

「電撃マオウ」にてコミック連載中！

シリーズ1～5巻発売中

KADOKAWA

極振り拒否して手探りスタート！

特化しないヒーラー、仲間と別れて旅に出る

刻一

イラスト／MIYA*KI

ヒーラーですが神聖魔法が便利すぎて怖い!!

気がつくと MMORPG 仲間達と白い空間にいた僕。そこには神がいて異世界行きを皆に言い渡してきた。しかもリミットまでに転生後のステータスを振り分けろと言う。仲間との連携を考えてゲームと同じヒーラーを目指しつつも、安全を考えてバランスの良い万能型構成にした僕だったが——。回復能力に特化しないヒーラーの異世界のんびり旅はじまります。

「ドラドラふらっとb」にてコミック連載中